一生里的某一刻·隐藏宇宙

一生里的某一刻

隐藏宇宙

张春 著

湖南文艺出版社
· 长沙 ·

再版自序：

普通人的生活脚本

这本书里最早的文章写于 2010 年，离现在有十五年了。回头看去，"抑郁出柜者"比那时也没多多少。大家倒是都会谈要正视情绪、肯定情绪，但仍然没有多少人会把自己的亲身经历梳理并拿出来分享。所以直到今天，我仍然会时不时地作为一个"抑郁者代表"被点名。我被问得最多的一个问题是："抑郁症可以痊愈吗？"

我不是科学家，没有足够的样本量，无法用精确的数据回答这个问题，只能以我自身的经验来理解。今天的我，早已不把自己看作一个患者，而是看作一个有缺陷的普通人。这两种说法的区别是：患者，对应着"需要治疗、能够治愈"的信念；而有缺陷的普通人，就是普通人。"普通人"的意思就是"有缺陷"。

只不过，世界提供的"普通人的生活脚本"

太少了。我们总是模仿成功者，追求财富和卓越，追求成为人上人。追求二十五岁拿到人生第一桶金、四十不惑心智坚强、财富自由环游世界……我以前觉得这是因为人类很势利，只喜欢强者，后来觉得，也可能主要是因为故事里都是英雄，所以只有英雄可模仿。

如果一个人不太上进、不太坚毅、不太有激情，也没什么明确的梦想，体力也不好，没有鲜明的个性，身后也没有太多助力，一辈子过去，不但没成就什么伟业，甚至可能除了吃饭、睡觉、拉屎都没坚持过什么，这样的人，怎么才能生活得舒服一点、有意思一点呢？他们不大会在文学和电影里出现，或者即便出现，也只能作为主角的背景板。电视里没演，所以就不知道咋弄啊！

回过头来再看这本书，我意识到它就是讲这件事的。一个普通人，成就不了什么，坚持不了什么，体力和热情都比较差，她怎样找到一点乐趣（《三个人，吃烤鱼》），她怎样度过内心的风暴（《噩梦的意义，最后的意义》），她迷茫时怎样触摸真实（《回去的路》）。

在社会意义上，在戏剧性的故事里，在这本书第一次出版时，我认为这样的人就是失败者。

但今天我不再这样想了。我想这就是普通人，我是个普通人。

普通人需要书写和创造普通生活的脚本。这些创造有时候也不算创造。比如说《别把毛巾用完了》，它始于一部电影里的一句台词，我大为惊奇："原来有人洗一次澡要用好多条毛巾！"然后我也模仿着买了许多条浴巾，用一次就洗。它让我的生活有了一丁点改进。然而这改进确实太过微不足道，还是从电影里学来的，把它叫作"创造"实在是太勉强啦！但是我也把它加入了我的"普通生活的脚本"。《史记》里不会记，但是"普通生活的脚本"里可以记。它微不足道却也真实有益。我"一人血书",为普通人正名!

其实成书以后,我还发明了一些别的小脚本。比如出差时,换到陌生环境总有些不安,我就会去麦当劳吃饭。所以麦当劳是我的"安心餐"。我还会在感觉极度疲倦,就要生病时,去吃潮汕牛肉火锅,那是我的"元气餐"。

这些脚本也会变化。在抑郁最严重的阶段,不得不出门时我常会陷入木僵,因为我不知道该带什么。理论上很简单,就是手机、钥匙、钱包、身份证这些。但那时我就是需要反应很久很久,有时候就因为想不起来或者太吃力而躺在地上哭。

后来我想了一个办法,就是在一张从纸箱上割下来的卡纸上,描下几样必带东西的样子。然后出门前对着那张图,把东西一样样放上去,放满就说明带齐了。

现在我已用不上那张卡纸了。因为指纹锁和电子支付兴起,钥匙和钱包都不用再带。即使我不变,世事也在变。

那时我还列了几个不同的出差清单:出差两天的行李,出差三天的行李,出差五天的,等等。这些清单也收在书里。

在设计出这些办法前,每当要出门时,收拾行李常要耗几个通宵。

2018年,我靠这些办法,用几个月的时间跑了本书的二十多场读者见面会。我一般提前一两天到,躺在酒店的床上,活动当天参加完两小时的活动,再躺一到两天,然后返程。虽然借发新书之便,去了二十来个城市,我却没出过酒店,都是躺在房间点外卖。出席一次两小时的活动,前后大约要用三到四天攒精神。

而现在,我出差时可以在酒店附近转转了。我给自己的脚本是"看看这里有没有流浪猫"。

有时候躺在床上刷手机，或不看手机只是躺着，我心中也会突然恶浪翻滚，涌起伸手不见五指的痛不欲生。一切都不会好的，不要挣扎了。我曾千千万万次这样想。

也是现在，虽然和英雄比不行，但和自己比较已很好。2018年的见面会上，有个参加过2015年我第一本书的读书会的女孩表扬我说："你现在很不错，因为上次那一整场活动里，你一直在说胡话。"我也觉得自己很不错，被看出来进步，很高兴，很感激。今天的我更是不得了，字字珠玑！当然这主要是因为，在公开场合的每次发言前，我都已经追问过自己无数次了。

所谓抑郁症，就当作一种残疾吧。有人身体不便，而我情绪不便。缺陷无法消除，就需要想一些新办法来适应生活。还是有很多事无论如何也做不到，比如和朋友多见面，和家人常联络，又比如持续的情绪平静、更有效率地完成工作等等。这些我都做不到。做不到就算了。无法有效率地做，就缓缓地做。跑不动，就一寸寸地挪。挪不动就瘫着，攒一丝力气就爬一寸，然后再瘫着。

我已经学会了最重要的事：现在这个我就是全部的我，不存在更好的我了。

这本书第一次出版时，它的名字是《在另一个宇宙的1003天》，重版之际，改名叫《一生里的某一刻·隐藏宇宙》。这是编辑小瓜和监制娟姐的好主意，非常精彩。因为它实际上就是《一生里的某一刻》的隐藏版。这两本几乎是同时写就的，只是在第一本书出版时我还不想把它拿出来，出于对这个真实自己的羞耻，我本以为它永远都不会有第二个读者。

对了，在这本书的上一版序言里，我说还是做个有钱的病人吧，我想去箱根，泡在温泉里流泪。其实我对箱根一无所知，只在电影里看过它的名字，知道那个地方有温泉。而且到现在我也还是没有去过箱根，没有出过国。我知道世界很大，也知道了我懒得瞧。（对不起！不知道为什么想说一句对不起！）

向我的新老读者们问好。我爱我的生活，我爱你们。

张春

2025年4月22日

厦门环岛路

初版自序：

这里还有个倒霉蛋

　　谈论自己的病不是件体面的事，就像体面的残障人士不会一直谈论自己的腿为什么瘸、眼睛为什么失明一样。我也担心着这个问题，直到此刻。

　　不过，我已经习惯并学会把很多问题记下来，顺着自己的心意写下来。写本身对我来说就是一种抚慰，而且写着写着，事情也许就会发生变化，甚至不再成为一个问题。所以现在，我鼓起勇气继续写这个序言。

　　这本书的内容，是我从2010年至今陆续记下来的。在开始的几年中，它们从未被别人看过，我也没有打算拿它们给任何人看。直到2015年庆丽和泽阳两位编辑老师找到我，问我是否有把抑郁症方面的记录出版成书的打算，我才开始把这些稿子当成书来看。

我决定接受这个邀约的一个原因是：在上一本书《一生里的某一刻》上市七个月后，我鼓起勇气做了五场线下的读者见面会。人们告诉我，此时已经过了宣传新书的最好时机，但那可能是我见读者的最好时机，因为那时，我很想见到他们。

那五场见面会自然留下了许多欢笑、尴尬和美好的记忆，但让我印象最深的，是每一场结束后都有人告诉我（有的是走到我面前说的，有的是在网上给我留言）：他在哭；他度过了非常棒的两小时；他决心去找医生帮助自己……这让我感到自己有用，即使我并不清楚自己是怎么起作用的。其中有一次，一位穿蓝衣服的女孩走过来小声对我说："我也有抑郁症……我看到你就想哭，你一开始说话我就想哭……"我在她的书上签完自己的名字，再看她时，她的泪水流了满脸，因为她微笑着，所以泪水横着流开了。

那张满是泪水的晶莹的笑脸给了我莫大的触动。那个时刻如此真实，已经成为我和世界之间谁也无法切断的联系。希望这本书，她可以看到。

在我的想象中，还有许多给我留言的人、和我说话的人、胆怯于自己的脆弱的人，希望你们读完后，因为觉得写下这本书的我并没有自己原来想象的那样不体面，从而觉得，你自己也没有那么糟糕。

另一个原因是，泽阳和庆丽给我拟了一个作为新的业余作者难以拒绝的合同。我想这也意味着她们一定认为它会好卖。她们告诉我，这本书会很有意义、很有价值，她们很喜欢这些稿子。希望她们的信任会得到回报。

如果一定要生病，得抑郁症什么的——泡在箱根的温泉里看着飘雪落泪，一定比坐在马路牙子上，在寒风中喝便宜啤酒要爽一些。后一种我已经试过了,感觉并不适合抑郁症病人。做一个有钱的病人,还是比做没钱的好吧。反正写都写了,干吗不换点钱呢?我就姑且这么想。请你买这本书,送我去箱根泡温泉吧!

编辑老师们和我一起反复讨论了这本书的初稿,我们认为这本书是一本生活记录,生病也好,没生病也好,这不重要,重要的是生活一直在持续。所以后来我们推翻了最初按照时间线编辑的方式,而改用篇目主题作为主要表现方式。

按时间顺序编辑后,我发书稿给海贤。他觉得书蛮好,不过能量有点低。后来另一个目录做出来了,不同时间写的文章穿插在不同的主题里,这样一看,这本书变得轻快了很多,但其实篇目完全一样。庆丽担心我会觉得她在刻意回避抑郁症的沉重,曲解我的作品,但我的感受其实是心头一松。我突然发现这些年并没有那么糟,有很多真实的快乐。这个启发对我来说非常重要。可以说,这本书成书的全过程是鲜活地流动着、带着能量的。

与此同时,这本书还有一份以时间为线索的附录。你可以顺着时间的溪流看到变幻的色彩,看到另一个宇宙中那些闪烁的恒星。有些慢慢显现,另一些则渐渐消散。这也是我记下这些时未曾想到的。但我一直试图说明的是,没有什么神启般的瞬间,像传说里那样,某个机缘以后,一切就开始顺利好转——像我们过去常读到的励志小故事,拥有令人惊叹的起承转合,比如达·芬奇在画完鸡蛋以后就成了文艺复兴三杰之一,华盛顿砍完后院的樱桃树就当上了美国总统。在我看来,人生就好像一场旅途,经过一个十字路口,不多远就又是一个十字路口、米字路口,或者死胡同。在那些看起来就要逆袭的时刻之后,常常要面临后退或转弯。甚至眼前看起来是一条康庄大道,你却莫名其妙就迷路了。也许人生并不是一条路，而是一整片汪洋大海。我想说，努力不一定有好结果。我想告诉别人，这里还有个倒霉蛋，不是只有你一个。了解这个事实令我安心。努力是无须强求、并不必要的。我努力，只是因为我想这么做。所以，你可以看到两种排列文章的方式，可以根据自己喜欢的方式来阅读。我们希望它因此带有一点工具书的性质，或多一种趣味。

完成这本书，对我来说，是在顺自己的毛。我希望可以不再勉强自己做一个有力或者快乐的人，这会让我一点一点找到坚实的自我。如果我的精神曾经灰飞烟灭，那我现在找到了非常微小的几块积木，拼起了一个不成人形的自己，但这个不像样的家伙不会再被彻底毁灭，它会是切实存在过的。也许有一天我都不在了，但是这本书会拥有自己的命运，它将到达一些我没去过的地方，种下种子，结出不同的果实。每次想到这儿，我就会对这份工作多些爱恋。请告诉我，种子飞去哪里了；请告诉我，你那儿的果实是什么样子。

我还是有着各种各样的恐惧，它们可以压迫我，但无法吞噬我。我不一定要彻底驱逐它们才能生活下去。我正在学习接受这个柔弱的自己。现在，我把这段艰苦又温暖的人生，摊开在这里——你的面前。

阿春
2017 年夏
于厦门

目 录

CHAPTER 1　你吃下的盐，终于汇成海

在厦门要饭·002

宇宙说要吃牛肉粉丝汤·007

别把毛巾用完了·010

中秋前夜，一只鸟被风吹走了·014

海岛冬天·018

当自己八岁那样去画吧·023

最平庸的人·027

不爱吃的正义·030

冬瓜烧肉·033

戒烟记·035

又戒烟记·039

心如钢铁地以头撞墙·044

狗剩汤·047

和多比一起散步·051

心爱的小路·056

你吃下的盐，终于汇成海·060

CHAPTER 2　　社恐大王

笨蛋的人生 · 064
社恐大王 · 068
迷路迷路迷路的马拉松 · 073
宅就是连倒个垃圾也想家 · 077
最喜欢一起吃饭的人 · 080
附近的夫妻店 · 084
三个人，吃烤鱼 · 090
一节价值近万元的健身课 · 094
中医按摩也是爱，或别的 · 097
北仔和南仔过冬，人类的悲欢一点也不相通 · 103
都市空虚青年才是弱势群体 · 107
作为废物，我是怎样在考试中"躺赢"的 · 115
见面会前夕 · 118
治好一个词：晚安 · 120

CHAPTER 3　　　一种度过人生艰难的办法

重病对我的影响 · 124
2013 年 8 月的遗书 · 128
吃药两个月：总想驻足观赏你们 · 130
它不想你好 · 133
吃药五个月：疾病以内和以外的生活 · 135
吃药七个月：不是求死，是求生 · 138
我不是因为抑郁症才变成废物的 · 140
噩梦的意义，最后的意义 · 143
抑郁症有好处吗 · 147
一种度过人生艰难的办法 · 150
吃药十四个月：去就医为什么感觉那么难 · 152
吃药二十一个月：医院是帮助我们的 · 157
抑郁症患者不是玻璃娃娃 · 164
抑郁症患者生活小技巧 · 166
知冷知暖我才能帮你，就像你以前帮我一样 · 172

CHAPTER 4　　回去的路

回去的路 · 178
热爱形式感这件事 · 182
密码情结 · 186
一个滑梯，一个秋千 · 190
叶之隧道 · 193
书柜顶上 · 196
会有人有某种天赋却被埋没一生吗 · 204
我们都脆弱，我们就这样 · 207
吃到哭 · 212
手机和我 · 218
一条麂皮牛仔裤 · 223
夏天刚来 · 226
春天挽歌 · 228

CHAPTER 5

怎样不咋成功
但是也不咋难堪地活着

为喜欢的东西究竟应该花多少钱 · 230
不要把自由和信心拱手相让 · 234
不"漂亮"女孩史 · 243
无论怎么样都幸福 · 249
这故事不是一个帅哥想认识我 · 254
其实你不想要自由 · 262
你想要怎样一张脸 · 267
这多余的生活 · 270
这是我的想象 · 273
身残才不会志坚,但勇气的确可以开出花 · 275
怎样不咋成功但是也不咋难堪地活着 · 281

后记：谁想听失败者说话 · 284
番外篇：我为什么不想被拍成电影（演讲稿） · 289
番外篇2：一个关于孤独的故事 · 296
附录　创作时间轴 · 300

CHAPTER 1
一生里的某一刻 · 隐藏宇宙

你吃下的盐，终于汇成海

在厦门要饭

假期狂刷了一万集《最强大脑》，里面有好多叫人啧啧称奇的聪明人！真聪明啊，智商真高啊。看得舒心！国家的治理啊，社会的进步啊，地球环境啊，走向宇宙啊，这些大事都可以交给他们去办，不用我操心了。

人生又放松了不少，所以我又仔细地理了一下以后去要饭的计划。我所讲的要饭，是指完全没有收入、没有目的，过一天算一天的生活。所以不乞讨、不打工、不积蓄、无目标。走遍中国大江南北，我衷心地觉得，如果准备要饭的话，还是要选厦门。

厦门气候温暖，冬天最最冷的时候也有1摄氏度。海边的散步道上到处都是穿着短裤跑步的人。就算在桥洞下过冬也不会像在北方那样被冻伤、冻坏，最多就是觉得"有点冷"而已。而且厦门冬天的晴天很多。众所周知，在南方的冬天，室外是比室内暖和的。特别是出太阳的日子，只要在阳光下，就差不多可以光膀子晒了。

夏天呢，不管多热的天气，只要下海就绝对不热，根本不热。不但不热,甚至很凉快,所以酷暑之下一头扎进海水就可以。但是要算好潮水的时间,农历日期乘以0.8,就是满潮的大概时间。在满潮前一两个小时下海,海里干净而且安全。游不动了,浮在水面,潮水就会把人送回来。退潮时就不能下水游泳啦,海水会带着人后退,让人无法靠近岸边。退潮的时候干点什么好呢?嗯……那时候我已经是一个流浪汉了,想必时间会过得很细腻,我不会觉得无聊的。

暴晒后会脱皮,但是多脱几层就再也不用防晒了。渔民都黑黢黢、油亮亮的,就是晒出来的。

只要在人多的海滩多转几圈,就可以捡到别人弄丢的墨镜、洋伞、救生圈、手机和钱。捡这些东西,没有谁会比在海边闲逛的流浪者更有优势了。但是要注意,不要去捡空饮料瓶。我想过一种松弛、独立并且体面的生活,不想去争别人地盘上的生计。

要饭的人生活在室外,没有冷气和暖气,气温不适是最令人感到凄凉的。但是以上所叙述的天然条件已经完全摆平了这个问题。另外,银行、邮局、麦当劳、商场,都有免费的冷气和暖气可以吹。为了娱乐去享受一会儿,也是随时可以的。

我精选了几个住处。一是小白鹭艺术中心附近的地下通道,这个通道横贯环岛路,却几乎没有人走。因为通道的两边不是人流密集的地方,路面上又有斑马线。有斑马线就没几个人会走地下通道。它温暖、干燥、宁静,没有什么尿渍。而且两边都有装饰墙,拐进去才是入口。所以,这个通道的入口不是裸露的,安全感满分!更棒的是,墙边还种满了漂亮的三角梅。我甚至可以在入口挂一个牌子,写上"张宅"。

另一个好住处是演武大桥到大学路段的引桥下面。它的好处是隐蔽、绿色、遗世独立。那边已经住了一个隐士,他有十九把伞,用它们圈出了一个小住处。下雨的时候他也在那一堆撑开的伞里睡觉，看来地面也不潮。

关于吃的问题我也都想好了。鼓浪屿的猪肉脯店，从头走到尾可以吃饱。好多家都是请你大块随便吃的。所以，如果要吃肉，可以去鼓浪屿。不过，现在去鼓浪屿的船票价格很高，所以上鼓浪屿最好多待几天，吃够了再出岛。

有几家连锁面包店，按照店里的规定，不能卖隔夜的面包，所以每天晚上打烊后要把当天剩余的面包用粉碎机打碎倒掉，但是我知道有些时候他们的员工并没有严格执行这些操作，而是把这些面包、糕点直接扔到了附近的垃圾回收处。我知道是哪些，但是我担心这篇文章流传太广造成这几家店被整肃，所以就不透露名字和地址了。厦门的糕点铺特别多，甜点的质量非常高。本地的、台湾的，连锁的、独立的，每条街都会有好几家，糕点店的密度大大地超出其他城市。只要选几条糕点店尤其密集的街晚上挨个逛，一定可以弄到好多好吃的面包和糕点。比如禾祥西路上差不多三步一家，沙坡尾一带的店也是排排站。"晴天见"[1]的冰激凌也是当天晚上全部清光，有缘也可以吃到。这个城市是多么适合我这样一个喜欢甜东西的人啊。

大超市里卖锅的、卖茶的、卖饼干的地方都有试吃，推上手推车放些东西在里面多走几圈，就可以吃饱。卖蔬菜的地方也在不断地剔除不太新鲜的西红柿、黄瓜之类的，只要去那边等一等，就有菜可以吃。

想吃大餐的时候就找个大酒店，一层能摆两百桌的那种。那种规

---

[1] 张春以前开的冰激凌店，有厦门曾厝垵店和沙坡尾店，已于2018年关张。——如无特别说明，本书脚注均为编者注

模的酒店经常会有楼上楼下两三户人家在摆酒。只要喊着"恭喜恭喜"然后跟在一个人后面，假装成那个人的同伴，就可以进去吃了。新郎新娘都忙晕了，其实当场都认不出来。就算退一万步被人发现了，就说是隔壁家的宾客走错门了。不过，也不用常去，因为这边的喜酒不好吃，尤其是连着吃会很腻。

白鹭洲那边有个湖，湖里可以钓鱼。民族路尽头的海边散步道也可以钓鱼。退潮的时候，在台湾民俗村附近的海边可以挖牡蛎，还可以捡到小石头蟹，10月最肥，就算很小也是很肥的！植物园从铁路公园那边上后山有柴可以捡，抱到海边生火烤鱼和螃蟹吃，很不错。这样海产也有了。没有盐？不要紧，它们可是海里出来的啊！本来就是咸的啊！

枋湖路满街都是杧果树，它们到了秋天会结果子。整树黄灿灿的杧果没人摘。如果想吃可以去那里等着，它自己会掉。木瓜、龙眼、枇杷，这些树都在路边结着果子，没人管，也吃不完。只要按季节蹲在树下，就会等来水果。特别是木瓜。因为目前没有足够的流浪汉，它们中的大部分就掉在地上摔碎或被踩烂了。救救木瓜！

想喝茶就去巷子里面转，看到谁家在干活，比如铲土、搬砖、修东西、搭梯子、上房顶之类的，就上去搭把手。等活干完了，主人一定会搬东西坐到门口泡茶，一定会请你坐下来一起喝的。

整个关于饮食的方案，有荤有素，有大餐有自助，有吃有喝，营养全面，丰俭由人，我感到非常地满意。

鹭江道的地下通道那里有一大溜衣服钩，市民们会把自己不需要的衣服送到那里挂起来供流浪者取用。厦大西村对面的街心公园里也有两个衣服回收箱。人们要把旧衣物整理好、包装好再放进那个箱子，所以那边有很多干净整洁的衣服、被褥。等我过上要饭的生活，就再也不用洗衣服了，啊哈哈哈哈！

　　白城沙滩的公厕外面有洗脚的龙头，洗脸、洗脚很方便。观音山的沙滩上有免费的淋浴处供人洗澡。铁路公园的隧道入口有免费的直饮水。音乐广场上有免费的音乐表演，指挥家郑小瑛每年都在那里举办露天的交响乐音乐会。各个天后宫、圣妈宫、保生大帝庙……所有能看到的庙宇，都会有个露天戏台演歌仔戏、布袋戏、芗剧、南音之类的，有时候还会放电影。初一、十五，逢年过节，或者某个神仙过生日时都会演，简直是从年头演到年尾。

　　厦门文化艺术中心里有博物馆、科技馆、图书馆、美术馆，很多展览都是免费的。中华儿女美术馆常年开放，每年有近百个大小展览，从不收费。进图书馆阅览也不需要任何手续和抵押，除非要借书出来，否则直接进去看就可以。书店到处都是，逛逛看看没人会赶。精神生活也都有了。

　　如果实在闲累了就去跑步。想要海景路线可以跑十多公里的环岛路步行道，要山景路线可以跑文曾路线，从山中穿过，两旁都是四季花树。如果要从住处（比如演武大桥）到观音山去洗澡通勤，路比较远，就蹬我的滑板车去。滑板车，便携且御风而行，站起来可以行驶，叠起来可以拎，帅气要饭生活的必备之物。

　　要饭生活主要依靠两点：一是身体好，二是心情好。要是身体不好、心情不好，那就只能回去赚钱了。反正都是不开心，还不如去赚点钱。

　　对了，最好那时候多比已经死了，毕竟狗喜欢富贵日子。不过，到时候再看吧，也说不定它随我。如果可以带着狗就更完美了。

2016 年 5 月

宇宙说要吃牛肉粉丝汤

想起初五那天的一件事。初五那天，我要到新桥机场搭飞机回厦门。我起得有点晚，没来得及吃老妈煮好的腊排骨，就匆匆赶路去了，打算上飞机吃飞机餐。一切顺利，下的士之前我就付完了的士费，在机场大厅里一路左冲右突，寻找最短的队伍，排队，麻利地办好手续，大步流星地奔到了候机室。

大家都知道，候机室一般会有个唯一的餐厅，平时我都是视而不见的，但那天突然被一个人桌子上的餐击中了！

那是一份牛肉粉丝汤，加上一块烙饼、两片西瓜和一碟萝卜干。全都是我爱吃的东西啊。我眼冒金星地站在那里发呆。大约过了一秒钟，服务员捧着打开的菜单迎了上来："小姐，吃饭吗？"

那打开的菜单上，第一页就是这个套餐。我扫了一眼，心中的呐喊震耳欲聋：牛——肉——粉——丝——汤——很——好——吃——的!!!

但我的理智仍然在挣扎："可是快登机了，来不及了吧？"我紧张地望着服务员。

她随随便便地说："来得及吧。"

我马上说："那好吧，来一份。"

其实她根本不知道我要上哪个飞机啊。但是我已经不顾一切了。是的，我决定不顾一切，一定要吃到。

做了这个决定以后，我归置好行李，脱下臃肿的羽绒服，叠好放到旁边的椅子上，用发卡别起刘海，等待着我的牛肉粉丝汤。

我的餐，来了。它的模样正是我全心全意期待着的模样：热腾腾、香喷喷。不早不晚，来得正正好。我决定要非常认真地好好吃它。所以，在离登机时间只有不到十分钟的当口，我还是拆开送来的湿纸巾，仔仔细细擦了手。

我来两口粉丝，配一片牛肉，咬一口饼，再拿起冰凉爽口的西瓜解解烫。几口咸，一口甜，几口烫，一口凉，我吃得津津有味。我想，我的决定是对的，其他一切都无所谓了。

在已经度过的人生里，我一再验证一个想法：当你非常非常想要一样东西的时候，康庄大道就会为你铺开。例如这次，我想都想不到发生了什么事：我并没有拖到广播喊我的名字。不过广播的确开始说话了：××次航班的乘客，您所乘坐的××次航班已经从××到达新桥机场，机舱内清洁工作正在进行，大约需要十分钟。

又过了一会儿，广播又喊：请头等舱和带小孩等需要帮助的旅客优先登机。也就是说，我这种旅客还可以再待一会儿，直到把最后一口汤都喝完，还可以从从容容地把我的餐盘拾掇一下，再拎上我的行李，闲庭信步一般上飞机。

我相信，那个时候，机组人员在机舱里，都握着手里的扫帚、抹布什么的，停了下来，望着我微笑。

2015 年 2 月

别把毛巾用完了

1

有部电影好烂,但是我记住了一句话——男主角的妹妹在男主角家洗澡,他喊:"别把毛巾用完了!"

当时我心里就大喊"哇啊!"——毛巾不是挂在洗脸池边的那个湿漉漉的、不定时才换一次的东西吗?——洗一次澡就要用很多毛巾的生活,让我有些羡慕呢。我猛然领悟到每次都用干的、新的毛巾,才是爽的!

前两天我又看了一部电影,很烂,看了半天,男主角突然说:"别把毛巾用完了!"我才回忆起来:"噢!这是那个片啊!"

在看这个片之前很久我就向往那个情景了:浴室门口有一个没有门的开放式立柜,柜子里有码得整整齐齐的一沓浴巾,蓬松洁净。看了这个片以后,我终于知道一沓浴巾或毛巾怎么用了,就是:用一次,就要洗;一条湿了,换一条继续擦。

2

这个梦想中的情景还包括一个脏衣篮——洗完澡擦完水,把衣服顺手一扔,扔进脏衣篮,很少准准地都被兜住,总是要有点偏差,扔进去的衣服还是要有点拖在外面,更有那种"虚伪的中产阶级清洁宁静的生活有条不紊地进行着"的观感。不"作"到这个程度,形式与内容就没有达到最大统一。

没错,我已经实现了这个梦想中的情景。为此我扔掉了所有旧的、变形发硬的毛巾,买了一堆新的、高级的浴巾和毛巾,把房东的洗衣机搬到一边,重新买了一个带自动烘干功能的,以保证毛巾都可以及时变干燥。另外,我还搬了家。看这个房子的时候,浴室门口的立柜深深地戳中了我的心。这么说吧,为了这个梦想,我真的花了不少钱。不过,钱不是就应该这么用吗,不然挣钱又有什么意思呢?挣钱如果只是出于空虚,或者为了糊口,又或者是出于他人的要求,那真是没什么好挣的,还不如去要饭。

因为如此,我又把旧的床品都扔了,并买了许多种逐一试过,留下最喜欢、最舒服、每次看到铺好的床都想上去蹭的那些。

3

从小我就想:人为什么要叠被子?反正晚上还是要睡乱的,而且不像碗一定要洗,毕竟不叠被子看起来也没有坏处。但是试试就知道,每天都叠被子的床睡起来会更舒服。

关于叠被子这件事,要想把被子叠整齐,先要把被子里面的被芯拉拉整齐，每个角都要对准被套，然后几乎是用卷的方式，把被芯和被套一点一点对齐确认好。

而叠完被子只是一部分，整理床铺还包括把床单弄整齐，如果要把床单弄整齐，就要把下面的褥子拍拍松，拉拉好。做到这一步时，会检查到褥子是不是歪了。买四个角上带橡皮筋的褥子，可以用来绑住席梦思床垫。铺床的程序还要包括把床垫掀起来，把褥子绑好。

床单脏了旧了，常睡的位置就会皱，会被磨薄，揉损得发灰板结、发黏。对这些细小不适视而不见的人，挣钱想必都不会感到太高兴。我经历过，对痛苦感到麻木，喜悦也是喜悦不到哪里去的，会一起屏蔽了。

4

在家的时候，我嫂子也表扬过我，说我给侄女叠的尿片特别漂亮。虽然尿片本身大小不一样，形状也不一，但我也把它们都仔细叠成了类似的形状、大小。

那些尿片，是我妈从至少十年前就开始攒的旧布。主要是旧床单，还有旧棉布衣服。那些布正在接近整体烂掉，但也是最吸水、最柔软透气的阶段。床单或衣服成了那样，是早应该扔掉了。好几次我说要扔掉这种东西，她立刻当成宝贝藏起来，说要留着以后给孙子当尿片。就连如今在洗那些尿片的时候，我妈还是很小心，也叮嘱我要小心，因为她还打算给下一个孙子接着用。

因为记得这些，我在叠那些尿片时，是怀着深情的。它们被细心地清洗、晒干，折叠后的样子，也都饱含着柔软的心意。

日常使用的织物布品，需要人手的触摸，当用正确的、怀有爱意的方式对待的时候，你几乎可以感觉到它们在说：对！我希望这样被抚平，我希望这样被折叠和放置，我喜欢这样当你的贴身之物！

当使用它们时，你也会感受到它们因为被好好对待，而呈现出的妥善和体贴。

5

如果要好好安放喜欢的旧物，也得有比较大的空间，才能容纳一个横跨几十年的梦想。例如我妈攒旧布，从她还是一名青年妇女时开始，一直攒到她的儿女都生下了后代。这期间需要大量耐心，大概也需要比较大的房子。

留下旧尿片我是能理解的，那是钱买不到、旧得正好的东西。其他为了省钱而留下，或是像我一样不知道该怎么用而留下的旧东西，我还是求她扔掉。

所以啊，一旦有了梦想，钱就成了通往幸福的桥梁。所以，一定要有梦想啊，有了梦想，钱就有用了。

2015 年 12 月

中秋前夜，一只鸟被风吹走了

9月14日是周三，也是台风大王"莫兰蒂"在厦门登陆的前一天。下午公司响应政府呼吁，提前下班，让大家回去防风抗台。我和同事们出门时，天上开始掉雨点。同事说开车送我回家，我十分开心，因为要带着多比还有皮卡一起回家。多比是我的狗，皮卡是同事养在公司的小猫，一放假就到我家度假。而台风天突然落下暴雨十分常见。

我们坐在车中，街道很拥挤，人们都在赶着回家，所有电台都在播台风红色预警的消息，远处的天空非常低，被过于鲜艳的云彩对比得几乎有些阴沉。我们说说笑笑，和所有灾难片的开头没什么两样——灾难来临前，一伙年轻人轻轻松松坐在一辆车里谈笑，对广播里的警告不甚在意，街道拥堵但也看不出和平时有太大不同。主角透过车窗，看到从未见过的紫红天空，脸上掠过不安的神色。

如果这是在电影里，那我一定不会死。因为电影里带着小动物的人都不会死，小动物也不会死。何况我带了两个小动物：一只小猫，一只小狗。观众不喜欢小动物和它们的主人死掉。

9月15日凌晨3：05，超强台风"莫兰蒂"直直撞上厦门。这是有历史记录以来最强的一场台风。虽然登陆时略有减弱，但仍然超出了从小学地理课本里获得的认识。风力有15级。我不可能出去看，只敢听——就像成千上万头厉声尖叫的龙在一起狂舞和撞击。

15级台风最让我震惊的是，玻璃原来能像帆一样鼓起来。我穿上冲锋衣，把拉链拉到顶，脑门和嘴都挡住，去把已经剪成1米多长的宽胶带斜着贴到玻璃门上，回到角落再剪一条，去跟上一条打上叉。这样也许可以给玻璃助点力，万一玻璃爆掉，应该也飞溅得不那么厉害。

以前我不知道玻璃门下有缝，这次知道了。狂风卷着水从缝中喷进房子，满地都是水，整个屋子除了有门槛的卫生间，已经没有一个干燥的地方。我换上厚底的拖鞋，以免双脚一直泡在水中。

从凌晨2点开始，我就持续不停地清理着地上的水。谁能想到房间里应该有地漏或水泵呢？我抱出所有毛巾浴巾塞住门窗缝，水仍然不断地汩汩冒出来。后来我看新闻图片，看到很多人用毛毯和被子堵门窗。

我不断拧拖把，不断把水拿去卫生间倒掉，没多久就倒了二十多桶。重复的机械劳动有助于缓解恐惧。我已经用胶带给门窗打上叉，我尽量离远些。对于玻璃被吹爆掉这件事，我已经没有别的办法了。大自然暴怒起来真是难以想象，自然灾害不再是电影，不再是照片，而是真真切切的现实。我暗暗下决心，以后再也不在大自然面前装×。

眼下的情况，就是把东西搬离门窗附近，减少浸泡，木地板上的水尽量清理掉。如果玻璃爆掉，我就抱着电脑去卫生间关上门。如果房子要塌，我就连电脑也不要了，跑出去，活命第一——想完这些，我换上了整齐能见人的衣服,然后就一边劳动,一边听着风雨尖叫呼啸,一边祈祷。

早上6点,风声已小,听起来已经不像固体了。那时候我就想,晚上这个时候,一切就过去了吧!

天色慢慢变亮,其实已经过了一整夜,这稍微变弱的风雨竟显得十分宁静。平时热闹明亮的演武大桥上一辆车也没有,只有迅疾的风和雨。我竟然想着:好安静啊。环顾四周,地面已经勉强露出来,一只猫在梳妆台上,一只猫在桌子下面的抽屉里,一只狗在懒人沙发顶上。电影里带着小动物的都是主角,都会活到结尾的。然后,我就慢慢睡着了。

我最喜欢的那条林荫道上,小叶榕郁郁葱葱的树冠全部被削平,远处的鼓浪屿矮了一大截。小区中庭一个人无法合抱的棕榈树被连根拔起,发型最棒的一棵榕树倒在地上,对面大厦的一整块玻璃幕墙没了,两间办公室裸露出来。满地都是碎玻璃。原来台风过后,路面上最多的是碎玻璃。听说全市有三十五万棵树会因此死掉或遭到重创。不过还好,没听到有人伤亡的消息。确认已经平安后,我想着办公室不知道怎么样,"晴天见"不知道怎么样,朋友们家里的情况不知道如何。网上的政府公示仍然劝告居民不要出门,尽量待在室内。网络断断续续,消息断断续续地传来。多比竖着耳朵,紧紧挨着我趴在一边。皮卡用爪子挡着眼睛在睡觉,蛋蛋蹲在抽屉里,吐着舌头,试图露出严肃的神情。原来我有这么多牵挂啊。

台风天赶上了中秋节,直到周五的晚上,已经是农历八月十六,我才带着多比下楼,沿着倒下的树,走到和平码头的广场,去看看中秋的圆月。有人家里已经传出博饼时丢骰子的叮当声,我能看到的每个阳台都已经打扫干净。垃圾一车车地路过我身边被运走,成队的军绿色军用卡车驶向会展中心的方向。晚上10点半,清洁工还在工作着,鹭江道路段被吹折的树都已被拖到一侧,它们大部分是小叶榕和凤凰木,因为它们折得太狠,我走在旁边闻到了树木的伤口传出的非常明显的"绿色气味"。

　　因为全市大部分基础供应没有恢复,有灯光的大厦不到一半,城市黑漆漆的,也衬得月亮似乎比往年更亮一些。我家不知为何非常幸运,只在周四断水了五个小时,其他时间都是水电两全的。有九个朋友陆续来家里吃饭洗澡乘凉。中秋节晚上有七个菜,六个人,大家边吃边谈论着自己当时有多害怕,谈论着看到了什么、听说了什么,谈谈这个谈谈那个,惊吓过后,果然要聚在一起才温暖。芙蓉望着锯断残树的武警说:"台风天就要嫁这样的人。"

　　以后看到喜欢的树,就帮它拍一张标准照。还有,能够陪伴着它从创伤中渐渐恢复,这让我更喜欢厦门。

2016年9月

海岛冬天

1

我抱怨过很多次了。夏天实在太漫长,长到让人骂娘:搞什么哦,11月还这么热,这里是不是只有夏天了啊?大家日复一日地穿着人字拖和短袖,早就穿到腻味,好看的卫衣、针织衫、长袖连衣裙都不能穿。人们理所应当地晒着本不该出现的大太阳,偶尔有人在看手机的时候惊奇地抬起头说:"咦?北方都下雪了!"晒太阳的还在晒太阳,吃冰激凌的还在吃冰激凌,甚至偶尔能看见有人刚游完泳从海里缓缓起身,站在太阳下把自己晒干,"天人合一"地去坐车。

天气预报也挺扯的,明明说了接下来要大降温了啊!要下雨了啊!可太阳照样若无其事地出来了。我有时候想,现在的人报天气预报时都不抬头往天上看了吗?

厦门的冬季就是这样,特别"弱小",偶尔降一下温又缩回去,没事人似的。

但总有那么一天，一夜之间就冷起来了，短袖不能穿了，人字拖也不能穿了，海边和煦的微风突然开始打脸。人们惶惶地问："什么，就这么来了吗?!"也不打个招呼，秋天什么的，至少也该象征性地出现一会儿吧?

可是冬天就这么来了。虽然多次入冬失败，它始终还是来了。

2

真的很说不过去，厦门人瑟瑟发抖说"好冷好冷"的时候，其实根本就不冷。还有10摄氏度呢，这能算冬天吗？我仔细观察了，所谓"好冷好冷"，就是他们还穿着单裤、单鞋、T恤衫加一件外套。这对很多在厦门的人来说，几乎就是过冬的全部装备。

过惯了好日子的人，哪有认真准备过冬衣。去年可能是在最后的时刻才买的棉衣，基本都不知道被塞去了哪里。找出来几件不薄不厚的外套，又嫌样子难看。打算赶紧网购几件棉衣，却发现收藏夹里全是秋装。我知道有几个人，在我这种来自北边的人的谆谆教诲下开始穿秋衣秋裤，却竟然都不懂得穿外套的时候要拉住秋衣袖子！我又向他们科普了"秋衣掖在秋裤里，毛衣掖在毛裤里，棉衣掖在棉裤里，最外面再穿一个大衣"这种古时候的人定胜天式的北方高精尖科技，他们都很恼怒。

我又跟他们说，在东北，大人冬天送小孩上学，就是拿手拍，拍一下，小孩就弹起来，拍得好的话，一回都不用捡，一路就拍到学校了。升旗仪式上校长跟哪个孩子置气，就使劲拍那个小孩。小孩弹到天上去，得校会开完了才能掉下来。一边掉一边喊："下面的让一让！

让一让！"砰！没经验的小孩当场就吓哭。但是没事，穿得厚。

厦门的百货很苦，别的城市一年换三季，厦门只换一季，服装业的红火程度比起偏北的城市不知差多少。冰凉的海风已经一刻不停地刮起来，在海边赤脚散步的人一夜消失，坐在沙滩上的情侣也不见了。他们都和我一样瑟缩在家里。一直穿着人字拖的厦门人，这下真的是受不了了，又开始骂："讨厌！这么冷，天怎么还不晴！"

其实厦门还没有到过0摄氏度以下，没见过霜雪。大家都喊冷，只不过是因为不肯好好加衣服。

3

今年更有意思了，席卷全国的超级寒潮，来自北极的大魔王，一代寒冷大王，从西伯利亚屈尊入关，竟然也鬼使神差地来到了厦门。好在人类拥有着耸人听闻的天气预报，还有微博、微信之类的，逮着寒冷大王帮它吹。这次，人们阴沉着脸、紧咬着牙，准备认真对待这个冬天。毕竟在厦门最冷的某个区域，竟然下了一点小雪。听说上次下雪还是在光绪年间呢。

但是植物就不一样了，我上班路上看到它们真是要笑死。

天气已经到了非常难得一见的1摄氏度，如果是在北方，这种气温下的植物早就赶紧把自己撸秃了吧，光溜溜的，什么也不剩。毕竟接下来就是严寒啊，不赶紧把叶子散去，它们都是要散热和吸取养分的，等春天来了植物哪还有力气发芽。但是厦门的植物界整个都蒙了。所有的树，都垂着树叶，枝条也没什么精神，大家交头接耳：

——你冷吗？

——有点……

——可我们是植物啊,我们真的怕冷吗?

——按理说不怕吧……但是我们植物,应该在天冷的时候落叶的……

——那到底要不要落叶啊?

——但是以前冬天不是才两天吗?

——这次好像真的不止两天了呢……

——啊,好饿!

——啊!我们根本不饿,只是冷!毕竟我们是植物啊!

银杏,你知道吧,就是那种在北方生得漂漂亮亮、金碧辉煌的金子树,到了厦门,头两年还会按时发黄,第三年就不知道如何自处了,一半绿一半黄,犹犹豫豫的,也不结果了。植物最守规矩,该黄的秋天好像还没来透呢,怎么能结果子?还没有准备好结果子呢,夏天又来了,完蛋。到底黄还是不黄?落还是不落?结还是不结?想不明白了。太不容易了。

4

人也一样,还是没有上心好好买棉衣,心存一丝幻想:毕竟夏天那么绵长、那么火热,也许这个冬天只是来打个招呼的。再坚持一下,可能夏天就回来了。人字拖和短袖也没痛快收起来,相当于给夏天叫魂。在淘宝、商场挑了几趟,挑来挑去也不想选那个最长、最厚、最暖的正牌棉服,还在瞟裙子的搭配,挑薄又美的小外套。如果有那种不管多轻薄多有型,都一点也不透风,还能自动发热的棉衣就好了。

最好价格又实惠，总共只穿一次也不闹心，就可以像夏天一样，每天都换。不容易……也是不容易。

冬天啊，一切都要重新规划。毕竟已经成为形状完全不同的人，在不同的气温下，也必须动用一般用不到的那部分灰质了吧。我总觉得原先是液态的那些脑浆已经凝固了。

不过即使是在冬天，花钱也还是温暖人心。于是我开始添置别的。冬天！抓紧时间吃鸳鸯火锅！买电暖气！电热毯！睡前早早就开起来，暖乎乎的被子能救一条狗命。植物不知道是不是也这么想：

——不然先掉几片？

好了，掉了几片。

——冬天过去没有？

——还没有。

——那再掉几片吧，不要太多了。

——冬天怎么样了？

——还是没有过去。

还没过年呢。等过年了，就说明春天到了，春天到了的话，植物和我就得想些别的事情了。

2016 年 1 月

当自己八岁那样去画吧

身边有一些朋友因为看到我每天画画,开始产生兴趣,有了勇气动手,并且都画出了很好的作品。他们也因此更相信自己,作品越来越好,情绪、表达和品位也越来越好。

大家一方面惊喜于"原来我也可以画画",另一方面也很肯定我在这个过程中起到的作用,我不禁也有些得意。看到知乎上有人问"成年人如何开始学画画",我有一些自己想出来的看法,正好总结一下,给大家参考一二。

我的朋友乐乐,刚开始在废纸上画,画完了随手丢在一边。我把她乱画在废纸上的小东小西都剪下来,装裱好贴在一个本子上送她。她感叹:"哇!原来这么好看啊!"后来她就用能随手找到的东西继续画,越画越多,越画越好,越画越开心——获得绘画这个礼物,就是这么简单。

我想,画画就是触摸时间和心灵。最开始,我们的手在能够握住东西的时候,就不自觉地开始涂鸦了,它应该是最自由的。就当自己八岁那样去画吧。

我感觉许多人都是心里隐隐觉得自己喜欢画画，却出于对"画不准"的畏惧而无法动手。我也经历了我国学院派教育，学院提倡的基础练习，也许并不对。"要先画得准，才有资格去画得不准"，这种"恐吓"让人把大量的精力花费在"茫然忍受绘画基础练习的枯燥"上。尤其是对成年后开始画画的人来说，你已经有了自己的趣味，你应该具备对这种趣味的信心。请不要拘泥于准确那种事情，那不是最重要的。

如果想写生，不要从那些令人畏惧的石膏开始。去超市，看到自己喜欢的东西就买回来画。画的时候要想：为什么喜欢它？它哪个地方让你动心，就从哪里开始。应该画自己喜欢的东西——把自己的喜欢表达出来，画准确只是其中的一种方式。

比如，觉得一个苹果红得可爱，你大可以画一整片那种红色。你可以用很多片纸，反复调色，反复涂满红色，直到涂出一片让你最满意、最接近它当时打动你的样子的那种可爱颜色为止。是的，这也是画画，甚至它其实就是很科学的关于色彩构成的练习，也可以将它看作一种高度提炼的创作方式。是不是觉得很有趣，跃跃欲试起来？

但是，如果画这个苹果，要你从素描开始，把它的形状、形体和光影都画准确，然后练习色彩，把它整个细微的色彩变化都画准，要经历大量练习，才能画出一个符合大众认知的、每个人一看就说这是个苹果的苹果。这时候它还是你最初喜欢的那个苹果吗？可能不是你的苹果了，不是当时触到你喜爱之心的那个苹果了。你没能得到它。而且，这个过程将充满挫败，令人畏惧，也令人难以为继。

如果有一个对象，需要你完全地复制此情此景，才能表达对它的喜爱，你自然就会去学习怎么画准，而且会学得很快。技术是为心灵服务的，需要它的时候，主管学习技术的那部分大脑会非常卖力地工作起来。

就这样，在对这些对象的喜爱中画下去、追寻下去，通过这些累积的练习，心灵会更充沛有力，不管是写实的能力、感受的能力，还是表现的能力，都会越来越强。这样做到的每一点进步都是自然的、令人愉快的，会让人因为无限地接近自己而感到真实且充实。像这样去画，你会根本不在乎别人怎样评价你的画。用力所能及的方式触摸自己的心灵，这会对生活的方方面面都产生好的影响。画画就是这样一个过程。

使用这样的方法，除了画得愉快，读画的能力和自信也会迅速地增强。再去看别人的画时，也会看到更丰富的东西，并因此渐渐形成自己更为独特、充沛的趣味，得到更丰富的审美层次。绘画可以凝固作画者主观心灵观照的那个最具情感的瞬间。因此，观赏者才能在同一个景物的画作中，接触不同的情绪和心灵。所以，画画是不必有负担的，尽情体会自己的心就好了。

这个理论是我自己琢磨出来的，没有在哪里看到过，但是它贯穿了我整个的教育、学习、历练和甄别的历程，符合我对待所有事物的观念，和我统一。所以，我相信它是对的。

技术上我只有几个非常简单的建议：

第一，画过的画都要精心保存。把它们放到相框里，或者用一些硬的卡纸，在画的背面裱一下，留出边框，或者夹在有透明翻页的文件夹中。很小幅的可以买一些塑封照片的塑封纸夹起来。这样做的目的，是"使之完成"。哪怕只是一个涂鸦的作品，具有较高的完成度也会大大增加乐趣。

第二，如果在画上签名，就要讲究一点，因为签名是画面的一部分。一张纸上的东西，每一样都应该注意它的位置和形状，包括它所构成和打破的空白。那张纸就好比一个舞台，空间有限且珍贵，演员走位都是有讲究的。画面上体现出的所有元素都应该为画面加分。在这个空间里，不加分的东西就会减分。

第三，要像爱护眼睛一样爱护自己的作品，重视它们，因为这就是你的目光，凝聚了你宝贵的时间，凝聚了你的凝视和情感。通过这样的重视，你会渐渐地把富有美感的、敏感的意识融入日常行为中。

要动手画画，第一个问题往往是关于选用什么画材的，其实不应该问"什么材料最好"，而应该在发觉现有的材料不够表现想要的效果时，再去寻找其他的材料。而这时去看资料会很有效，选择材料也会非常准确。所以——我想要更明亮的颜色、想要感觉蓬松的表面、想要干枯的颜色、想要牛奶般的丰润感——要用什么？怎么用？这才是正确的提问。只要提出这样的问题，答案就不言而喻。在还没有开始画的时候，是提不出正确问题的。当提出正确的问题时，你就已经开始进步了。

所以我的建议是：就当自己八岁，拿起离自己最近的笔和纸，今天就开始画一个喜欢的东西。如果什么都没法画，那就画一些点。你可能很难想象，在一张纸上点出好看的点竟然这么难，竟然这么有乐趣。

2014 年 4 月

最平庸的人

前些天和同事讨论平庸。她说了一个她认为最平庸的人：

这个人在她家附近的街上卖金鱼。他把几个鱼缸摆成一溜，自己坐在小板凳上。她还是小孩的时候，这个人就在卖金鱼，现在她已经四十多岁了，这个人还在那里卖金鱼。而且这个人完全不求上进，一般在街上做这种小生意的，都会顺便卖点彩票，或者帮别人找找房子，当一个兼职的中介。他却都不做。他就摆两个小板凳，一边卖金鱼一边下象棋。随着时代的变化，卖鱼的其实也会变，比如说会增加一些比较时兴的种类，比如小丑鱼、清道夫鱼之类的，但这个人卖的鱼一直差不多，就是最普通的那种金鱼，红的、黑的、花的都有。他就这样过了几十年。她觉得，这个人应该是世界上最平庸的人了，一辈子什么成就也没有，也没有任何进步。他结了婚，生了孩子，也没有让他奋进一点。连卖那几条鱼的生意，也做得不怎么样，因为有时候他忙着下棋，没有好好招呼客人。

我却觉得，这个人非常厉害。几十年，一辈子，周围的世界天翻地覆好几遍了。他的父母、老婆、孩子肯定希望他能多挣点钱，多干点活，多为更好地生活想想办法吧？连一个路过的孩子或其他行人，都觉得他应该有所长进、做出改变，他却岿然不动。这人一辈子该听过多少规劝的话，被唠叨过多少次不长进、懒、无能、自私、有手有脚的大男人、别人家如何如何，他是怎么做到纹丝不动的呢？他认识整条街的街坊，信息丰富，他都不张罗半点其他生意，他看了多少人买卖彩票，他总会听到很多这个那个怎么发了财的故事。他不用心挣钱，不去外面的世界，不郁郁不得志，不顺手哪怕多帮人收收快递。不为父母、老婆、孩子多做一点点事。他就坐在小板凳上，一边下棋一边卖金鱼，就这样从小到大，从青年到老年。可以想象，他应该还会这样过下去，就这样一直活到死。

我觉得这个人可以算得上泰山压顶不弯腰了。

有这种能力过一辈子的人，算不算是平庸的人呢？

在知乎看到有人问："怎么办？我对自己平庸的孩子非常失望。"

这个问题最让我困惑的是，平庸的定义是什么？我们或许需要先搞清这一点。

如果一个孩子保持对任何功课都不热情的状态，只正好完成让自己不挨打（或者挨一点点打）的作业量，保持中等成绩，或者绝不流露出任何才华，这可是一件很不容易的事。因为每天都上课学习，每天都要竞争，每天都有新鲜事发生，每天都被父母期望、责备或"科学育儿"——随着时间流逝，变化必然会发生。一点也不进步还挺难的。不变才是必须排除万难才能达到的。

如果是这样，我觉得这孩子不平庸。他要办到这些，要有顽强的意志、排除干扰和压力的专注、敏锐的观察力，还要心手一致，精确地调整自己的状态，以保持自己的不变。所以我想问问，您是怎么办到的？您是用什么方法来让他有这种需要的？您是怎么教育出这样一个人才的？

2019 年 10 月

不爱吃的正义

人并不会总是热情洋溢地吃啊！想到这件事我就大喊一声。

有一天店里来了四个客人，要四份冰激凌。他们给冰激凌拍照，给自己拍照，又喊我帮他们合影。后来我就看到他们的微博：哇！几个吃货一起所向披靡！我们吃了"晴天见"的冰激凌，好好吃，好开心哟。

我陷入沉思：可是那天他们明明都没有吃完。为什么吃不下，却要说自己吃得下呢？而且，我依稀觉得他们没有很开心，都没怎么交谈，一直在拍照修图来着。

后来我又想通了：大家都这么爱玩手机，本来可以躺在家里安心玩，偏要辛辛苦苦地凑好假期，跑到别的地方，一起玩手机。这不是很感人吗？"喜欢玩手机，但是想跟你坐在一起玩手机。"这大概就是移动互联星空下的新交流办法吧，其中蕴含的情谊并不能看表面就断然抹去。

工作日中午大家叫外卖，虽然千方百计换花样，但总归只有那几种。能送达的外卖总是有限的,而工作和工作餐是无限的,所以很快就会吃腻。我们搬了一次办公室,新鲜了一阵,不久后又吃腻了。如果有新开的店,活力四射的同事会去试一试,但那总是少数人,少数时候。多数人只会随便叫点什么外卖,赶紧吃完好午休一下。

明明胃口不好才是都市生活的常态啊——面对依旧不好吃的外卖,我常常疲倦地叹息。我基本上放弃了对工作餐的追求。我曾经连叫了一年公司楼下兰州拉面的外卖:"小碗刀削面加辣加牛肉。"后来我只要在电话里说:"喂?"对方就会说:"好。"

胃口好也是要点缘分的吧。物质这么丰富,食物匮乏早就不再是问题。想吃又吃不下是常有的事。但是,人们为什么不太愿意承认自己吃不下呢?

一些科普理论大概会说,因为人类最初需要好胃口来证明自己强健有力,吃不下是一种病弱的象征,有被种族抛弃之虞。在"廉颇老矣,尚能饭否"的故事里,廉颇被免职后跑去魏国,赵王派人去查看他的身体情况,廉颇吃下一斗米饭和十斤肉,披甲上马表示自己还很厉害。但使臣报告赵王:"尚善饭,然与臣坐,顷之三遗矢矣。"赵王觉得廉颇还是老了,不再给他效力的机会。

人们大概是需要说自己胃口很好的。比如在社交网络自称吃货、观看美食视频、阅读美食专栏,做完这些以后,差不多算一个热情洋溢的人了。——好的!可以继续面无表情地活着了。"我不喜欢吃东西,我胃口不好",就跟"我讨厌小孩""我不喜欢读书""我不爱我的男朋友""我什么都不喜欢"一样,是令人不由得回避的忌讳。

我有一个好友,吃饭时会极尽谄媚地赞美主人家提供的食物何等美味,但她只吃一小会儿,就放下筷子开始抽烟、闲聊,或看手机。

我问:"你怎么不吃了?"她会辩解说:"我吃了很多啊!你看!这边都是我吃的。"谁想和你争,我又没有瞎——有时候我就这样讲。

这种谎言大概是社交压力导致的吧,我心中思虑。没错,我确实越来越讨厌请她吃饭,因为她不喜欢吃饭!可是,我不喜欢请她吃饭并不代表我不喜欢她。想到人们会给自己设置种种困难,我感到有些伤心。人和人之间的鸿沟啊,深不可测。

说到困难,今天我想办一件很难的事:作为《食帖》的专栏作者,自从告别过家家时代的做饭游戏以后,我就再也不喜欢做饭了——反正专栏的合同已签,如果有读者因此抗议,说不想看这样的作者写的食物专栏,编辑部也已经无力回天……

我还想"吐槽":一些吹嘘自己手艺的美食界人士的作品,我曾有机会品尝不少。他们做的食物,我觉得根本就不好吃。(感觉再也不会有人请我吃饭了。但是有什么关系呢?我买得起饭!我不想交朋友!我"吐槽"完这个,心情很好!)

说自己没有那种随时随地保持好胃口的激情,大概就像说自己不怎么爱自己的伴侣和孩子那样,是压力很大的事情。可是永远保持充沛的感情活着真的很难。落水狗一样的当代都市青年,哪能拖着疲惫的身体,每天虔诚地三省吾身:"早上吃什么?中午吃什么?晚上吃什么?"

真实的爱,一定是包括不爱的。

2016 年 7 月

冬瓜烧肉

今天第一次学做红烧肉。我做的冬瓜烧肉太好吃了。肉有肉的味道，冬瓜有冬瓜的味道，合在一起有合在一起的味道。

吃到肉的时候，我心灵深处爱肉的魔鬼疯狂地冲了出来，它趴在我的喉咙上挣扎、扭曲、哭喊："是这个，就是这个，这就是肉，我想要更多肉……"

吃到冬瓜的时候，香甜的气味在嘴里弥漫。冬瓜口感清爽，滋润着我焦渴的灵魂，而这时我才惊觉——我的灵魂缺冬瓜。

我问今天之前的自己："你知道世界上有这么好吃的冬瓜烧肉吗？"

她说不知道。

我说呵呵。

她仰望着我，屹立于世界之巅的庄严的我。

我问今天之前的自己："你知道自己有这样非凡的才华吗？"

她说不知道。

我说呵呵。

她仰望着我,并隐退到历史深处。
我又问今天之前的自己:"人生的意义是什么?"
她说我不知道。
我说我知道了。

2014 年 10 月

戒烟记

我第一次抽烟，是在2000年。当时我在北京学画画，租了一个房子。房子里一共四个人，两个男孩，两个女孩。和我同屋的女孩一直抽烟，抽一种叫"520"的细长的女士香烟。她说那种烟有香水味，而且过滤嘴有一个桃心标志。她抽完的烟头就放在一个巨大的奶瓶里，她说等有了男朋友，就把这一瓶送给人家。我真心希望她后来没有这么做，因为那个瓶子里面一定臭极了。

她有两个外号，一个叫"女匪"，一个叫"香妃"。诡异。

总之就是因为她，我学会了抽烟。最开始每抽一口，就要咳五分钟。她总是问我："请问你是如何呛成这样的？"

学会抽烟其实就那么回事，后来我交了一个男朋友，他是个规规矩矩的工科生，对我抽烟这件事大为恼火，说："一个女孩子抽烟像什么样子！你要是再抽就分手吧。"

和他在一起的三年里，我没有再抽过烟。临近分手的那个时期，我有一次离开他，去了好朋友家住。那位好朋友我写过，是一个大朋克青年。我那次在她家住了七天，抽了七天烟。我们去她家小区的超市里买东西，别人都在买泡面、买零食，我们只买烟和水。那时候我们抽中南海香烟，把牙都抽黑了，每天晚上彻夜玩耍，然后睡到第二天下午起床。美院附近的小吃店，到晚上都卖早餐的食品。我们就迎着夕阳去吃"早餐"。那时候，烟对我来说，带着自由的滋味。

后来我分手了，又去了厦门。待业很久的我一下就找到了满意的工作，收入也很不错，在北京感情工作都不顺利的怨愤和郁闷，一下子释放了。这时候交的朋友不是朋克青年了，是一帮嬉皮士。我们休息时就在一个天台上抽烟再抽烟，不抽烟时，我们也无话可说。

再后来就是漫长的戒烟和复吸。如果可以重来一遍，我绝对不会抽烟。烟不是自由的象征，它让我在不合时宜的时候总想着它。我想，哪怕是在自己的葬礼上，我也会希望远离肃穆的气氛，溜到外面去抽根烟。这就是禁锢。

烟，是令我一直在戒断反应中挣扎的、绝对不能忘记带的、无比想离开的物品。我对它非常依赖，但，并不心爱。最近阿紫在戒烟，她到我公司来串门，会直奔装零食的箱子，先把每样东西都拆开尝一点，然后沉默寡言地泡上茶，架着脚，以一种恒定的节奏把所有东西吃完，无一遗漏。

在写这篇文章之前，我已经晃了二十分钟鼠标。因为苹果笔记本电脑的光标会在快速摇晃中变得很大，如果一直盯着看会感到有点科幻。我盯着盯着突然想起她，也觉得她的那种好胃口没那么诡异了。戒烟，就是这个样子的。

我又开始抱怨了，又开始怀疑人生、自圆其说了：戒烟究竟是为了什么？在这脑子发昏、眼睛发直的时刻，如果我没有在戒烟，便可即刻用尼古丁唤起兴奋，敏捷地敲打起键盘来。可是也没有谁说，不戒烟便要扣我的钱，我为什么认为自己要戒烟呢？一定是被社会道德束缚了手脚、禁锢了心灵！人类是道德的受害者！

现在回想起来，阿紫她也不是胃口好，而是戒烟的时候嘴巴太寂寞了。几乎不吃零食的我，在公司象棋盘的格子上摆满了花生。每次想抽烟，就去吃一排。我像要与智慧老人对弈般端坐，放慢呼吸，怀着神圣的心情缓缓剥开花生壳，捻碎花生膜，把花生米放入嘴中，缓缓咀嚼。这是给戒烟之神的献祭仪式。一旦整排八粒花生的献祭完成，我便可感应到戒烟之神的颔首，暂时可以退下了。

但是我又发现，剥花生壳时躬身去够脚边的废纸篓有损仪式的庄严感，所以我制作了"吃花生套装"：一个大盒子里装着一个小盒子，小盒子里装花生，大盒子用来盛花生壳。我的吃花生套装十分成功。上周末，朋友们来家里玩，我向东东和底迪两口子介绍这个吃花生套装，他们大赞巧妙，马上陷入了一种"禅定状态"，也就是两个人并排静坐在沙发之中，默然吃完了套装里的花生。周末我家里有许多来宾，其中包括一个满地爬的婴儿、两只在教小孩走路的猫、一个在看世乒赛视频的咆哮球迷、一只高度警惕发出低吼的狗、一个做饭者和一些饥饿者。屋子里的人都在"策马奔腾共享人世繁华"，只有获得了吃花生套装的东东和底迪拥有安详。所以我说，吃花生套装真的成功。

这时，"使用吃花生套装"成了我戒烟的原因之一——我倒是有点忘了刚开始为什么要戒烟。我还找到了一个新乐子，就是吃冒菜戒烟。一锅冒菜，重辣的。虽然调味是统一的，但食材的口感各不相同，比如魔芋结咬断后会发出"吱"的一声，根根弹起来；土豆煮面之后可以用舌头压扁；年糕软糯，比其他东西更烫，吊在筷子上颤颤巍巍的，吃下去要用好久；咬断花菜的花头时，跌落到口中的"花"嚼起来会有微微的沙粒感；肥牛薄而卷曲，吸饱了汤汁，跟在火锅中短暂涮煮的口感不同，虽然煮老了。吃煮老了的肥牛，就可以想"煮老了"。戒烟的时候真的很适合想这种无聊的东西，不然就会想：我到底为什么要戒烟呢？戒烟时最好的食物就是会让人进入精神休克状态的食物。

可是我到底为什么要戒烟呢？要知道，我下决心拔掉门牙做牙齿正畸时，最大的冲动就源于把烟直接插到门牙的洞里抽的愿望。想到这一幕我就乐不可支，便不再犹豫。须知这门牙一豁，那两年之内都得豁着，没有能通融的方案。以三十四岁的"高龄"豁牙两年，可能会引起一些人的不解。但我相信人们只要看到我把烟插在门牙洞里抽，就可对此心领神会。

不过，想到吃掉一锅重辣的冒菜，食物轮番滚动在口舌之间，如此"多娇善变"，似乎又可以多撑些时候。我也可以为了"吃花生套餐"和"冒菜马拉松"戒烟的。总之，为了一点小乐子，我就能捅出天大的娄子来。这是我所有自圆其说的根本。

2017 年 3 月

又戒烟记

最近我在重做一件令人比较痛苦的事，就是戒烟。这不是决心最大的一次，不是最容易的一次，也不是最难的一次。这只是有了一点契机的、普普通通的一次。

以前我试过"正面刚"，就是什么辅助都没有，硬是不抽。通过这个方法成功的为我所知的人里，有一个是我哥。他戒烟时，自己家里还剩下两条零三盒日本产的七星牌香烟——一种每次都要托朋友专门带的烟。每当扛不住的时候，他就一跃而起，拆一包烟，把它们全部折成两半然后扔进垃圾桶。我正面迎敌的表现是默默跟世界顶嘴，当时我在电脑里输入了这么一段话：

不懂为什么要戒烟。我是一个索求非常纯粹的人，把我变成这样究竟有什么好处呢？

显然后来我赢了，那个被我诘问的世界哑口无言。

还有一个朋友是硬戒戒掉的，不过没过多久他就学会了酗酒。最近一次他醉倒后打车回家，打表计价，车费已经达到100元整，司机问他"还没到吗"，他瞬间清醒，指向车窗外的草坪说："就是那儿！到了！"司机说"你确定吗"，他面带微笑："非常确定。"然后他就在那个草坪上睡了一夜。

我很爱这种故事。阿紫戒烟成功时，我很惊慌。所以，当她说梦见又抽烟了的时候，我很开心。也总能找到几个角度让她看起来变胖了，我也很开心。戒烟一年多以后，她开始疯狂鼓捣烘焙，我觉得这也是她因戒烟而患上了失心疯的体现。毕竟以前她唯一能和精致食物搭上边的就是一台咖啡机，但是那台咖啡机从来没有煮过咖啡，只用来泡整壶茶。戒烟人的狼狈表现我都很爱听。我没什么勇气问他们戒烟的好处，尽管不用说也能看到一些，但我尽量不看。

当然我也有支持者，比如风行水上老师就认为戒烟的人不可托付，能对自己下这种狠手的人，还有什么干不出来。

妹尾河童写他戒烟，说他一开始把烟和火装到小盒子里，小盒子再装到大盒子里，大盒子装进更大的盒子里，一层层锁上，最后锁进抽屉，认为这么麻烦，自己定可少抽一些，结果他不久就能飞速打开无数个锁取到烟了。这跟我另一个朋友有点像。他觉得把香烟改成手卷烟会让他少抽很多，毕竟手卷需要时间。头两天我见到他，他不是在卷烟，就是在抽烟。抽完赶紧卷，卷完马上抽，不是卷就是抽，不是抽就是卷。后来他开始边卷边抽，抽得没有卷得快，旁边已经备下几十根，他还是紧蹙眉头不断抓起烟丝，放进烟纸，放上滤嘴，卷起来，舔一舔。他整个人都被缺烟的恐慌击打着，把自己练成了卷烟机器人。

这一次的契机是朋友圈有人在介绍一个公益戒烟计划，有一个机构会连续给你发十二周的短信帮你戒烟。我立刻加入了，最近收到的一条是这样的：

千万不要因不开心的事情而吸烟，戒烟的旅途虽然艰辛，但是非常值得！试着放松自己，听听音乐、散散步、聊聊天或洗个热水澡。

——美国中华医学基金会

这个落款看起来挺像骗子的，因为这种名字很有骗子的"风范"。不知道是不是因为在戒烟，我隐隐希望那真的是骗子，他们正在通过这些短信转走我的钱。每天我打开手机时都会收到一两条新的短信，它们对我进行各种指点和鼓励。比如这条：

您是否昨天一整天都没有吸烟？非常了不起！记得为自己庆祝一下，买点好的，吃点好的，庆祝自己的成功。

——美国中华医学基金会

多么温馨。比起程序写好自动发送的短信，我依稀有点希望这些是一个活生生的骗子用手打字打出来的信息。一个骗子，每天给我发温馨的短信，只是想要一点钱而已，这难道就不是赤子之心了吗？经常听说有的老人被保健品推销员哄得很开心，花好多钱买没有用的东西，我是很理解的，这不过是一种投桃报李罢了。不过我妈说想骗她的钱很困难，前些时候有人向她推销一种卖6万元的泡脚治腰椎间盘突出的东西,她说她要免费试二十次,有效了才会考虑买。我也替她高兴。

我在知乎上看到一个帖子,问《这书能让你戒烟》这本书有没有用。知乎的联合创始人黄继新用鲜活的亲身经历回答了这个问题,他掷地有声地说:"有用!不但对我有用,而且对我的朋友××、××、××(全是聪明人的名字)都有用!"

这书我也买了,也见效过七天。阿紫也是看这本书戒的。看这本书确实会加深绝望:他们看这本书都戒了,我还是没有。所以后来我买了三本——纸书一本、Kindle(电子书阅读器)里一本、手机的微信阅读 APP 里一本。还是有希望的。

不过后来我见到了黄继新的一位同事,他告诉我黄继新又在抽了。我暗暗地观察着阿紫什么时候会复吸,但她总是表示"也有可能",她要是强硬地否定,我倒是能嗅出一些脆弱,现在这样搞得她好像无招胜有招的太极宗师,弄得我很不爽。也不知道在好友和尼古丁之间,我为什么站在尼古丁那边。

我的上本书里有一篇是讲我是怎么戒烟的,还讲了跑步大法。后来我见到读者时经常被问:"你现在复吸了吗?你还跑步吗?""复吸了,好久不跑了。"失败的故事周而复始,我也没有办法啊。

最愉快的一次戒烟是去年住院时的那次,我住了六天院,完全没有抽烟也不想抽。传说中的戒断反应完全没有。我住在无烟医院,同病房病友的丈夫会跑出很远去抽烟,他回来时,我可以清楚地闻出他身上的烟味,而自己抽烟时我闻不到这种气味。住院的日子蛮愉快的,宁静安详,吃、睡、拉都有人关照。除去生病,其余堪比在拉斯维加斯度假。

因为嘴寂寞，我这两天充分"勘探"了多个外卖软件和附近的商家，多吃了不少东西，竟然也自发地下楼去散步。3月正是厦门天气最宜人之时，楼下斑秃的草坪上，草叶又一点一点长了起来，清风拂面，我又可以闻到抽烟时闻不到的、甜丝丝的气味了。每当阳光照到我，我就会想：说不定就是这次了，无论如何，每次都要相信自己才是啊。

2017年3月

心如钢铁地以头撞墙

每到凌晨 2 点以后,我就会悄没声地上网到处"刷一刷",总能刷出一些入睡妙方,我已经收集了一箩筐了:

"中医说睡不醒是因为脾湿,最近我就是,简直是睡觉小能手。不妨喝点红豆薏米水试试。"

"最近在用睡前泡脚的方法来帮自己调作息。"

"念念《心经》之类的东西。"

"用有镇静作用的香薰,还有夜灯之类的。"

"睡前深呼吸放松,效果不错。"

一个出于本能的事情,有这么多人在议论和总结经验教训,一定是出了什么问题。我收集了一箩筐以后得出了一个不负责的结论:这些全都没用。

往前看已经无路,那就往后看,看看我这一生中曾经可以入睡的日子,都是怎么过的。

读书的时候,我有段时间失眠特别严重。当时我还在北京。正好我师兄是一个基督徒,他一直想让我和他一起去教会,但是我也打定主意不要做基督徒。

那是在一个复式公寓里的家庭教会。人们在二楼活动——读经、祷告之类的。一楼是主日学,小孩在一楼玩,我就坐在那儿看小孩玩。那个房间角落里有个软垫,我就坐在那儿,然后——就睡着了。

后来每个周日我都去那个软垫上睡半天,一周只能好好睡那半天。

如果什么都不想,什么都不做,疲倦就会涌上来。睡觉应该不是从一个活动进入另一个活动,而是停下来。

"我要努力睡觉"应该还是一种工作,是继续撞墙的过程。但是,什么是停下来,怎么能停下来,我应该没有想清楚。

失眠的人会有这种体会:一旦困意袭来,就会激灵一下——啊!我困了!然后就醒了。

"你不可以抛弃我。"这说明你已经被抛弃了。

我真的应该睡了——这说明你真的不想睡。

我害怕孤独——这说明你想念孤独,孤独已经离你而去了。

我好想忘记他——其实你是在用这个方法思念他。

我好想死啊——这说明你其实很想活下去。因为你很想活下去,才需要用死的念头来标注自己还活着,还存在着。

这些反对,其实是一种呼唤。

失眠大概就是把自己当成敌人在反对,但是人是不可以割裂自己的。

我把很多困难归结于失眠,而失眠又很明显是自己一个人的事。所以,错的也是我,纠错的人也是我,打来打去这么忙,怎么睡得着。

有一次，我决定放弃独自抗争，去看精神科医生，请医生帮我。我在诊室里痛哭了一大场，回来的路上，头越来越重，越来越重，而背痛越来越轻，越来越轻。到家时，我感觉十几年的背痛完全消失了。我在昏乱中慌忙滚上床，衣服都没有完全脱下来，就捂上被子沉沉睡去。

那是仿佛掉进了黑洞般的纯粹的睡眠，没有任何光线和声音，仿佛整个世界都合上了眼睛的睡眠，可以说昏天黑地。那天睡醒之后我痛哭不止：原来睡觉这么好，原来我还可以这样睡啊，我得活下去。

现在回想起来，大概就是因为在某个时刻，我决定把自己交给医生处理，所以停了下来，疲倦便滚滚而至，带我进入休息。

任何人们觉得有用的催眠方法都会增加焦虑：别人都行，我怎么不行。

其实，睡眠大概就是自己的手、自己的脚，如果反对它，痛的是自己。我们为何反对它呢？

凝视着受伤的手脚，我们大概应该这样想：噢，断了，要小心一点，要等它自己好起来。

而不是粗暴地想：断了？那把它截了算了。

无法入睡，就好像一直在撞墙。其实，对付失眠的正确方法，应该是停下来而不是撞得更狠。那一箩筐的办法，都是在继续更用力地撞墙。失眠不是独立存在的敌人，它是我们自己的一部分。我们不肯不怨恨，不肯不孤独，不肯原谅自己，再累再困，也无法忍受睡去和休息的欢欣。之所以要对付失眠，就是因为我们想对付自己。

2016 年 4 月

一生里的某一刻・隐藏宇宙

狗剩汤

有一段时间，我和多比住在一栋旧楼的八楼。几栋楼曲曲折折地排在半山腰上，没有电梯，要上八层楼才能到我家。那是我最需要多比的一段时间，也是我最对不起它的一段时间。

那时我仓皇离开家，只有自己身上的衣服、一根狗绳和多比。但运气不错，朋友刚租下这个房子又没法去住，我可以暂且住下。也是在那时，我"宅"的本能全面爆发，只是下楼去丢趟垃圾，也会想家想到哭出来。

不敢想象，如果没有多比，那段日子会怎么样。每当不得不醒来时，我就要面对并没有人在等这件事——没有人在等我重新投入生活，没有人一起丈量今天的长度，没有人思念我，没有人为我醒来而感到高兴。当时就是这样的感受：没有什么有意义的事，连睁开眼睛都是多余的，更不用说吃饭、散步、打扫了。

那是冬天，格外令人孤独。一人一狗都要取暖，多比得以和我一起在床上睡。当时我的抑郁症状比较重，我全天都躺着，不吃不喝、连躺几天的日子也有过好几次。多比就和我一起躺着。它实在憋不住了,就到阳台尿尿、拉屎,然后再回到床上陪我躺着、趴着。

幸好多比一直在身边。它非常真实,眼睛乌溜溜、活生生的,它想去楼下走走,想冲人喊,想伸懒腰,如果如愿就会笑。如果不得不和我一起在床上躺着,它就叹气。我躺在床上,伸手就可以摸到它,它就把头拱到我手心里,用冰凉的鼻子顶几下,然后闭上眼睛,叹息一声。那是我用手就能摸到的、活着的气息。

狗在床上睡当然有坏处,它多少总是有些脏的。但这也有好处,就是我的每一次醒来不再全然没有意义。住在那个要爬八层楼的房子里,快递外卖都叫不来,要吃饭的话,我们就不得不下楼。狗粮它是不吃的,饿两天整才会吃十几颗,把自己饿得皮包骨头。我总不能这样把狗活活饿毙。为了它,我通常每天都会挣扎着下一次楼,就算没做到,也不会连续在家超过四天。到了楼下,我自己吃一份盒饭,给多比买四个鸡腿——这就是它一天的食物。幸亏如此,如果它愿意吃那种袋装的狗粮,我可能会少吃很多饭。

但是,终于有一天,它一边咳嗽一边蜷起来吐,吐出黄色的泡沫。我一碰它,它就不住地发出凄厉的尖叫声。我可不能眼睁睁地让它死啊,我再怎么废,也要爬起来带它去看医生啊。

医生说,可能是鸡腿骨头又尖又硬,卡在哪里了。运气好的话,骨头能被拉出来,运气不好就要开刀。我没看到多比拉出来骨头,但是两天后它好了起来,不吐了。鸡腿却不能再吃。

我都不吃饭,却要带狗去吃饭。我饿死也不会给自己做饭的,却要给狗做饭了。那个房子里没有任何炊具,我买了个高压锅,一次买了十几斤排骨,分成几袋。每次丢一袋进高压锅,加些冷水,定好时间，高压锅就会自动把它们炖好。多比吃肉，我喝汤。如果我能下楼，就买些芹菜、西红柿、山药一起炖，这样，我的狗剩汤里就会有些别的东西。如果碰到我胃口好的日子，我也会吃一点肉。胃口非常好的时候，我还会等开锅后下个方便面饼。一段时间以后，它又不爱吃排骨了，我怀疑是肉腥。为了改良肉的味道，我只好加入焯血水的工序，并且放了生姜片提香。多比又爱吃了。你是一只狗哇，怎么嘴这么刁呢？

多比改吃排骨以后再也没有吐过。又过了些日子，夏天来了。我已经好了不少，可以去菜市场买只活鸡，请人帮我宰好。多比吃鸡肉，我喝汤、吃鸡腿、吃鸡汤里的菇，再洗点上海青下去烫烫，我们的伙食又变好了些。

有一天天气非常热，我把房子里的两个空调都打开，在里面慢慢打扫和整理。洗衣机下面一直吭哧吭哧响，我搬开看，下面有无数块多比没啃完的骨头，是老鼠藏的。我把那些骨头扫掉，把地板、桌面都擦干净，扔掉十几袋垃圾，在整个屋子里洒遍消毒水，在墙角贴满蟑螂药，最后找来墙纸，把发黄发黑的墙壁贴成明黄色。房子，终于像是个人住的地方了。明亮的颜色和满鼻子的消毒水味，像是把黑屋子拉开了一线窗帘——外面，竟然是晴天呢。再后来，我找来许多漂亮的植物，又添置了画具开始画它们。那些画后来被用在我的书《一生里的某一刻》里做插图和封面。

重建的生活，也许是从狗剩汤开始的。我并不是一个人，不能不想活了就去死。幸好有多比在我身边啊。

那场打扫过后来了一场台风。一夜过后，风停了，阳台上都是积水和树叶，还有不知道从哪里吹来的泡沫垃圾。我和多比站在门边看着凌乱的阳台,我庆幸着前一天扫净了阳台上的狗屎和狗尿,不然,房子就会泡成一锅狗屎汤了。

2016 年 7 月

和多比一起散步

其实我们的活动范围基本局限于方圆1公里之内：店里、家里、办公室。这三点之间都相距不到1公里。不过，在短短距离之内还是有马路。这三点之间有一个丁字路口，要过来过去的。很早以前，有一次我们从的士上下来，多比抢先跳了下去，紧接着被擦肩冲上来的电动车卷入车轮下。多比从车轮下一骨碌跳起来，夹着尾巴一溜烟跑到店里，我追也追不上。过了几分钟，它站在店门口的台阶上吐了一口血。我带着它去医院。小杨医生给它打了一针，又观察了一下午，最后告诉我多比没事。我大概应该庆幸那辆电动车上没有载货，主人也不是太重吧。

但在那以后，我还是很少给多比拴绳子。我觉得我和多比有一种默契：它不会离开我。无论隔多远，我唤它几声，它都会歪着地包天的嘴，撒开外八字的脚朝我飞奔而来，两只大耳朵飘在脑袋后面。尽管我们经常因为不拴绳子被人呵斥，也因为不拴绳子遭遇过危险，也因此在过马路时心惊胆战，但我还是不想拴着它。它也是，拴上绳子时，它就会不断地摆头挠痒，想弄掉项圈。有时候我真觉得没有比看到自己的狗高兴更让人高兴的事了。幸好它不会咬人。我也想过，如果真的出了那种事，就赔钱、赔礼，或者我被人打断腿。那又如何呢？我愿意为这只狗让自己多很多麻烦，不愿意使它成为一只不自由的顺从的狗，哪怕要冒着失去它的危险。

不过那次被车撞后，多比突然学会了过马路。我真的观察了很久很久。最开始，它会和我一起等在路边，望着我。等我大喊："多比！走！"它就飞蹿出去——两条平行线之间垂线最短。它沿着那条垂线冲到对面跳来跳去地等我。再后来，它学会了贴着我的脚过马路。我不用再喊了，只要轻轻说"走吧"，它就迈着小碎步，贴在我脚边，一颠一颠的，和我一起慢慢走过宽阔的马路。每当我低头留意它时，就觉得自己在行走中留下了一条线，这条线生生牵绊着我。

当我们散步时，它会前后左右到处跑，嗅嗅地面和电线杆，啃两根草，或者找别的狗打闹，但是跑一小段就会停下来四处搜寻我，确认一下我在哪里。有一次我已经到了马路对面，而它没看见我，我在车水马龙中喊它，它已听不清了。我望见它在大概100米的范围内来回疯跑，跑一段，急刹住再往回跑，还是没看见我，又急刹，掉头，一边跑，一边发出尖厉的叫声。那么小的一只白狗，跑得路人都要避让，并且停下来看它怎么了。我一生中还从未见过有什么人或者其他东西那样找过我。

前些天，我们路过每天都要经过的邻居家。这家人把花草打理得很好，一家人也都很整洁。但是他家的狗总是被一根绳子拴在路边。长期被拴住的狗，脾气都比较坏。那天我们经过它，它竟挣脱了绳子冲出来，死死咬住了多比的屁股。多比持续惨叫着，我不知如何是好。

其实，我也很怕发狂的大狗啊。谁能不怕呢？但我只能硬着头皮上前去扯那只狗，眼睁睁地看着血从那只狗的嘴里流出来。

那只狗的主人也出来了，终于分开了两只狗，然后开始睁着眼睛说瞎话："你说是我的狗咬的，我怎么没看见?!"我目瞪口呆。但是这次热血直冲头顶，我尖着嗓子和他吵了一架，最后我恶狠狠地撂下一句脏话，就带着多比去缝针了。缝了八针。我以为这件事会让我崩溃，但是并没有，我心情平静。我妈妈曾经对我说：日子要"一马一夫"地过。多比就是马，我就是马夫。该吃饭就吃饭，该打架就打架，该缝针就缝针吧。日子就是这样"一马一夫"地过的。

我以为多比会像学会过马路一样，因前车之鉴而远离陌生的狗。可是它没有，依然去挑衅大狗。多比啊，你以为我打得过那些狗和它们的主人吗？也罢，滚滚红尘从来就不公平，也总有蠢货吃亏也学不会长记性，既然如此，就一起狼狈逃命吧。

去年一年，我事情很多，总是出门，我出门时不得不将它寄放在好友芙蓉的家中。时间最长的一次是去北京陪妈妈住院。那一趟我走了近四十天。我回来后，多比不再跟我回家，每天我都要在楼下与它缠斗多时。它会走到半路又溜回芙蓉家。我还是不想用绳子拖着它回家，每天好言相劝，或者抱回家。每天如此，来回几遍，100米的路得花一两个小时走完。有时候不得已，只好追到楼下，把芙蓉喊起来给它开门，让它去芙蓉家睡。每天把它安顿完，总要到半夜1点以后。它自己折腾，还折腾我和芙蓉。

又一天，我们已经进了门，它瞪着乌溜溜的大眼睛，择机逃出去了。我打电话给芙蓉说，今天不要给它开门，看它知不知道回来吧。

打狗队一般在清晨出没。多比对这条街非常熟悉，并且对陌生人很警惕，就算它彻夜在街上晃荡，应该也不会遇到什么危险吧。我如果不"铁腕"一下，它真的要折腾死大家了。我开着门，开着灯，细听着门外的声音，觉得好想它。屋子里什么都有，唯独少了一只呼吸均匀、眼睛乌溜溜的狗。我真的不该离开它那么久，但是我是人类，我们人类有很多事情都是无可奈何的。我也尽力了，调皮捣蛋的小家伙，快回家吧。想着这些，我像个心碎的母亲一样，斜靠在床边渐渐睡着。

凌晨快3点，我听见了它轻轻的脚步声，睁开眼睛：这次是真的回来了。它敛着耳朵，垂着尾巴，低着头，眼睛向上望着我。我坐起身来，拍拍被子说："上来吧。"它轻盈地一跳，转了几圈，盘成一团，然后闭上眼睛。我看着它敛起的耳朵，摸了摸它的狗头。它轻轻叹了口气。

第二天，我和多比出门去。我们路过了许多人，而我像刚从沙漠里回来一样，看着每个人。

有一个小女孩和爸爸一起走，她背着粉红色的书包，头上戴着粉红色的蝴蝶结发卡。可能是因为戴了一整天，发卡有一点歪了，一半刘海卡在里面，一半刘海掉了出来。她的爸爸把手搭在她的肩膀上，因为小女孩太矮，而爸爸太高，所以他微微躬着身。他的神情有点严肃，而小姑娘脸上有微笑。

有一个男人从自己的餐厅出来，手上端着一台电风扇。他大概在想着自己的事，正在出神。有四个男孩在路灯下打牌，那是一种我不认识也不会玩的牌，很花，而且他们把很多牌摊开放在"桌子"上。"桌子"其实是一块木板，搭在什么东西上。他们显得特高兴，其中一个露出了很大的、刚换过的门牙。

有两个很高大的男人站在一边，看他们打牌，其中一个拿着一个装电池的小风扇对着自己吹风。

几步之外的地方，另一个大门对着街道敞开的房子里，也有人在打牌——远远不止一桌牌应有的四个人，有一大堆人，好多人呀。

有一只黑狗，嘴上套着嘴套——也许它咬人，也许它只是口臭，被主人死死地牵着。多比还没路过它时，主人远远看见，就收紧了绳子，而多比很自觉地远远绕开。

有一家母婴用品店。这里大半年来已经换了四家，连招牌都没来得及撤掉，就换成另一家店。最早的那家母婴用品店在快要关张时打了很低的折扣，我进去买了一罐奶粉、一包湿纸巾。因为看着可爱，我还买了一个有着嫩绿色把手的奶瓶。现在店门口又堆满了货箱，大概又要换一家店了。

我走在街上，试图看到许多真实的表情。他们的样子像命运一样路过我。

这一趟大约400米的出行，也有许多惊惧时刻——突如其来的车灯、空调外机喷出来的热气，还有地面猛然出现的坑洼。但出行应该是值得的，现实一如既往地发生着。我想在下一次下楼，再路过一些地方时，试试仔细呼吸。这一次我忙着看，没来得及用上鼻子。

那种像电视剧里一样忠诚的、被驯服的狗我没有遇到过。我遇见了这样一只主意太大、活蹦乱跳的狗。但是我依赖它，仰仗它时不时告诉我如何爱与被爱，如何存在。

2014年11月

心爱的小路

办公室楼下以前不是草坪,那儿疯长着杂草和三角梅。三角梅在厦门基本已经逸为野生,也就是但凡不管,它就会自顾自歪眉斜眼地长,而且会长出刺来。我喜欢这个景象,这表示这儿没被什么人看上,还是片"蛮荒之地"。

在这些疯杂草和三角梅之间,还长着几棵树。树长得"浓眉大眼"的,楼下书店的老板经常在树下摆一桌茶,或者办办跳蚤市场。再热的天,树下也凉风习习。其中一次跳蚤市场上,有人在卖一个绿色小沙发。我瘫在那个沙发上不走,好好地吹了阵树下的风。这毕竟是树下的跳蚤市场,我就顺便抄起一本书看了大半。

就像所有地方一样,有一天这栋楼的管理者决定把树搞掉,说搞掉就搞掉,也就是一觉醒来,你吃了点早餐,脑子空空地打开电脑,正在寻思是先开网页还是先倒杯水喝,突然,从什么地方传来轰鸣声。凭经验,那是电锯的声音。于是你站到窗前一看:噢,他们在伐树。树低头耷脑地倒下,叶子们互相问发生了什么事。"谁也不知道发生了什么！反正咱们继续绿着吧！"它们心宽体"绿"地寒暄着，被卡车拉走了。

两个小时以后，大树原来在的地方变成了几个坑，没被挖走的树根龇牙咧嘴的，不体面地叉在地上，好像这块地一时间肠穿肚烂。书店的阴凉没有了，书店的人把茶座搬回店门口。我想找到那本没看完的书，却忘了名字。

我对着那几个坑骂骂咧咧了一个月，又从窗户里看到十几个妇女用镰刀、锄头和锹除去杂草和三角梅，然后喷上除草剂。接着她们运来一片片边长30厘米的正方形草皮，一块块铺在地上。因为地势不很平整，中间留出的空隙不太均匀，整片草坪看上去就像一个肥胖的战士，穿着松垮、破烂的片甲，衣冠不整地躺在地上，等待战争结束。

工人们时不时来浇水，发现有的"片甲"黄了就换掉。过了大半年，草坪渐渐长满。这时我也差不多平息好怒火，决定向前看了。于是我离开我的窗户，下去到草坪上走了走。

我心爱的小路就藏在新长出来的草坪里面。那是由十一块条石铺成的台阶，每一级台阶都被草掩住了大半。它周围的草不是新长出来的，新长出来的草没有这么鲜嫩活泛，这台阶没有年头，也不可能被埋得这么深。看来它原本就在这里，是因为这次清理才露出来的。

和这块地被翻了又翻，从而微微起伏、怯生生的样子不同，每一级石阶都和相邻的一级平行，两块条石之间距离均匀，每一块在水平方向上铺得分毫不差，没有塌也没有翘。当我踩上去时就会感觉到这一点：它是平的、夯实过的，是稳稳地存在了很久的。

以前这块地也有一条石板小路,是由薄薄的青石板组成的,石板经常翻起来跑到一边,我常在上班前去修它们:搬回原来的地方,然后挖一些土埋住。但只要再过两天,必有两块又翻到一边。在某次我来不及修好它时,有一块石板被人捡走了。从此那条小路就缺了一块石板。等到种草坪时,他们干脆把所有的石板都取掉,那条小路就消失了。

　　但现在这个条石台阶不同,它被草掩住了,没有几个人发现它。因为这些石阶不通往人们爱去的地方,它不是一条要道。而且它把自己藏得好好的,让草往自己身上长,它稳稳当当地待在那儿,连狗要拉屎都找不到这里。它干净得让人可以随时坐下,并且往上面打个鸡蛋。

　　当然我没有在那儿打过鸡蛋,只时不时跑到上面来回走几遍。

　　这片区域的大兴土木暂告一段落。海上观景平台做好了,为了金砖峰会粉刷大楼外立面的工程也快做完了,改造整条路更换地砖、修整和更换行道树也做完了,我的小路还在那儿,通体干净,供人透气纳凉。石板不长青苔也没有小虫,狗也找不到。

　　每次在上面走时,我就想,不知道它还会活多久。它旁边起了一栋全市最高的摩天大楼,里面有商场、酒店和影院,路边的人家望着人流打开了对着路的院墙,装起简陋的铝合金门,挂上写着"有房出租"的招牌。这条路上的人越来越多,这里渐渐会和很多地方一样,不剩空隙。但我的小路看起来逃过了好几轮整修,说不定还能存在好久。比如半年吧?我在上面走时会想:这一切终将成为追忆。就像我钻进一张铺着干净被褥的床,吹到一阵风,看到城市里夜灯亮起的瞬间,还有和谁一起大笑,吻住某个人的那些时刻一样。

  我仔仔细细踩在那儿,用脚感觉它的稳定和温和无争,在心里告诉小路:再见,再见,再见再见!再见!再见!

2016 年 12 月

你吃下的盐,终于汇成海

每夜的某个时刻

七个你依次站起来

排成队

等着天亮

看到那个柔弱的人,他消失了

看到那只柔软的船,它消失了

从那个时刻起你就停留,停留

你承受的黑暗

终于连成深渊

你吃下的盐

终于汇成海

你吞下一片肥皂

吐出好看的泡泡

你捧起它

确认它正在衰老

但你全都

不屑一顾

你不断穿过它们

明晃晃的寂静

黄澄澄的寂静

毛茸茸的寂静

沉默寡言的寂静

再见了,一切难言的寂静

你的双眼下是故乡

你伸手合上

那里的雪从未停过

2013 年 4 月

CHAPTER 2
一生里的某一刻·隐藏宇宙

社恐大王

笨蛋的人生

我笨这件事情,是我在长到很大以后才明白的。其实这应该说明我随着年龄的增长变聪明了,因为小时候笨到不知道自己笨。

我做过一个梦,梦见我被人诈骗,倾家荡产。醒了我就想:这个可不能让人知道!知道我就完了!

然后我就回想那个精彩的骗局,还打算记下是什么妙计使我一步步深陷其中。梦的第一幕是那个人递过来一张纸,说:

"银行密码写一下。"

…………

也不用什么高智商啊。

编辑向我约书稿,说这几年悬疑推理小说很火,问我要不要写一本。我(在电脑前)疯狂摆手——不不不不,我哪行啊,我智商不够的!

我自己也很爱看悬疑推理小说,但是从没有提前猜出过凶手是谁。有时候已经看到最后,答案都揭晓了,我却还是不明白:"凶手怎么会是他?!"书都看完了,我还要去看别人的书评才算看懂。最过分的是,我有一次看黄青蕉老师的《饮罪者》,看完了书,又看完了书评,还是没搞懂"那个谁怎么会那样呢?",于是只好去问黄老师本人……终于弄懂了以后恼羞成怒,还辱骂了作者。

"写推理,我只能写低智商推理。"我风趣地对编辑说道。

她考虑了一段时间回复我:"那就约一本低智商推理!一定也有人想看一本马上就可以猜到凶手的推理小说!"

我陷入了思考……在这本小说中,聪明的读者在片头曲中就知道了凶手是谁,但主角一直不知道……那些甚至被家长送去检查过智力的读者都已经明白了,可主角依然在谜团中苦苦思索……能够接近真相的角色,常常被主角的决心和坚毅的面容感动,放弃了对真相的追究……有一次,凶手已经被警察抓到,却被充满正义感的主角救了……在书的五分之四处,一些愤怒的读者留下了充满愤怒的笔记,那些笔记里有许多字是用拼音写的,有几个拼音拼得还不太对……后来,凶手平平安安地度过了宁静的一生,临死前给主角留下了一封感谢信。在书的最后一幕中,主角坐在窗边的沙发上,握着那封信陷入深思,夕阳的余晖照在他花白的头发上,他缓缓抬头,深邃的目光直接望向屏幕外的人……字幕(打字机咔嗒咔嗒的声音):某某于某年在某地去世,在他留给妻子和三个孩子的遗嘱里有这样一句:吾儿找到凶手日,家祭无忘告乃翁。

片尾曲……

演职人员表……

鸣谢……

(咔嗒咔嗒)本片献给:

读推理小说猜不到凶手的人，打扑克时因为没有认出同花顺而一张张出的人，下象棋一生从未赢过一局的人，玩狼人杀游戏听不懂剧情的人，打《王者荣耀》不知道自己是谁的人，自己刚刚擦完玻璃就迎面撞上去的人，面对10以内的四则运算感到窒息的人……

这样的人活着就很不容易了，真的应该有属于他们的低智商推理小说。

不过，看到"推理"这两个字，我可怜的脑子就已经开始惨叫。还是算了。

我小时候觉得，《乌鸦喝水》里面的乌鸦真是太聪明了，我要是乌鸦，肯定想不出那种办法。幸好我是人，我有手，可以把瓶子端起来喝。唉，真是太好了。

我还觉得小马过河的时候知道去问问牛和松鼠是很机智的，因为我是一匹不知道要问别人的"小马"。有一次，我当时大概有十四岁了，提着一个箱子去火车站，面前有个水坑，我就勇猛地向前冲。不知道为什么，我觉得自己应该可以腾空飞跃过去。那不是一般的水坑，而是一个黄泥坑。当然我并没有淹死在里面，但就那样滚了一身黄泥，去坐火车了。

但是，我至今也没有理解《小马过河》这个故事的结尾。为什么不告诉小马水到底有多深，而是让它去试试？那如果正好淹死它了呢？那些大人是不是想淹死它？！

笨蛋的人生困难在于很容易相信别人。毕竟别人比较聪明嘛，我就很容易被别人洗脑。听到路边放的歌，我的步调肯定会跟上它的节奏。但笨的好处也在这里，我可以被这个洗脑，也可以被那个洗脑啊！比如我可以走在路上跟着"我恭喜你发财，我恭喜你精彩……"

走出刘德华的风采。但是，再走几步，路边的歌换了，于是步调又跟上了"恭喜恭喜中国年，五谷丰登笑开颜"。

又比如说感情吧，我可能一会儿不相信爱情了，一会儿又相信爱情了，也没个准头。但是像这样三心二意、来来回回的，总会有些时间凑得正好：该相信的时候相信，不该相信的时候不信。我做对的概率还是比那些笃定一个念头至死不渝的人高一点吧！

我看到有一种人生哲理，叫作"空杯理论"，就是说你要把自己倒成一个空杯子，这样才可以"流动"，才能"接受新鲜事物"。这说的不就是我吗?！听说别人是需要学习这样做的，我不用欸。脑子笨这件事，除了让我累一点，好像也不全是坏事。

2018 年 8 月

社恐大王

一个老客人来了店里。他悠闲地四下打量，终于看到了伪装成客人坐在吧台前的我。和他对视的一瞬间，我跳起来脱口喊道："我什么都不知道！"

我把这个故事在《心理学你妹》里说了一下，好多人听完节目，留言说这里很好笑，于是又让我想起来好多别的。

有一次我在店里二楼的沙发上躺着。房东和房东太太进来了，他们没发现我。为了避免寒暄，机智的我缓缓地蠕动着卡进沙发深处。他们站在我面前聊了大概半个小时，我蛰伏在沙发的靠垫里边一动不动，全程都没有被发现。一次完美的伪装。

一位网友在网上留言说某天要来店里找我。我那天本来要去店里的，结果不敢去了。在家里死活撑到了晚上。后来在知乎盐 Club 上还是见到了她。她对我笑，我无地自容。

有一次，一个客人跟我说："这个店老板我知道啊，那个××！"

我硬聊："她怎么了？"

她突然说："就是你吧？"

我说："不是……她辞职了……"

有一次，我从二楼走下来，门口有两个游客，游客问我这家店今天开门吗，我说："我不知道，我是房东。"

芙蓉告诉我说："有一次店里休息没开门，你在门口干坐着，人们指着店说：'这家店的老板非常懒，经常不开门。'你赞同地点点头说：'是啊，他们店是这样的。'"

柚子薇说："沙坡尾店刚开的时候，附近某店家来串门，问你老板是谁，你立刻指着芙蓉淡定地说：'是她。'"

客人问我老板是谁的时候，我肯定会随便指一个人的。还好我店里的人都和我有默契，立刻就当起老板，过渡非常自然。

有一次我约好了一个采访，提前一周就约好了。我整天都在为这件事焦虑，心里沉甸甸的，每天都在想这件事。到了那一天，我早早就赶到了约定的地方。直到约好的时间已经过了半小时，对方还没来。我心里依稀感到轻松，发信息问采访是不是取消了。

对方回："啊？我们约的是明天啊！"

我眼冒金星——还要再来一遍！

所幸，其实见了面我就好了，那次采访也很愉快。我的焦虑大都在前期出现。这也是我恐惧但是仍然想迈出去，不断鼓起勇气尝试的原因。毕竟我仍然渴望交流。

还有一次，小蛮和她老公说要去阿紫家烤肉。下午3点左右，他们在群里给阿紫发信息说："我们在超市买菜了，有没有要带的？"

阿紫回说："哎呀，我忘了这件事！我和阿星正要去看电影！不好意思……"

然后小蛮他们就说："哦，好，那就算了。"

过了几天，阿紫来公司玩。小蛮问："你们那天看的什么电影？是不是《狼图腾》？"

阿紫说："啊？不是那个。"然后看向阿星。

阿星说："啊？就是你看的那个啊。"然后看向阿紫。

小蛮嘟囔说："那不就是《狼图腾》。"

阿紫说："没有，不是那个。"

阿星说："对，是另外一个……"

我见识到了不折不扣的面面相觑，并凭着丰富的经验看出了端倪，大喝一声："你们根本就没有去看电影，对不对？！"

红色从阿紫和阿星的脖子浮现，漫向他们的脑门。两颗红通通的头，像车顶上的警灯一样鲜艳。他们互相责怪对方太智障，并且表示：早知道今天就不来找你们了。

所以是那天晚上，他们不想招待客人，于是谎称去看电影。为了伪装成去看电影，他们整晚都不敢刷微博、微信，连网都不敢上，生怕"手滑"点了什么东西被识破。

其实我也只是使诈随便喊一下，他们如果说"不是"，我也不会太在意。但是他们太容易崩溃了，一下就把什么都招了。

然后大家摇头感慨：社交真是太可怕了。

开店的前四年，我基本上都待在店里看店，每天要和很多人交谈。现在依稀觉得那几年透支了我的社交能量。

我现在觉得，对服务业从业人员来说，说话太认真可能是一种职业缺陷。因为毕竟很多客人是随口搭讪、随口吐槽的。而我为了这些随意的交谈经历让情绪大起大落,实在是很吃力。比如客人随口说:"外面卖3元,你怎么卖5元?"

我曾经从机器、店面、原料、分量、清洁、人工等方面综合分析,最后告诉他,同等档次的冰激凌中,我卖的是最实惠的。可是对方几乎快忘记自己问过这个问题,已经在打听别的事了。想了很久后,我终于想出一个好答案:"因为今天打折。"

除了自来的客人,还有人因为那几年我在网上写的东西来店里。总会有人想认识写这些东西的人。何况我就在一个店里,而这个店又这么好找。我被一些知道我,而我并不认识的人找到,这种情况相信没有谁能从容应对。一个人找到你,说:"你好,我很喜欢你。"

…………

我该说什么呢?

"对不起,我无法回应你的喜欢,因为我还不认识你。"

不然,说"谢谢"吗?然后对方说"不用谢"吗?这不是又把问题抛向了对方吗?!

说"我很荣幸"吗?不不不,这是假话,我没有觉得很荣幸,你喜欢就喜欢吧,那又怎样?反正喜欢的也不是"我"。

现在,在这样的对话里,我会回答"好的"。请相信我,这也是我思考了多年后得出的,自认得体的答案。

打开门做生意,总是会迎来各式各样的客人。有一类客人非常恐怖,他们非常脏,非常闹,非常没有礼貌,而且不花钱。有一次来了个非常讨厌的剧组,在我们店附近取景,买了五个冰激凌,然后把店里的位置全部占用。我本来觉得大家都是出来混口饭吃的,就让他们休息一下吧。后来他们买来一堆冰棒,并且掏出了自己的茶具开始泡茶——到这个时候我都还给了他们热水。接着他们开始讲荤段子,还调戏店里的女孩子,问:"你有没有男朋友?你看我怎么样?"我气得头晕,说:"叔叔,还是介绍你儿子给我们吧。"

还有一次,我实在被一个客人气疯了,和芙蓉走上前说"对不起,这张桌子我们要用一下",然后把那张桌子抬走了(这是一个美丽的幻想)。

还有一次,一起进来四个客人,那时候我们开的还是一个面积只有10平方米左右的微小的店(当然现在也只有20平方米),他们四个一下就把店塞满了,像墙一样立在我面前。

我说:"冰激凌?"

一个客人说:"不是啊,我们不想吃冰激凌。"

我又说:"哦,那喝酒?"

她说:"不喝酒,不爱喝酒。"

我说:"那……?"

他们欢笑起来:"听说你唱歌特好,我们是专门来听你唱歌的呀。"

一回忆起他们一脸"惊喜吧?"的表情,我差点又气得昏死过去,以至于不记得当时是怎么回复的了。

2015 年 8 月

迷路迷路迷路的马拉松

我第一次参加马拉松的经过是这样的：

我报的是 10 公里马拉松，断断续续练习了一段时间。等到可以领服装时，我焦虑无比。对活动范围在 1 公里以内的人来说，要去十几公里以外的体育中心领号码牌和服装，要经过无数人群和车流，真的太困难了。

我做了几天的心理建设，在最后一天戴上大围巾、墨镜、帽子，插上耳机，裹了好几层衣服，感觉非常惊险（其实什么都没有发生）地领到了服装，很有成就感地把东西摊在体育中心的地上拍了张照片。不过不出所料，返程的时候我还是迷路了，多坐了一小时车。

直到比赛前一天，我还没有想好怎么在路途遥远且面临封路的情况下按时到达起点。最终是三姐把我拽到她家睡，让我坐上了她们单位送人去比赛起点的专车。

早上很冷，因为担心在开跑前冻到疼痛发作，不能按时到达起点，我把跑步的衣服穿在里面，外面套了一条厚的长连衣裙，再加一件袄。

没想到，10公里马拉松的参赛者，竟然，不能存包！

发现这一点时已经来不及了。会场里有八万多名参赛者，我挤不出去。前面特邀、职业、全马、半马选手依次出发，到10公里选手出发时人更多。我眼前都是背着背包、携老扶幼、说说笑笑、闲庭信步的人。通过起点时已经过了差不多半小时。

我不信包的问题解决不了，毕竟有两件衣服、一瓶水和一个充电宝在里面啊！目之所及，人挨挨挤挤的，跑不起来，都在走。我参加了一次马拉松，全程都没看见跑动的人，这个情景实在是太丧了……我，我走得更慢，因为我一直靠边，想找个人帮我拿包。

我找了志愿者、警察、绿化带另一侧看热闹的、骑着车子的、跟着队伍一起走的行人……各种各样的人，都被拒绝了。小雅本来是专门来看我，帮我服务的，但我们都不清楚路线，她一口气走去了铁路公园。这时我发信息给朋友们问谁能骑车赶过来帮我拿包。一位挚友说五分钟后到。过了十分钟，我："问到哪儿了？"挚友回答："已经出发！"

这时候，5公里马拉松的终点已经到了。迷你马拉松的参加者都堆在那里拍照，我顶着脑门上腾腾的怒火越过了他们。忽然间人们开始撤路障，公交车和的士开进了刚才的跑道——关！门！了！

这时我还在想，只要能找到挚友，还是可以放下包赶上去再跑10公里的，前面都当热身好了。我却忽略了一件事：现在我能看到的人，都不应该在跑道上……所以当跟着人群又走了一段时，我突然发现，环岛路不见了……我……迷路了。

挚友大概到达了我到过的地方，来回找了几遍。我接到电话时已经开始哽咽，说："别找了，我也不知道在哪儿，10公里的关门时间也赶不上了。"

我又走了一段,就坐在路边哭,心里想,奇耻大辱,再也不跑了。哭完了发现:还是不认识路啊。又爬起来走。

那一天,厦门市有很多人都很烦躁,例如另一位挚友从岛外坐车进来,碰到的每一辆写着到厦大的车,都不到厦大。他换了五六趟,都在半路被卸下。我也一样,怎么也到不了熟悉的地方,终于在阿紫家附近下了车。我心里想,只有三站远了,先去她家把多比接回来吧。诡异的是,我又在那个丁字路口走来走去,转了一个小时。开了GPS导航,上面写着600米,我还是走不对方向。

我的技能树的点数全加到迷路上了,我终于精疲力竭地到了阿紫家,蒙头睡觉,心里充满了苦涩的耻辱。从来没听说过有人参加马拉松跑成这样的。

那一天,喻舟和她的伙伴们也参加了"厦马"。活动结束,她们到我店里玩,聊跑步,聊今天比赛的开心事。同行的还有北京跑步圈里大名鼎鼎的赵哥,他聊的跑步的知识非常有趣。但是,前半段我都没敢说,我也参加了今天的马拉松……

后来,他们说起了一些跑步的糗事,我就说,我今天也跑了……舟舟说:"噢!跑得怎么样?"我说我迷路迷到赛道关门……听到这样不可思议的事,连一向最爱笑的舟舟都没好意思笑我,很同情地说没事,还有下次!

因为畏惧,因为没有研究比赛细则,因为没有和伙伴说好接应的方式,因为没有探路,怀着侥幸就去跑,我把所有的状况都一口气遇上了,没有一刻沉浸在跑动中,没有什么事情比心不在焉更丢脸的了。

报了半程的Mona(莫娜)和三姐,都在充满高昂、亢奋情绪的半程队伍里顺势而为，愉快地跑出了自己有生以来最好的成绩。羡慕！我总觉得自己的身体比别人的更差，准备得也更差，不敢报要求更高的半程。因为许多种畏惧混合在一起，所以我瘫痪在报短程、来开派对的人群中。

　　通过这次惨败，我发现了一件事：我这个人，运气比较坏，只要没有尽力认认真真去做事，就输得特别惨。别人还能"一般般、凑合"，我则惨到不可思议。

　　这个收获其实挺大的，我想到这一点又振作起来。因为反过来说，别人可以顺风奔跑，我要逆着风爬，感觉也是很踏实的呢！

2014年1月

宅就是连倒个垃圾也想家

今天堪称我的社交日。我去了银行，还去了邮局，取出拖了几个月未取的稿费汇款。这一次我如有神助，不那么害怕柜员了。我发觉他们的冷淡并不是针对我一个人的，只要这样想，社交就没有想象的那么难堪。

我今天还有另一个收获，就是不要吃赛百味，因为在赛百味点单要说很多话。我点完这个复杂的三明治以后，就打翻了整杯芒果冰沙，弄得满地都是，又不得不说了无数个对不起。一个男人坐在我对面，拼命地咀嚼，拼命地吞咽。他不断发出的喘气声，还有频率很高的动作，都让我感到紧张。但是如果要拎着这个三明治去路边吃，我会更加窘迫。我能做的只有赶紧结束这顿饭。但如果不吃完就此放弃，又会引来无尽的麻烦，比如我还是会饿，但更加不想出门，直到越来越饿，越来越没力气出门，然后我就饿死了。

去银行和吃饭已经花光了我的力气，我摇摇晃晃，慢慢地走回家。走到一个大厦后门外的大理石长椅边，我一屁股坐下，几乎站不起来了。我真的需要休息一下。看到那楼门里进进出出的人,我心里好生羡慕——要是我也住这里就好了,那样我就到家了。

宅就是连倒个垃圾也想家。

欣慰的是,昨天我刚把闹钟改到了我不在家的时间,并且把声音全部关掉了——我搞不清楚怎么彻底关掉它,也读不懂说明书。每天两个闹钟快把我逼疯了。我每天都躺在床上,无力起床去按停它,闹钟就那样尽情地闹半个小时。我敢说,世界上没有几个闹钟像我的闹钟一样,每天都能尽情地闹一闹。如果有什么比抑郁症更糟的,那就是抑郁症复发。

幸好在今天的超级社交后,我不用再面对我的闹钟了。我不在家的这段时间里,它应该已经闹过了。如果需要打交道的人都是孩子,事情可能会好办些,不出三句,我便能了解他的真实心意。但是一个大人,可能在和我聊了五百多句后,仍然没有说出最想说的话。那些瀑布般的话语仿佛一张幽暗的网。每次说完话,我都决定再也不说话了。

和狗交往也不容易。狗趴在我腿上,我怕动一动它就走了,它怕动一动我就赶它走,于是我们都一动不动,陷入倦意,也陷入紧张。互相爱着,也互相不信任。都害怕做错,做错就会被抛弃。

上一次,我还觉得一息尚存,我总会好起来,而这次复发好像风筝突然断线。有时候细想从前和未来,觉得它们好像一条丝绸,曾经和即将悄无声息地从手中滑走,什么都不曾剩下,也不会剩下。当我体会着捕风的手中的虚空时,觉得那就是死的滋味。那种滋味叫人厌倦。

你遭受了痛苦,你也不要向人诉说,以求同情,因为一个有独特性的人,连他的痛苦都是独特的、深刻的,不易被人了解,别人的同情只会解除你的痛苦的个人性,使之降低为平庸的烦恼,同时也就使你的人格遭到贬值。

——尼采《快乐的知识》

    尼采肯定没有拉·封丹的寓言里的那种朋友。拉·封丹的寓言里有一篇叫《两个朋友》。

    故事是这样的:一天夜里,一个朋友突然去找另一个朋友。被吵醒的朋友非常惊慌,他穿好衣服,一手拿着钱袋,一手拿着战斧,对朋友说:"你半夜造访一定是有急事相告。要是赌钱输光了,我这里有钱,你拿去翻本;要是清夜无聊,我家里有美丽的女奴供你消遣;如果有人侮辱了你,我这就和你一起去报仇。""不,"他的朋友回答,"我只是在睡梦中看到你有些悲伤,担心你出了事,所以连夜飞奔过来。"

    我想和谁说说这些。我觉得是有人关心我的。太阳中间也有黑洞,但那也不影响它仍然是伟大的太阳吧。我只是历尽苦难痴心不改啊。不要因此就厌烦我。

2014年4月

最喜欢一起吃饭的人

眼下流行着一种病,叫社交焦虑。我也赶上了潮流。严重的时候,自己的店里有客人进来,我也会装成客人,然后跟客人说老板不在。来回路过的理发店每日抬头不见低头见,剪过一次头以后,不得不每次都去那儿剪。后来我因为想换一间理发店,最终不得不搬家了。健身教练放了一个屁,为了避免围绕屁的尴尬,避免那些缓解尴尬的玩笑,我活生生装作没有闻到,硬是演到味道散去。

我真的很怕和别人一起吃饭。每当有人想请我吃饭时,我总是想:"不吃啊不吃啊,不如看电影吧!"——看电影不用交谈,不用看着对方,是最类似虚拟社交的一种方式了!

我甚至不愿意和家里人吃饭。我少年时就离开了家,一年中能和妈妈吃饭的天数屈指可数。她总是做了我爱吃的东西,然后坐在一边看着我吃。我这样一个不孝的浪子,经受不住母亲深情的凝视,被看得想哭,心中涌起新仇旧恨和愧疚:干吗一直这样看着我?!你是不是不想让我走了?!那你早干吗去了?!

——吃顿饭心理活动这么激烈，真的很累。

而我哥哥是当过播音员的，完全不费力就能让声音特别响，共鸣技巧极佳。如果他在饭桌上讲话，我就会被震到差不多要耳鸣。和他吃饭时我就蜷缩起对着他的那边肩膀，徒劳地挡一挡他洪亮的声波。

我爸爸最可怕，他是军人出身，吃饭快极了。他用食指钩住碗边，中指和大拇指顶住碗壁，用一种稳健有力的姿势将碗牢牢地控制住，然后一言不发，飞速地吃，还经常站着吃。站着吃的意思是：大家还没有落完座，他已经站着吃完了。他吃完后麻利至极地把菜团一团，桌上厨余扫一扫，再把盘子归置归置——表达出"我吃好了，你们赶紧"的意思。我爸爸如果站着吃饭，我就很慌，感觉分分钟要被赶下桌子。他就算坐着，也是用军姿——身体笔直，碗掐在手上，从不趴下去就着桌子，手臂大幅度挥在整个桌子的上空，神情坚毅专注。他把这漂亮的姿势和惊人的速度带进了离开部队后的生活。

少女时有个男朋友，我也是不愿意和他一起吃饭。我们差不多是因为吃饭的事情分手的。他曾经问我："你最爱吃什么？"

我就问："怎样叫最爱？"他说："就是三天不吃，你就会想吃的东西。"我说："没有那种东西。"他又问："那三周呢？"我说："米饭、泡面和麦辣鸡翅。"他最爱水煮鱼，是三天不吃就会想的那种。

水煮鱼的餐厅对我们来说就是爱情的荒芜之地。当他拥有水煮鱼时，就没有爱情了。就算是3斤的水煮鱼，我一口没动，他也能一个人慢慢吃光，他也不会想到和我说句话。这在当时的我想来相当气恼。

最近发现，我的朋友小蛮和她老公奕雍一起吃火锅的话，他会在开吃前跟老婆唱个喏："老婆，你照顾好自己。"意思是说：现在开始，劳燕分飞，吃完火锅你我再做夫妻。

长大了也是有好处的，如果可以穿越回去，我会教那个男朋友先和我这么打个招呼，我就不会自己生那些闷气了。

但我也是有朋友的。朋友总会一起吃饭。一直和我说话，我没法见缝插针地吃上饭；使劲吧唧嘴，把不吃的东西直接吐在桌子上，我也会吃不下；菜都凉了还在玩手机，把菜扒来扒去就是不夹，菜点得太多好浪费，对菜单研究太久，光点肉没蔬菜，光点蔬菜没有肉，我会生气。我的心充满了龟毛和紧张，却仍然想和朋友一起吃饭。活该饿死。

当然，人总要进步的。我慢慢发现了一个很好的饭友，她叫Mona。Mona 吃饭时，会先对桌上的东西大加赞扬："哇，太美啦！太好吃啦！"同时一万遍感叹："在国外生活有没有这个吃？我真的不能去国外长住欤！"

她吃饭和我一样慢吞吞，就算所有人都吃完了，她仍保持着一种稳定推进、娓娓道来的节奏。比如猪油炒的菜，她一定要用最后的油渣拌点饭。还剩几个虾，她会找出看起来最入味的慢慢剥来吃一吃。哪怕所有人都起身了，她发现有道汤她只捞了菜，总还要舀勺汤尝尝。

我慢慢向她学习到：原来别人没有那么在意你是不是把吃饭的时间拉得太长。如果你吃得很开心，别人看了也会感到开心。

她也会边吃饭边玩手机。有好看的菜拿起手机拍一下，待会儿吃完发微博用。听到重要的八卦，也会马上拿起手机广而告之。她还会打包好饭，焐得热热的，坐着船去找朋友分吃一只盐焗鸡。

前些天我们一起去福州参加一个活动，我出门时顺手带了早上刚送来的酸奶。我们在酒店入住时喝了一点，她说很好喝，就带去了会场，又带上动车，又带回厦门。这瓶酸奶辗转了上百公里。

半夜我们总算到了家，又累又渴。她开始翻包：酒店送的梨子、吃饭时点的大瓶椰子汁、会场里领的香瓜和小西红柿、动车上送的香蕉和水、头一天吃烤肉送的加多宝凉茶，还有那半瓶酸奶。她把这一大堆沉甸甸的东西一一摆出来，满意地说："现在，我要吃一个梨。"

　　我不但喜欢和 Mona 一起吃饭，还喜欢请她吃饭，别人也很爱请她吃饭。每次来厦门，她的吃饭约会从早饭排到夜宵。一天和不同的朋友吃五顿饭，这是我无法想象的巨型社交。"他们很想我的。"她这么解释道。

　　如果有谁希望别人喜欢请自己吃饭，不妨学学她：真心实意爱吃饭，爱和别人吃饭。如果你把世界当成乐土，谁会不想和你在一起呢？

2016 年 8 月

附近的夫妻店

楼下小炒店的老板和老板娘这段时间好像不是很开心。一个感觉，不一定对。

这条街上有好多小吃店，但都只做面、鱼丸、包子、咖喱饭之类的单份小吃，能炒菜的只有这一家。刚发现它时我特别高兴，每天都"光顾"。不想要汤汤水水的一碗快餐时，能吃到热乎乎的饭和菜真是太好了。

之所以说"发现"，是因为这个店的店面不太好，纵深很深，门脸非常窄，摆完一个小橱窗，只够一人侧身进门。这个店面过去招租时，我也来看过。门口全封上做仅供外卖的冰激凌还是可以的，但我想要有座位，想要开阔一点。再加上隔壁是个很破旧的猪肉店，清晨卖完一头猪就关门，等我的冰激凌店上午开门时，我就只能看着它破破烂烂脏兮兮的卷帘门。这样没法成行成市的，我就放弃了这个店面。

没几天，那个店面被装修成了一家咖啡店，整个店从天到地被刷成极深的墨蓝色，使得它更加幽暗逼仄，门口还竖着挂了一架古筝。

我为这新奇的装修折服,想不通什么样的顾客能路过猪肉店,鼓起勇气侧身挤进这个古墓般的门脸去喝咖啡,也眼看着它,不到三个月,又拆下了招牌重新招租。

被改成小炒店后,它突然进入了隐身状态,我再也注意不到它了。直到在我店里工作的尘尘跟我说:"你家楼下就有一个能炒菜的店啊!那个店里还有冷气呢,还有一张沙发,等上菜的时候可以坐在沙发上休息!"

我一听能炒菜,赶紧跑去了。门口放备菜的铝合金橱柜,围着呼呼作响在炒菜的煤油灶,穿过它们再掀开一扇塑料门帘,门帘内侧放着冰箱,冰箱脚下堆着可乐和啤酒箱,冰箱顶上吊着一台小电视。穿过这些,才终于走进能坐人的地方。

店里面有三张桌子,一格一格摆,店堂的尽头是一张三人的大沙发,占去了近2米的长度。沙发对着墙,极软,感觉海绵已经到了全面失去弹性的崩溃边缘。那个情景是这样的:我坐上去感觉就要被沙发吃掉了,无限地陷入,如果要爬起来得挣扎好几遍。瘫在一坨吃人的沙发中间,面对着一堵墙,感觉很尴尬。也只有尘尘能在这样的沙发里泰然自若。毕竟尘尘不是一般人,她有个在云南种花的嬉皮士妈妈,还告诉我多比不爱吃我煮的排骨,是因为我买的猪肉不够好。"这不是挑食,这就是肉不好。狗很聪明的。"她严肃地说。

我开始常常"光顾"这家店,可以炒两个菜,再点一个汤。我叮嘱了几回,他们就会自动帮我在汤里多放些青菜了。这样吃一顿,感觉一天都没白过。我吃饱了,还可以买两三个鸡腿给多比吃。多比非常挑食,但是这家的鸡腿它每次都会吃光。

晚上8点以后,老板两口子就开始准备打烊。老板娘一边洗洗刷刷,一边问我饭菜合不合胃口。他们打烊后正是我的店上人的时候,他们两口子也经常去光顾,点两杯调酒聊聊天。态度最好的客人,都是开过店的客人。我也很欢迎他们。不过没多久,他们就开始向店里其他人议论我:"你们店那个女孩子,不爱说话哦?"

  自从常光顾这家店,我才知道附近起了一个大工程,才知道成群结队的工人都在吃什么。他们不喜欢吃面或者包子之类的东西,必须吃分量很足的饭,饭在盒子里压得严严实实,菜也要各种类型一大盘,要有肉。晚上闲下来了,有时会喝一瓶啤酒。

  隔壁还有一家盒饭店,原本是这家店的对手,午餐的饭点,工人们要赶时间,大都去盒饭店吃饭。但过了一段时间,那家店不知为何关门了,几乎所有的客人都来到了这家。店里生意真是一天比一天忙了起来。过了几天,门口贴出了"招小时工"的告示。又过些日子我去吃饭,在饭里吃到了一个疑似老鼠屎的东西。我挑出来放到桌子上,想喊老板来看。但是想来想去,觉得老板看了也不能怎么样。他们在那里满头大汗地忙碌着。我也不想再仔细去分辨那个东西,不管怎么样,我也不想再吃这个饭了。思量再三,我又挑了一个饭团,把那东西埋了起来,然后走了。

  那以后我再没有去吃过饭,但仍然时不时去买鸡腿给多比吃。我看到他们已经招到了一个小时工,但门口的告示没有撤。到了饭点,门口排起领盒饭的长队。这个一再倒闭的小店面,终于红火起来。他们不再炒菜,太慢。老板和老板娘也没有再去我的店里光顾。有一天晚上9点多,我去买鸡腿,老板娘递给我两个鸭腿,并且少找我50元。我在门口等了许久,看她已经忙完了,说:"还差50元呀,老板娘!"老板娘说:"你给我多少钱啊?"我说:"100啊。"她蹙紧眉头说:"我太忙了！不好意思我没看清！太忙了！太忙了！"然后匆匆扔给我50元，接着转脸去和老板吵架。

我的表姐和表姐夫也开着这样一个小饭店，开了十几年。最早他们在菜市场卖菜，凌晨3点就要去接货，不到6点钟，在菜市场的摊就要摆起来了。中午姐姐回家洗衣服打扫，再把姐夫换回家给孩子们做饭。后来他们开起饭店，在店里的小阁楼上住了十年。小阁楼里放不下家具，衣服没有衣柜装，就在塑料袋里放了十年，要穿就去翻出来。

最开始，他们不知道怎么开饭店。客人等一个小时，终于等到上了菜，喊做厨师的姐夫看端上桌的鸡汤："你看这鸡，我拿筷子一戳它就喊呢！你听！你听！"

一开始两人手忙脚乱，姐夫一着急就发脾气，摔东西，骂他老婆。到后来，姐夫总结了一首打油诗："你饿我不饿，你急我不急，你坐着，我站着——老子莫急莫急。"一边念，一边炒菜备菜。厨房里越来越有条不紊，他终于能够一口气上十桌菜，边上边打扫，菜上完，案板也都收拾完了，成了一个能在厨房里挥洒自如、运筹帷幄的大厨。

现在，他们买下了自己的门面，还盖了自家的房子，大女儿已经嫁人生子。姐夫终于说干不动了。十几年站在灶前，他的腿因为长期站立，水肿一直难以消下去。他说想把店租出去，回到家里休息一段时间，以后做些别的事情。他带我去看他的新家，指指点点，说这里那里是他设计的，以后要在院子里种点菜，女儿们回来了都住哪个房间。他拿着一个烟斗指指点点，得意扬扬。我姐姐终于把衣服都竖着挂在了衣柜里,漂漂亮亮。

附近还有一家小吃店,卖粉面肉丸,两口子都特别八卦。有一回他们问一个客人:"你是不是和那个小某吵架了?"

那客人问:"你怎么知道的?"

两口子一起嘎嘎大笑,老板娘说:"他前脚走,你后脚来,已经好几天了!我又想,你前几天为什么不来了,结合起来一想,我就明白了!"

我真是佩服佩服,抬头问老板娘:"那你知道我前些时候为什么不来吗?"

"不好吃啰!"

"这你都知道!"

"对啊。你那次来点的蛋炒饭。那天太忙了,随便做做,不好吃,而且你剩了大半份呢。我一看,就知道不好吃!所以你不来了!"

"太厉害了!那我为什么又来了呢?"

"来碰碰运气啰!"

哈哈哈哈哈!真是太厉害了!

还有一回他们问我:"你总是一个人来,你是不是没有朋友啊?"我默默咽下一口老血,回头就喊了人和我一起去吃了两回。他们发现我有朋友后,又问我怎么不给多比找男朋友。呼……这样做生意真的好吗?后来有一次,他们在报纸上看到了我读书会的消息,上面还有我的照片。他们大为吃惊,跟我的朋友说我:"好低调好低调,好失敬好失敬。"失敬也不打折。我是理解的,大家都是个体户。但是,不要露出那么尊敬的样子好吗?你们肯定比我有钱好吗?我开始绕着他们家走,但还是会在路上遇到。他们就会抓住我跟我说:"我们把那个报纸留起来了!"

　　夫妻店呢,总让我想起牛郎织女的传说:你耕田我织布,你挑水我浇园。夫妻同心,能吵吵闹闹,一点一滴地攒些钱,一天一天把日子过红火。这样的生活写在故事里,就是美好的神话啦。

2016 年 2 月

三个人，吃烤鱼

　　乐乐、阿紫、我，我们三个在一起，不能说很多话。我们经常只是各自坐着玩手机、看书，也经常一个人在说话，其他人并没有听见。

　　我们不是那种电视里的闺密，依偎在一起，打趣谁和她的男朋友，谈论衣着和美容。说实话，想到这些我们都会觉得尴尬，只是"闺密"这个词都吃不消。我现在想象要是跟阿紫说"你是我的闺密"，她肯定以为我在说笑话，并且不捧这个笑话的场，表现出一种心不在焉的嘲弄。如果我偏要考验她，继续亲热地喊她"闺密"——有点不敢想，估计看着她面无表情的脸，我就会马上冷静下来。

　　乐乐是这样的——玩着玩着，她突然说："我们以后去泰国玩一趟吧？"

　　我说："好啊。"

　　阿紫仿佛没有明白"泰国"的意思，正在从记忆的汪洋大海里寻找这个词，捞起来以后，端正地往地上一摆："泰国，不错。"

　　一切又回归安静。

十分钟后,乐乐又抬头:"欸,什么时候去泡温泉呢?"

阿紫缓缓道:"温泉。"

我说:"好啊。"

阿紫:"温泉,不错。"

我们仨在一起,通常就保持着这种稀薄的谈话节奏。

一起去泰国、日本、越南、漳州,一起泡温泉、看电影、逛街、出去吃火锅……这些事我们几乎一件都没有做过。在一起时,我们做得最多的事,就是吃烤鱼。

小刘烤鱼是我们经常吃的一家。好吃也算好吃,但其实也并没有什么特别的,但是"今晚去你家叫个烤鱼吧",是我们友谊之舟起航的号角。

小刘烤鱼,只是普通的烤鱼,好在可以外卖。烤鱼是用上下三个不锈钢的方盆送来的——第一个里面装着烧好的鱼;第二个里面是烧红的炭;第三个垫在底下,里面放点凉水,防止炭盆烤坏桌子。

月亮在白莲花般的云朵里穿行,我们围坐在鱼的旁边,等鱼咕嘟。一条4斤的鱼,三个人吃正好。鱼条条撕开,雅致地从鱼骨上剔除,盆子里的汤轻轻冒起金黄色的泡,偶尔溅出一两个油滴。鱼反正不会变凉,盆子里有各种蔬菜一起煮着,也没有好吃到需要火急火燎地下咽。社交需要的元素,小刘烤鱼都有了:座位集中、噪声小、时间长、谁也不用洗碗。最后,用汤拌点米饭再来一碗。最最后剩下的辣子、汤底、渣渣、鱼骨,放在院子里,阿紫家的小黑和大头两只狗会把这些舔得一点也不剩,盘子雪亮。

也有一回,我们一起看了部电影。我们通常会选看过的电影或剧,比如《天下无双》《布莱克书店》，在所有笑点一个不落地重新笑一遍，有时甚至提前笑，时机到了的时候再笑一遍。那一次选了部很丧的《被嫌弃的松子的一生》，看完三个人号啕大哭，我说"我觉得我会这么死"，乐乐说"我可能活不到那么老"，阿紫说"她好歹还有个好侄子"。丧到家了，我们再也不看这么丧的片。

丧真是板上钉钉的东西。当时我得了抑郁症，阿紫在办离婚，乐乐得了癌。那段时间我们编了一个笑话，经常讲——

爹，吃药了吗？

吃了，爹。

我不是你爹，我是你爷爷。

我也想不通这有什么好笑的，有什么必要每次都笑。我们也不是没有幻想过一起去酒吧浪，但都因为要起身打扮而作罢。万一出去了，我们还是这样发癫可怎么办。我们的聚会也叫"老汉派对"，顾名思义就是穿上最旧最软的大T恤，躺着哼哼。

就算收盆子的小刘来了，也不碍事，反正只要一两句话，不用多社交。

但是小刘说："我不姓刘，我姓王。"

"那你的店怎么叫小刘烤鱼？"我懒得说话，用眼睛示意道。

"对啊，怎么回事？"乐乐说。

阿紫上完厕所回来了："什么对？"

"小刘姓王。"

"姓王，不错。"

我们仨，就吃这种不怎么好吃的烤鱼顶合适。阿紫的狗可能还要活五十年好舔盆子，泰国始终没有一起去过，我们也没有说过什么动情的话。没有那种这次不说，就怕来不及说了的话。因为我们在一起的时间还会很长，没有什么事情能把我们分开了。我就不信，人生能有那么难。

2016 年 11 月

一节价值近万元的健身课

"根据你的情况,我建议你至少上三个月,每周三次课。"年轻的健身教练黝黑、诚恳,眼神坦诚地说。

"你说得对。"我从容点头。

"对你来说,活动过程中我会首先保障安全,其次才是其他方面。这样呢,你在日常生活中会比较舒服,这应该是很有必要的。"

"是的,所以我们在哪里办手续?"我忽地站起来。

"你稍等一下。"他起身去了另一个房间。

我松了一口气。

从走出家门开始,或者说从教练约我今天见面开始,我就知道今天一定会付钱,区别在于多少而已。自我洗脑早就彻底完成,根本就不需要他推销。他带我做动作,向我解释原理时,我竟说:"只要吩咐我做就可以了,不用说明这些……"理想的情况是:我们一声不吭,在寂静中取得默契。最理想的是人们以为我又聋又哑,完全不试图与我交流。

我真的不敢在别人对我谈了那么多他对课程的设计、对我情况的分析，带着我做了三组动作以后，依然开口问"这些钱包括什么""你做这一行多久了，有没有什么证书""能不能优惠点"之类的问题啊。我实在太害羞了，甚至连他说的"三个月，每周三次课"表示多少次课，我都没敢算。可能我也不是害羞，就是一直发蒙。

但是我猜我看起来没那么傻，看起来应该是有问有答、从善如流、彬彬有礼的。说了一会儿话以后，教练开始尊称我为"张姐"了。直到付钱，一下付了9091元，我才意识到自己是蒙的。

记得东东在介绍她的私教给我时，说过她付的钱，我依稀记得好像没有这么多。我好像没有打算花这么多钱在这个地方，我可是一个从电脑前走到电视前就算运动过了的人啊。今天这三组动作四舍五入相当于我十年的运动量了。

东东瘦身成功，脱胎换骨，完全变成了一个曲线玲珑的笔挺美人。她详述了这三个多月的过程，其中最让我震撼的是：

"要开始时间管理。

"6点钟下班，随便把手上什么事情做完至少就到了6点半，健身房晚上10点关门，课一小时，至少要提前十五分钟自己热身。但是如果没吃饭，去上课肯定做不下来，低卡餐要自己做，吃完饭必须歇半个小时才能开始活动，所以我要在7点钟就到家，经过菜市场买好菜，然后到家做饭，吃饭，洗碗收拾一下，休息。这样至少就到了8点半。然后是换衣服，出门，到健身房。在10点钟之前完成我的课，然后就可以走到厦大操场跑7公里，做几组无氧动作。这样再到家就是11点以后，或者11点半以后。不能马上洗澡，要休息，收收汗，再洗澡。然后加班。"

简直把我吓死了。持续三个多月,这是人干的事吗?除了晚上是这样安排的,她还自己做早饭和午饭,还每天都组织会议,接电话打电话,凌晨 2 点还在公司群里反馈工作事宜。她瘦了快 20 斤,组织了无数工作,同时还在写自己的书。所以我最近真的很烦东东,要不是认识她十几年,肯定跟她绝交了。

以前我都叫她胖子,现在我比她胖。——她还比我高了不止 5 厘米。——她还穿高跟鞋!

我陪她去买衣服,拿了件 M 码的觉得可以了,她竟然说"拿 S 码吧"。那以前可是我的码。

这种对话会出现在我和她的人生里,真是"三十年河东,三十年东东"啊。

怎么办? 9091 元已经交出去了,课程不得转让,就当我已经丢了这些钱吧!还好我这么有钱。

东东是这么鼓励我的:"没有宰你,只是课时比较多,但是你可以的!"

我是这么想的:

如果我把三十六节课都上了,就相当于每上一次课赚 252.52 元(并不是很有诱惑力)。

如果我去上十次课,就相当于一次赚 909.1 元。

如果我去一次,就一次,相当于赚 9091 元!

所以,无论如何我会去一次再放弃。我会拼了老命像那样"时间管理"一次,完成一次私教课。这样我就赚回来了!嗯!

2016 年 7 月

中医按摩也是爱，或别的

1

因为颞下颌关节紊乱（医生诊断的结果），我去楼下的社区按摩店试了试理疗。这是医生建议的。和下巴脱臼不一样，对这种莫名其妙的毛病，医生说他也没有办法，只能给我一些止痛药和消炎药。

从我个人身上，我深深地觉得医学还有很长的路要走，我总是运气很好地得一些让人死不了又活不好、不能开一刀了事、病因不明，并且拿它没什么辙的小毛病。医生们总是会对我说："你就好好养一养，改掉××、××、××的习惯。"明明痛得嘴巴无法张开和咬合，日常生活受到了很大的影响，在医生那里却被定性成"疼痛等级1"。这便是我整个人生一贯的模式：就是不痛快。

我问医生做哪种理疗，他说他们会用什么灯照一照。他还说，还可以用热毛巾敷着。我猜，总的来说就是让脸颊比较暖和。

2

然后我就去了。楼下按摩店的老板是一个精瘦白净、口音浓郁的中年男人。他看了看，问了问，让我坐下，然后不由分说地往我脸上扎了一根针。就是针灸用的那种针。我这辈子还是第一次做针灸，吓得头昏。师傅说："闭上眼睛吸气，吸气，吸气。——你看看，不痛吧？不要紧张嘛。"

好像确实不痛。师傅转过去拾掇着什么，念叨着说："看你那么紧张，本来手上还有一针的，现在不扎了。"

因为脸上戳着一根长针，我觉得不该开口说话，不敢说话，我便把手朝他伸过去，扬了扬。他没看见，他的徒弟纷纷喊了起来："老师，老师，她伸手了！"于是师傅拿了一根更长更恐怖的针走了过来，我死死地闭上了眼睛。他边扎边说："就扎左手，留一只手给你牵狗。"

当时我心里就别扭了：如果应该两只手都扎，不应该因为我的需要而改变啊，你就不能叫我把狗拴在门口吗？你不应该由着我的意思啊，我要听你的。——你到底要不要帮我?!

事实上如果哪个店不准带狗，我决计不会再去。所以，那时我其实就是在慌乱中想要师傅对我负责，勉强我，命令我，同时为我的一切不爽承担责任。

拔了针以后，他狠狠地在最痛的地方摁了一会儿。真的，死死摁住最痛的地方。我痛得一度攥紧了拳头准备跳起来打他，当然理智让我立刻清醒了过来。也许痛完就好了——没好也不能打。我这么想着。

我又对师傅说:"我有强脊炎(强直性脊柱炎),十几年了,现在背很痛,这样坐着就有点坐不住了。"于是他喊了一个徒弟帮我按摩了起来。

3

我其实去过很多按摩理疗的地方。最早是在北京的一个医院。那时候症状已经缓解,虽然痛,但已经基本可以起床自理了。我只是在家附近的医院随便挂了一个号,理疗室里有两个年轻的医生,门外等待的有很多强脊炎病人,有一些看起来比我严重得多,已经无法抬头了。

我每次去,去的时候一瘸一拐,连爬上床躺下都需要人帮忙,做完一轮后,我就可以自己下床,并且基本不瘸地走回家。但是,那处住所我只住了几个月就搬走了,我也没有太在意,觉得大概随便哪个医院都这样。

结果,接下来的十几年,我再去的理疗店就再也没有遇到那样的理疗师。泡脚店、一般的中医堂之类的就都不说了,还有一次我去一家盲人按摩店。那段时间胸骨锁骨处发作,锁骨处整个肿了起来。那个盲人说,这是因为乳腺不通,要按摩乳房……我真的很蠢,出了那间房,我才意识到那人是在骗我。这件事恶心了我很久,后来很长时间我都不再去按摩。

我本来就已经不喜欢按摩了,他们一听我说"强脊炎",就小心翼翼,随便按一按。我更小心,谨防他们什么时候走个神,把我按坏。由此我得出一个结论:并不是每个理疗师都有一样的手艺。

4

但是这天这位师傅挺不一样的。前半部分,我趴着的时候,按摩都由徒弟完成。师傅最后才来。他让我侧躺着,把肩膀和腿拧向不同的方向,拍了拍,一手把住肩膀,一手把住髋关节,突然发力,往相反的方向一撑!咔咔咔咔!

我脱口惨叫,听到浑身的骨头连续地咔咔响成一片。本来趴在床边打盹的多比震惊地站了起来,爪子搭在我边上,看着我。

他:"换一边。"

我:"我不能动了。"

他:"能动,你动一动。"

我:"动弹不得啊。"

他:"可以的。"

我动了动。果然能动,我艰难地翻了个面。师傅摆弄着我的腿、肩膀,把我摆好:"不要紧,不要紧,你吸气。"

吸气。

咔咔咔咔咔咔咔!

这次我虽然有了心理准备,但是骨头和我的哀号来得更惨烈。我彻底喘不上气了。

多比不安地看着我,凑过来闻我,舔我的脸。我瞪着它舔我,说不出话。没办法,真喘不上气。如果我可以喘气我就会朝师傅吐口水了。

师傅把我上上下下这么狠狠拧了一遍就走出去了。我想我应该起来,头也不回地离开这里,永远结束这段痛苦的医患关系。但,起不来。

过了许久，能开口时我说："我躺一下啊，起不来了……"

他客气地说："没事啊，你躺吧，没有大事，没事的。哈哈，没有什么大事，哈。"

回家后，我震惊地思索：从来没有人敢这么对待我这条可能已经开始钙化的脊椎。可是，好像真的好一点了呢。

他提议至少隔一天去一次，直到疼痛缓解以后，再减少频率。我同意了。

5

所谓中医按摩，是不是就是一种超强抚触呢？对方获得一个资质，取得你的信任，告诉你你是安全的，并且你相信了。然后他折腾你，不仅抚触皮肤，而且还宣称抚触你的筋肉骨头。他们会说："越放松效果越好。"的确是的，其实平时如果有机会放松身体，也可以治疗很多疼痛。针灸、拔火罐、刮痧，这不都是SM[1]吗？ SM里的虐待游戏行为的本质，就是让皮肤变暖。各种折腾，让皮肤变暖，获得安慰。

抚触本来就是已经被现代医学证明有效的治疗手段。拥抱会产生多巴胺，会让人更加健康愉快。这些都是被一再证明过的。

他听你诉说，了解你，折腾你，弄痛你，向你承诺，对你负责——这，不就是爱吗？

---

[1] 取英文 sadism（施虐症）和 masochism（受虐症）的首字母 S 和 M 组合而成，指通过痛感获得性快感的性活动。

有谁愿意触碰病人的身体？病人都是很讨厌的，他们对触碰的要求非常高，脾气又不好。身体紧绷绷的，摸起来不舒服，也得不到愉快的反馈。病人差不多就是沮丧的象征。在爱的前提下进行的身体接触，形成一种完全的身体之爱，难道不正是性行为的一种吗？所以它经常会很有效。不是吗？

写到这里，我的下颌又痛了起来，可能是止痛药的药效过了。我想这些中医按摩本身可能是没有用的，希望却是有用的。我希冀着明天再去，把自己交给医生，让他告诉我"过两天就好了"，并且听他对我吹牛：我这儿比医院好多了。

2016 年 1 月

北仔和南仔过冬，人类的悲欢一点也不相通

有一天气温 16 摄氏度，我去医院看牙。护士小姐穿着轻薄的小外套，跟医生说："开暖气吧。"

我震惊："这种天气要开暖气吗？"

她："哇，很冷啊！"

我："感觉冷不是一般都先加衣服的吗？"

她："可是我这件衣服里面已经有一件 T 恤了，整个人肿到不行，真的不可以再加衣服了！"

我试着体会了一下"肿到不行"的意思，应该是说：再穿就会显得比夏天粗一点。

所以南方人说"冻死了，好冷"的意思是：穿夏装冷，但我不想穿别的。

对了，这里的南方，指的是闽南和广东一带。我在北京，会被北京人叫南方人，但是在厦门，本地朋友叫我北方人。而我那些身在厦门的北方朋友，也就是老家在长江以北那些，都认为我是南方人，他

们的依据是：我不怕冷。

我怎么不怕冷？我只不过在28摄氏度的正午从外面回家会开电扇凉快一下！无论是不是冬天！

来自北方的朋友在厦门过冬几乎冻毙。在我要打开桌面电风扇的晴朗天气，我的内蒙古朋友刘老师，穿着反羊皮的棉袄、羽绒裤和老棉鞋。山东朋友老郭穿着羊毛衫和羽绒服，床上开了电热毯。我怀疑因为这些暖和青年的存在，厦门地区居民体温整体+2，惊恐值+10。

而长在厦门的朋友，普遍不会穿秋裤。他们竟然不知道要先把秋裤扎到袜子里再穿外裤！不知道要拉着秋衣袖子再穿毛衣，就那么直挺挺地套进去了。我的天，他们要是到了我的老家安徽可怎么办？在那种"极北苦寒之地"，要把秋衣塞到秋裤里，毛衣塞到毛裤里，外面再穿棉衣。没有经过高级生存技能培训，南方人不要轻易去。全世界最冷的极北苦寒之地非安徽莫属，当然这一点南京一带的同学也可能不同意。我每次冬天回老家，脚上的冻疮就会以肉眼可见的速度缓缓凝结，向我稳重示意：你，回来了。

我说的北方，是长江以北。和闽南人、广东人认为的北方不一样。他们认为闽南以北或广州以北就是北方。我的老家在安徽省安庆市，我自认来自不南不北的中部地区。不过即使在安徽，也有皖南和皖北之分。淮河以北就是皖北了。所以我在安徽中部的合肥地区，也被人叫作南方人，因为安庆属于安徽南部。在安徽省内也存在入睡前的御寒鄙视链。偏北部地区的人一两周去一次大澡堂，南部人每天洗澡，中间地带的人取折中方案：每天洗脚。

有一年的最后四个月，我和老李每个月都要在上海碰面。我从厦门去，老李从北京去。9月到12月，是秋天到冬天的那几个月。尤其到12月，我们这些外地人都出现了严重的适应障碍，经常望着天空研究：

我："在裙子外面穿大衣，奇怪吗？"

老李："我已经穿了毛衣，还需要穿羽绒服吗？"

我："围巾是不是这个季节的标配？"

老李："进了屋，脱不脱外衣？"

最好过的冬天，在山海关以北。有一年我在内蒙古过冬，阿姨借了我一件貂[1]。我总算理解了东北人对貂的深情。

貂太好了。手伸到口袋里居然是暖的。虽然一出门就能听见自己的鼻毛喊喊喳喳变成冰碴，但口袋里的手，还是暖的。

人暖暖和和的，就轻盈、优雅、贵气。

关外的冬天什么都好，就是有点热。我买了两公斤冰激凌放在窗外，晚上睡觉热醒了，就开窗拿进来吃几口。

我想在雪地上玩雪天使，就是直直一倒，然后躺在地上划手划脚那种游戏。浪漫。结果我差点摔出脑震荡。因为柔软的雪早被自身重量一层一层压实，看着"白白嫩嫩"，其实像铁板一样硬。这并不是南方那种下一层化一层、松松软软的友好之雪。

我看着不止一米厚的雪，困惑怎么没有人打雪仗。他们告诉我，在这里打雪仗就是械斗，仇不深一般不轻易开干。因为北方的雪是粉末状的，团成球以后再用体温攥紧，外面就包上一层冰壳。一球就砸哭，两球魂飞魄散，接下来实力帮派还会扯开敌方的衣领子，将雪灌

---

[1] 指貂皮大衣。

入,最后把人扔进雪坑活埋。

行吧。

我还是很想舔铁栏杆。

2020 年 1 月

都市空虚青年才是弱势群体

之前,我作为糖公益的创始人参加了厦门大学一个学生社团的活动,讲我们是怎么做公益的。在座的同学是厦大大约二十个社团的负责人。这是我第一次接受大学社团的邀请去演讲。和年轻人聊天蛮开心,糖公益的"先要有趣,顺便有益"的观念,向年轻人解释起来毫不吃力,我喜欢年轻人。

有个插曲。另外一位嘉宾的项目很有意思,也办得很漂亮。她项目启动时就在乡贤中募到230万元建设本地中学,建设了高科技多功能教室。她还带着小孩们游学,去城市参观,和很多大机构合作,等等。负责人汪女士说,未来想邀请我去她的学校做分享,因为她接下来要进行的是关于公益的教育:教小孩如何服务社会。

听她说完这个想法后,我说:"我不赞成要小孩服务社会。"

她说:"为什么不?我儿子也服务社会,他很有爱心。"

我说:"我也不是反对小孩服务社会,我的意思是,小孩听到'如何服务社会'的课题,就会默认'应该服务社会'。而我觉得,小孩应该得到更多的信息：你可以服务社会，也可以不服务社会，如果你喜欢服务社会那就去，如果你不喜欢，爱自己、照顾好自己就好了。这些选择没什么分别。"

她说："那我们看法不同。"

我说："应该是的。"

后来我想，她要请公益人去做演讲，而能够传达出"你可以不服务社会"这个看法的公益人，大概就是我了。我更应该去了，不是吗？我陷入了一秒钟的犹豫。

但我立刻又想到自己的初心：我可没那么想服务社会啊，本年度公益演讲的爱已经用完了！

于是我就知行合一地打消了这个念头。

我们糖公益，其实是一个打着帮扶小朋友旗号，实际上拯救城市心灵空虚青年的组织。

去年六一我们去隔田小学做校访，要绕道龙岩去接捏气球的小丑，再加上去连城，加起来有近五小时的车程。原本打算送冰激凌过六一的，想想看，穿得像金龟子一样站在冰柜边，挖出两个冰激凌球放到脆皮筒里，配上甜蜜的笑容递给可爱的小朋友——这个主意让我们激动不已。但是，因为没能找到可以租用的冰柜，这个计划被取消了。然后我们在龙岩市找到了捏气球的小丑艺人去现场表演捏气球。这也很不错。

到了隔田小学，搬完礼品，我们说去看看上次说要装饰的围墙。边走邓老师边跟我介绍：两天前，周六那天，另外一个叫某某的组织，来了三十个人到学校。他们开了联欢会，还包了饺子……最近，县里拨款给村小学升级了全部教具，修葺了围墙。

他指着新修的围墙，简直有些不好意思。围墙已经用漆涂绘过，旁边做了彩色的栏杆，铺了水泥地面。这是给幼儿园的小朋友活动用的场地，也是我们去年就打算修葺的围墙。又被人抢了。为什么是"又"？下面会说到。

我问："那县里是给咱们学校修整，还是给县里的所有学校？"

邓老师说："所有学校。"接着他说："2017年这一片地要做新校舍了，这个围墙就要被拆掉，所以弄围墙其实不能保持多久，不如还是做操场。"

我说："装饰围墙费用还是很低的，做塑胶操场要30万元，这个数目还早……"

"是是是。"邓老师说。

我们之前做的图书室，图书放在一间教室的旧书架上。没过多久，又来了一个公益组织，捐了全新的书架，以及更多的书，并且在门上挂了自己的牌子：某某某爱心图书室。

我们还给学校换过一部分桌椅。预算不多，所以我们是根据学校已有人数购置的套数，并没有换掉全部旧桌椅。因为如今村庄人口外出，生育率降低，人口减少，生源越来越少，这些村小学都在萎缩、并校，大量校舍和教具闲置。谁知，我们前脚换掉一部分，后脚乡里就出资换掉了剩下的。

还有人说过我们，说搞得不够大，应该更专心，弄来更多的钱，就可以帮助更多小朋友。呵呵，外行。隔田小学来过一个大型组织，专门帮扶赤贫家庭的儿童。学校好不容易推荐了一个最穷的，结果等填完各种表格和材料走完流程，这个小孩升到初中去了！钱花不出去了!

　　我们还做了一间美术教室，也就是把一间空教室填充上丰富的画具，让它成为美术课专用教室，保证每个小朋友在这里都有一整套自己的专用画材随便玩。结果这次去，惊呆！据说又是"万恶"的"县里"，把桌椅换成了画桌、画椅！还配了许多石膏像和美术教师专用教具，整个教室都高级了起来！不仅如此，全县村小学都配备了这样的美术教室！！

　　我们想出一个又一个创意的时候，是多么欢欣鼓舞！他们次次踩着巨人的肩膀，还把我们踩到泥泞里！

　　找到这么一所能伸手的学校容易吗？糖公益最初的一年里都在寻找合适的项目。云南、西藏、贵州这些地方不行，我们的人力物力都有限，手是伸不过去的。最简单的一种，就是网上很时兴的，募集衣物被褥送往遥远的贫困地区。

　　常常在网上看到某地某校缺衣服的信息，配上一个电话一个地址，网上转得很欢。以我的亲身经验，像这样向贫困地区寄送衣物非常不靠谱。这些衣物，大部分在这些极寒地区根本穿不上，还有一些就是垃圾，有的人就是在处理垃圾。收集完衣物需要专人拣选和整理。在这些真正的贫困地区，交通往往极不便利。我知道其中的一个项目，校长去邮局取包裹需要赶一天牛车才能到达。进一趟城需要采买的东西，往往比这些不知是什么的衣物要重要。而且，没有人知道那边是不是收够了，没有人能控制局面和流量，也造成了社会资源的浪费。

　　所以，做这种项目只有一个办法：实地调查所需物资，专人专门采买新的、优质的衣物和被子，确认它们经穿或好用，然后自己承担运输过程和成本，送到他们手中。如果用一条微博能解决这个问题，它就不会存在了。

我们这个兼职NGO[1]对极贫地区的困难是没有办法的,所以主要在看厦门周边。但是,几年公益做下来,我真心觉得政府做了很多事。厦门周边连民工子弟学校的硬件都很好,根本不缺什么东西。我们想过由我们志愿者陪小朋友出去玩,去电影院、游乐园之类的。但是一沟通就意识到,学校当然不会把小孩交给我们,万一我们是人贩子呢?万一我们没有监护好,让小孩出现安全问题呢?学校和家长当然会担心,我们自己也拿不准。这也不行。

我们又想去找那些家庭有困难的小孩一对一帮扶,找到青少年发展基金会,他们给了我们一份已经做过大量细致工作的名单。我们坐着公交车,要用整整一天才能见到一个孩子,但是去了之后发现,这些小孩都已经被教育局、团委、青少年发展基金会、乡镇校等各级单位关照过,学费杂费都有人照应。有一些家庭的大人甚至已经养成了好逸恶劳的恶习,见到我们第一句话就是"真甘苦啊"(闽南话:真辛苦啊)。这个项目成本太高,且毫无用处。

Mona老家地处福建比较穷的闽东地区,她回家对她爸说想在老家建个图书室,她爸说:"我们县教育局今年刚花了500万元买书送到学校,你们去别的地方搞吧!"

做公益真正难的,根本就不是怎么弄到钱,而是怎么花钱和谁来办事这两个门槛。

最后,我们终于通过连城县团委临时工、团委副书记、兼职公益青年李大桥,找到了隔田小学这么个校舍齐全、校园秀丽,缺些硬件

---

[1] non governmental organization 的缩写,中文为"非政府组织"。

设施和教具的学校，一头扎进去，为它弄钱买东西。

所以，我们找到一个项目容易吗?！怎么我们一搞到一个学校，大伙就都来了？就不能去找自己的学校吗?！现在公益组织也都不劳而获了？乡里县里看我们一动，就全都跟着动手！你们让我们城市青年干啥去?！

我们前几次去校访开的都是大奔驰。这次要开车的锕月，头一天开了辆宝马来把礼物装车。我们求他："不要开宝马啊，我们不要开宝马去做公益啦。"锕月说："明天换台车，会比较低调啦。"结果他换了一台切诺基，比宝马还贵。我们可以并排在后座上躺着，透过堪称辽阔的天窗，看云卷云舒，看月亮徐徐升起。

锕月上次去隔田小学时，还是个刚从日本读完书回来的待业青年。办了一个摄影展，跟糖公益合作卖了照片换了一些钱，给隔田小学置办了电教室和两台相机，还去上了一节摄影课。这次去，已经隔了两年，锕月已经上过班，交了女朋友，还辞职了。心灵再度陷入空虚，于是又来到隔田，看看孩子们可爱的笑脸。

Andy（安迪）拿了一张上次去时拍的照片去参加公司的摄影大赛，还拿了个奖。这次校访，Andy没空，好像刚晋升，工作超忙，消失了。

另外几个创始人中，郭胖，事业蒸蒸日上，成了世界飞人，去了南美，又去了台湾，除了在群里打打屁，消失了。

果腿子，儿子快周岁了，在家带孩子养狗，长到130斤，家庭和美，其乐融融，消失了。

奕雍和小蛮，这一对在糖公益相识并且结婚的伉俪，在儿童节跟自己全公司的人一起庆祝生日，幸福生活万万年，消失了。

为什么两位会长每次校访都会去，她们怎么一直这么空虚?！会长搞这个组织是为了找男朋友的！可是她到现在也没有男朋友！！副会长是为了抚慰婚姻生活的痛苦才来的！现在副会长离婚了！

返程又要花近五小时，在路上，会长和副会长，也就是 Mona 和我，回顾了糖公益走过的路，猛醒到以上现实。这趟拍的照片够我们充实一阵了，其他的空虚青年，下次活动你们去吧。

中午吃饭，来到万达广场。恍惚中，龙岩的万达广场连店面排列都和厦门的一模一样，我们去了一家去过的店（因为连锁），坐了坐过的座位（布局一样），点了以前吃过的菜（菜品一样）。会长说："这个鱼很好吃。唉！出国的人都吃不到这么好吃的鱼，可怎么办啊?！"（这句话以前也说过。）

然后 Mona 会长问阿春副会长："这顿饭钱怎么算？"

我："组织报销吧？"

Mona："有点贵。"

我："那 AA ？"

Mona："有点怪吧？锎月他们都出人出车了。"

我："那我请吧。"

Mona："啊？"

我："我是副会长嘛。"

Mona："那我呢？"

我："我有钱。"

然后 Mona 看着我："……快去啊！"

然后我就去买单了。

晚饭的时候，Mona 就没有再和我商量，只是问我："你还有钱吗？"

回程的路上天总是黑的,大家都困得要死,强打精神聊天。我们要给锏月车费,锏月不要。

Mona 说:"我们有钱!"

锏月说:"花不出去钱的只有你们吗?"

我在车里无所事事想吃零食,突然想到:欸,以前学校的老师们不是每次都会给我们准备地瓜干特产带回去吗?这次怎么没有带呢?说起来,"推辞地瓜干"也是很重要的节目啊!怎么现在不送了呢?啊!迷茫!还有,他们每次都留我们吃饭,我们时而全力推辞,时而一留就吃。感觉隔田小学的师生也很困惑,不知道我们到底是咋想的,该不该留我们吃饭。

还有,邹校长说:"糖公益的叔叔阿姨来了,大家安静,要守纪律……"

等我去讲话时,我作死:"今天过节,我们是来和大家玩的,如果大家很高兴,就不用保持安静!"结果小丑一进来,他们炸锅了,一唱歌,炸锅了。喊叫声震耳欲聋,我的耳朵也聋了,嗓子也哑了,最后我拍着桌子喊:"不要吵!安静!!不准讲话!!!"

好累,好空虚,好迷茫。不然30万元的塑胶操场算了吧?把两个篮球场做了,只要4万或5万,干完这一票,糖公益离开连城!我们要厉声疾呼:我们的国家国富民强!对教育的投入非常大!我们这些身处城市的心灵空虚的青年才是弱势群体!我们孤独!我们空虚!我们迷茫!我们又缺钱又没有地方花钱!呼吁关爱弱势群体!关爱城市青年!

2015 年 6 月

作为废物,我是怎样在考试中"躺赢"的

今年的某段时间,我得了失心疯,报了一个据说通过了可转户口的考试。过了几天,我的病好转了一些,当然就没有复习。但我心里还有些许不安。这时出了一个新政策——通过这个考试也不能转户口了。所以说天上真的会掉馅饼。

我开开心心地继续刷剧、吃炸鸡。过了一个月,离7月的考试只剩一个月时,我又犯病了,觉得毕竟花了好几千元,还是应该把这个考试过了。

当然,开始复习的第一步是思考人生。我开始思考人生的一些主要议题,例如"为什么我就是不能做该做的事呢?""我今天的一事无成究竟是先天的还是后天的?""人生的意义是什么?"等终极问题。

过了几天,又下来一个通知,7月的考试改期到10月底!天哪,爱思考人生的女孩运气不会太差。但是人生的起起落落总是难解。过了一段时间,不记得受了什么刺激,我又报了一个考试!但是和上一次不同,我报的时候就知道我不会复习,所以我只花几百元报了名,

没有买课！我的优秀可能就来源于此，总是这样，在经验教训中砥砺前行。

当然，我不会复习的，毕竟11月才考试。

时光流转，11月不知不觉就快到了。正式通知发下来，这两个考试居然在同一天！我最多只能参加一个考试！这要是都复习了得悔恨成啥样，我都不敢想！请问老天爷，你是不是在暗示我什么事情？我有这样惊人的运气天赋，是不是接下来有什么重大使命要交给我？嗯?!

到了考试前一周，我又犯病了，对人生的思考达到无以复加的程度，我觉得这个考试配不上我，毕竟它没有自动钻进我脑海，而且课本长得太丑。这时候（可能是老天派来的）一个来访者说，她参加了会计师的考试，一半的人都缺考。"所以只要去了就超过一半人啦。"我感觉这里有一些神秘的东西存在，看来我应该去考试。然后我去了，果然缺考的人占三分之一。

由于试卷异常陌生，所以我做得特别流畅，追问了两回"什么时候能交卷"，感觉一些同学在我的激励下变得特别有紧迫感、特别有干劲。也许这就是我对世界的温柔吧。

第二天早上的考试是9点开始，我应该在7点半出发。7点钟，我开始回顾自己的一生，同时也回顾了马云的一生，发现没有一件好事是在早上7点半发生的。宇宙不支持我在7点半出门，我的吉时在下午。

果然，那天下午我考得贼好。虽然阅卷老师不同意，但是也没什么，毕竟我也不同意他们。

现在，考试已经过去两天了，思及此，我的心情就无比欢快。试问我如果没有报名考试，又怎么会在这个普普通通的周二，这样地快乐?！我想，那些逆天而行的自律博主，又怎会懂得这样的美妙时刻呢?！

  以上，就是我顺应天意"躺赢"的故事。

2020 年 11 月

见面会前夕

上一本书出来后，责编老师忽悠我做些营销活动。我没有做，感觉自己做不来。所以，上一本书几乎没有做什么宣传，默默地卖着。在这种情况下，却被读者一册一册地买了十万多册。我何德何能？一瞬间，我决定要做见面会，去见读者。

但是我真的怕出门，怕见人，怕身处人多的场合，尤其是来看我的场合。真不敢相信，我竟然有过卖票的演出，也曾在摄影机面前敲着酒瓶唱歌，曾在台上对着我的听众微笑，说笑话，给大家唱歌。

之前去参加知乎盐 Club 的活动，主要就是想见几位好友。我提前两天到，到的当天晚上就进房间躺倒，第二天又躺了一整天，为届时的聚会积蓄精力。然后我见到了朋友们，开心归开心，回去我又在酒店床上躺了一天，再过一天才能去坐飞机，回厦门。其实聚会只有四五个小时，但是我前后躺了四天攒力气。

有一回下楼倒垃圾，一只猫在翻垃圾桶。看到我来，和我久久地对视。我们俩本来还好，这时又来一个人丢垃圾，他没有看见猫，手一扬,垃圾对着猫飞了过来。我失声大喊:"猫!"猫飞身跃走了。我觉得惶然狼狈,赶紧逃走,马上就想家了。

见面会的海报定下来了,从发出去的时刻开始,我就感到胃里像放了一块酸肥皂。当天的整个下午到晚上,我都抱着一个红色垃圾桶吐个不停,第二天睡醒又吐了一天。办公室里的两个孕妇加起来都没我吐得厉害。我吐到完全无暇去想为什么这么害怕。这件事情我肯定想过无数次了,一直也没有想出原因,也没有想出办法。

晚上回家,我把以前上电视和演出的视频翻出来看。我坐在地上,多比趴在旁边,我一只手摸着狗头,一只手用遥控器翻看,下一个,下一个。黑暗里我们俩看着屏幕上过去的我,这种感觉很特别。在那些视频里,当时的我似乎比现在开朗些,也年轻些。虽然有重重的陌生感,但毋庸置疑那确实是我,那张熟悉的脸,还有声音、小动作。我可以看出只有自己才能看到的紧张劲,但还过得去,事情还能进行。屏幕里外虽然有两个人,但都是我,不是吗?

我怕在机场就迷路,赶不上飞机,怕在去活动现场的路上大哭,怕干脆忘掉其中一两场,怕在见面会上当场吐出来,或者头脑一片空白,或者胡说八道,说出许多让自己后悔的话,或者让对我有所期待的人失望而归,怕最后感到自己配不上任何重视自己的行为。这些应该都很有可能发生。不过那又怎么样呢?不会死的。不会死不就可以了吗?

以前每次上台演出前,我都要喝一些酒。这次我也会喝。毕竟,就算我生病了,有一些变化,但最最里面的自己,还没有变,我还是想见他们。大不了,多躺几天。

2015 年 7 月

治好一个词：晚安

和人说话，对方说"晚安"的时候，我死都不会回复，心里呐喊着："老子不！"

我脑子坏了，早就不记得"晚安"里有什么温馨的含义。市面上有关"晚安"的东西那么多，比如什么晚安电台、晚安故事、晚安软件，都以一种"我在温柔地关心你"的姿态出现，实在是气死我了。

在我看来，"晚安"的意思是：不跟你说了，拜拜喽！意思是：你别说了，都把我说困了。意思是：我走了，你又是最后一个离开的。

明明先行离开，却毫无遗憾，毫无抱歉，还要做出你快乐所以我快乐的样子，这不是王八蛋吗？当然，比这个词更讨厌的是我自己。我讨厌自己弱小的样子，连看到房产中介发了个"晚安"也会怅然若失。总有一天我会治好这个词。把四处散落的"晚安"摁住，叮叮当当地敲打一番然后做成其他的什么东西。就像把易拉罐捏扁扔进大袋子，送去收购站那样。

卡夫卡的《饥饿艺术家》里有这么一段：

"为什么我们不应该赞赏呢?"

"因为我只能忍饥挨饿,我也没有其他办法。"

"你为什么没有其他办法呢?"

"因为我找不到适合我胃口的食物。假如我找到这样的食物,请相信我,我不会招人参观,惹人显眼,并像你,像大伙一样,吃得饱饱的。"

我有时候就是这样想的。要找到合我胃口的夜晚,才能好好品尝晚安,并且像大伙一样,吃得饱饱的。

2016 年 8 月

CHAPTER 3
一生里的某一刻·隐藏宇宙

一种度过人生艰难的办法

重病对我的影响

我看过许多人谈论自己的病痛,大家说的都是克服了困难。但我要说的是一个被病痛打败的人。

我仔细地想了一下,发现其实我的病对我的影响还是很大的。

我生的病不会痊愈,十多年来从未有一刻停止过疼痛,只是程度不同。

除去卧床不起那种极端情况,最低最基本的程度是做每个动作、每次呼吸都会痛。但是,如果我不说,别人就看不出来。我应该有超过三年没有抱怨过了。我的丈夫,或我身边最亲密的朋友,也都不知道我一直在忍耐这种疼痛,他们甚至已经忘记了我有一种病。

我觉得这个病改变了我的性格,因为习惯了生理的不适,也就习惯了心理的不适,我变得极其善于忍耐。我好像越来越少生气,也不怎么悲伤,笑点却特别低,几乎变成了自己的旁观者。

举个简单的例子:我的手机有问题,每隔二十秒就会跳出一个窗口,需要我点一下确定,否则就无法工作。而且,它的屏幕也早就摔碎了，但我居然还可以用它看几个小时的电影。就这样用了大半年，也不觉得需要换。直到前些天，朋友用我的手机看一个两分钟的视频，然后惊异地问我是怎么忍受它的。我这才意识到，那是一个令常人崩溃的手机。

我也有过一个阶段，像其他的许多人一样，对于自己还能活着很感激，对死亡的看法也比较积极。甚至还有一个阶段为自己骄傲，觉得自己忍受着病痛还能坚强面对之类的。是从什么时候开始厌倦的我不记得了。常觉得生活得如坠梦中，却不是个好梦。

有时我觉得自己非常冷漠，别人向我抱怨一些事情，我常觉得"那算个事吗？"。但我同时又非常细腻，能够觉察很多种情况下大多数人无法觉察的快乐和痛楚。日常生活中，我是一个几乎完美的朋友，我温柔真诚，而且很有幽默感（我想那是因为绝望）。因为我依靠为别人而活地活下去。如果为了自己而活，我便没有一点动力。

有段时间我吃一种药，它能止痛。我度过了一段比较愉快的时间。但是，凭我久病成医的直觉，我觉得这么厉害的药一定有副反应，就自己停了。去年我去检查身体时，医生告诉我卵巢功能减退，询问我的病史，并把吃那种药的病史在病历上写成"一年化疗史"。通过后面的检查，我发现它并未真正影响我的生育功能。但如果真的因此成为不孕患者，我怀疑自己也不会感到格外难受，我的心可能会说："哦，好吧。"

开头说到，我虽然还活着，但应该已经被病痛打败了。像是被燃烧过的东西，虽然形状还可保留，但只要再碰一下就会变成灰烬。

就我们无数次受到的教育来说，在精神上被击垮是一件可耻的事。但所幸我从未向人说起，更没有给别人添麻烦，并且还是努力做了些对别人有益的事。我想我不是个值得尊敬的人,但我并没有做错什么。

我虽然已经结婚,却过得越来越像单身时,在婚姻里不再期待帮助,也付出得越来越少。所幸他毫无察觉,反倒似乎很享受这种不被要求、互不干扰的自由。

经历个性的变化和对自己物质生活的一再精简,我已经快要把自己的衣服、鞋子、书,还有过去觉得很珍贵、重要的纪念品都扔光了,可能是因为我在做随时去死的准备。

也许也可以说,我找了一个借口,把自己的怯懦和懒惰都推到了病痛身上。

总之,无论如何,我大概是很绝望的吧。我常常对自己说:"又活满了一天,明天也要加油啊。"这对我来说就已经要竭尽全力了。

但是我不愿意自杀,因为我有很多在乎的人,不想让他们难过。但如果我死得自然一点,相信大家也可以很快投入到没有我的、火热的生活里。因为我也经历了几次很重要的人的死亡,发现自己也并不是非常痛苦。

可能的话,我希望能去推开车流中间的小孩,或者爱上一个不可能的人,为他而死之类的。那样我大概会觉得很感激吧。怎么说呢,好像被长寿拘禁了。

这是一篇曾经发在知乎上的匿名帖子,应该没有人知道是我写的。现在看看,觉得这应该是一个回溯、总结和爆发的开始。在这篇匿名回答的最后一段,我是这样写的:

可能会有几位知友猜到我是谁,恳请你们不要说出我的名字。我知道自己说了一点比较少见的事实(因为绝望的人大都不表达），这一篇对我来说是极其隐秘的。从正文里你们也可以看出，我从没真正谈论过这件事。

2013 年 3 月

2013年8月的遗书

我信任对我不利的说法
我渴望不幸的到来
我喜欢我讨厌的东西
我知道没有安全
所以我是安全的
我听到的就是我诉说的
我强调的就是我洗刷的
当我豪迈的时候最害羞
当我暴躁的时候最礼貌
不高兴的时候最高兴
最黑暗的地方最亮堂
我期待最悲伤的结果
因为这些是我应得的
怯懦是我的勇气

苦涩是我的佳肴
伤害是给我的爱慕
羞辱是给我的荣誉
付出的就是得到的
放弃的就是渴求的
我的哭就是我的笑
我的死就是我的活
我痛饮心扉
我细品血肉
我从容赴死
我非常驯服

2013 年 8 月

吃药两个月：
总想驻足观赏你们

我大概吃了两个月的抗抑郁药了，想找一下病历看看具体日期，但是也觉得那没有那么关键。主要是懒得动。这次我去厦门仙岳医院挂到了专家号。初诊那天，医生问我以往的就诊经历，我说起上次来哭瘫在医院门口，后来服用的药副反应太大又送急诊，后来就没再看医生和吃药，直到现在又过了十八个月左右。医生问："那你为什么又来了呢？"我说："想来想去，还是想请医生帮助我。"他说："自己扛不住了是吧？"我说"是啊"，然后又泣不成声。

医生后来说："我还要问你一些问题，不过你现在情绪比较激动，下次再聊。"我一边抽泣一边结结巴巴地说："我……我可以的，现……现在就问吧。"他摆摆手说："太坚强了，太坚强了，下次下次。"我现在想起这个画面就想笑。

实际上，后来的多次复诊中，医生并没有和我聊，我想这位专家级别的主任医师大概同时具有精神科医师和心理咨询执照，可能会同时进行心理咨询。可能我没有明确表达出这个需求,他也就只问问药物反应如何、睡觉情况,然后就继续开药了。

与此同时,我觉得药确实起到作用了。首先是一直恶心。这比起刚开始的呕吐好了不少,但是恶心一直在,当我意识到自己的动作时,总是发现自己紧紧咬着牙,非常累。其次就是我现在每天回到家,就迫不及待地躺下。当困意袭来时,就紧紧抓住,然后睡去。那种睡不着加不肯睡的激动情绪似乎没有了。想起来,我感觉很久没有计划自杀了。我现在都想不起来为什么我曾经会那么想死,我没有把那些详细的计划写下来过,但还依稀记得曾经几小时几小时呆坐着写计划中所有的细节。现在那些情景实在如同前尘往事,不像是我自己的经历,也不像是同一个时空中发生过的事。

但我还是非常累,沉甸甸地累。可能视力模糊、行动迟缓,还有与日俱增的背痛,都是因为累。我也不知道,没有精力仔细去想了。其实,我还是能感受到这巨大的变化:曾经切实存在的念头,如今恍如隔世,究竟哪个是我真实的想法?只是一些药物,它能左右人的思维和行动,那我真的只是一具微不足道的肉体。我曾经仰仗着、依赖着的知识、经历、情绪、行为构成的一整个自己,只是一粒不足挂齿的微尘。既然如此,何必急着死呢?生也是尘土,死也是尘土。是不是我以前想要自己做出选择,只是因为骄傲,试图用自己能做出的最大的动作,给世界一点影响呢?我不知道。答案总在风中。

前几天招待朋友去南普陀寺吃素菜,吃完以后在放生池周围小小散了一会儿步。天已经黑了,放生池里的鱼和龟都看不到,倒是周围点着的红蜡烛,在夜色里非常迷人。几个年轻的和尚从长长的楼梯走下来照看那些蜡烛,低声交谈。因为刚过完大节,深夜的寺庙里反倒没有了游客和香客，恢宏整齐的庙宇庄严肃穆，被红烛照着的身穿灰袍的身影非常宁静。我如饥似渴地望着他们每一个细小的动作——伸手、侧耳、低头、走动，觉得好看极了。其实也不是看他们，就算是走到街上看到随便一个人，看到他们鲜活地生活着——喧天地吵着架也好，埋头走路也好，我都想驻足观赏。招待的朋友是一家三口，有个非常可爱的一岁半的女儿。我看到她拉出漂亮的大便也想大声鼓掌，她哭、她笑、她扬手、她吃糖，都那么美好。我哄着她亲了我两次，软软甜甜的吻，仿佛我人世中留下的非常不重要的脚印，已经被漫不经心地覆上了尘土，而那两个吻，却给这旅程盖了通关文牒。当然，所有这些印记还是会随着药物和时间逝去的，这我知道。

不知道我这个生命究竟所为何来，但那一刻我感到不想死了。不是舍不得，而是好像没有那种必要。想到这一层，我感到热泪盈眶。

2015 年 1 月

它不想你好

经常有人和我说"我不想去医院了""我自己可以""我还不想好"……哇,我就知道,那个坏朋友又来了。我叫它"虫子"。

我觉得病就是住在我们身体里的一条虫子,它肯定不喜欢我们吃药、看医生,不喜欢我们康复。因为我们康复了,它就住不下去了。它会怎么办呢?它会想办法留下来,比如说,让我们以为我们不想好,以为自己熬一熬比较好;让我们以为康复以后的生活非常陌生,害怕生活里不得不面对新的主题。

有没有觉得莫名地恐慌:我好了还是我吗?我好了会不会遇到别的什么?我好了会不会失去某些关心?我好了以后该怎么弥补失去的时间?

其实这些都是假问题,是虫子塞到我们脑海里的!

不管怎么样,我们都是自己,是这样一个人。说到生活的变化:本来我们就在变化,其实和病没关系。还有失去关心:其实别人关心我们,是因为他们关心我们,他们不是关心虫子。

还有啊，难道好了就不会痛苦了吗？不是的。我们期望的真实的痛苦是不会变少的，它们依然会丰富我们的经历和生活，使我们继续成为一个敏锐和经过历练的人。只不过，到时候我们可以更确切地去感受它们了。

就算没有抑郁症，有时候失眠也会这样：我就是不肯睡（哪怕我们已经精疲力竭了）。"不肯睡虫子"一定要在我们不睡时才能出来玩耍，我们要是睡了，它就没的玩了。所以，它们发起进攻，进攻的办法就是让我们有这样的念头：我就是不肯睡啊!!!

有这些念头的时候我们老以为这是自己的念头，但其实是它使的坏。真的很调皮。

坚决不康复也是要很坚强的，毕竟养着那个坏虫子很累、很费力，而且得花钱。不如还是脆弱一点，躺倒，任凭病好起来吧。没办法，我们就是很软弱的。当病硬是要好的时候，还是投降吧。然后我们就可以好好地专心痛苦了。

2015 年 8 月

吃药五个月：
疾病以内和以外的生活

我从去年 11 月开始吃来士普，到现在近五个月了。记一下自己的反应。

我以前不怎么做梦，现在梦很多，实在太多了。大部分是噩梦，经常让我哭醒。也有少许美梦，但梦醒以后我还是要痛哭。因为梦太多，我感觉自己像是庄周在梦蝶。梦里发生了很多事情，情绪激烈充沛。反倒是醒了以后整日昏昏沉沉、反应迟钝。有时候我甚至感觉梦里的世界似乎更真切，不太分得清该信哪头。又是那种不真实感。是不是因为春天来了？春天、电话、陌生人和熟人、噪声、一个脸色、梦、镜子、垃圾，都让我害怕。

我尤其怕社交，不敢接电话，能取消的约会都尽量取消。但还是接受了一些采访，或者不得已地与人交谈。前些时候，军宏来公司做客，我大概讲完了我妈一生的故事。我并不想说，但是滔滔不绝地说着。采访的时候更糟，我感觉很难控制自己说话。说得太多，太啰唆，太不清晰了。我控制不住地开朗着。

我的记忆力实在是太差了。我试着把这一天要做的几件事，其实是非常简单的事，写在纸上，一样一样勾去。但是我立刻就忘记了那张纸在哪里。我要记住：尽量写在本子上，并且不要把本子挪地方。

500米以内的地方，我拐一个弯就迷路。在分明应该熟悉的地方转来转去的孤独感，也让我不愿出门。

一向很准的例假这次晚了一周。

我视力下降得很厉害，不能画画了。前几天试着画《发现之旅》里面的那种标本素描。信心满满觉得我至少可以画得一样好，但是我不能，我看不清细节，也无法集中注意力。

我睡得很不规律。总是想睡，但是睡得并不好。走几步路就喘得厉害，体力很差的感觉，连从卧室走到阳台去刷牙洗脸都不愿意动，所以经常几天不刷牙洗脸，因为怕被人感觉到，也会更瑟缩一点。所幸家里的热水器很好用，我每天晚上洗澡冲热水，冲到热水器里的水都放光为止。这样，外表上总算保持了一定程度的整洁。

那些乱梦真的让我很疲倦。希望这只是药的原因，等我能停药的时候就好了吧。

也有好的时候，比如醒过来摸到多比在床上，把手塞到它暖乎乎的肚子下，然后它把脑袋钻进我的手掌，用凉凉的鼻子使劲拱我手心，那个时候会觉得有点开心。实实在在的。

还有就是乱花钱。起不来床的时候就打开淘宝，胡乱买点什么。不敢看银行卡余额或信用卡账单。买了很多废物。包裹到的时候，我经常已经忘记买了什么。其实我很讨厌购物，现在简直到了厌恶的程度。

回忆疾病以外的生活，目睹有那么一些人享受着、机敏地处理着在我看来庞杂无比的日子。我猜想他们的生活像穿上冰鞋一样，能够很快并且很优美地滑行，他们可以看到很多风景，常常有很好的感觉。

　　而我现在的生活就像在一个里面布满砂纸的管子里爬行，什么都看不到，只可向内索求。每一步都很痛，非常慢，经常要停下来。但是说实话，我对此是感到满意的。在我感到暴怒想伤人的时候，忧郁到无法自拔的时候，闭着眼睛任凭自己流逝的时候，我都感觉到那些包裹我的砂纸生出了荆棘。

　　我还是很痛苦。生活还是沉重难耐，让我苦苦挣扎。我好一点了吗？不知道，我脑力很有限，没有办法清晰地分辨或比较。但是活到现在就是成功，我应该相信这一点。而且已经活到现在了，就算以后会失败，也不能抹去现在的成功，对吧？尽管抱怨了那么多，我发觉自己内心，还是乐观的。我仍然要说，我对此感到满意。我必须这么说。

2015 年 3 月

吃药七个月：
不是求死，是求生

吃药七个月了。好像不小心停了两天药。发现这件事是因为下班后我在没人的办公室里，无力地倒在沙发上，有了一些许久没有想起来的念头。比如说我失去一些东西时，那种"好吧，我知道了，我知道得比这更早"的孤独情绪。这种情绪进而蔓延到很多还没有失去的东西上，我想象着我失去它们时会怎么样，像给坟头再添抔黄土。其实我好像挺喜欢的，这是另一种安全。

开始吃药时，仿佛溺水时可以抬起头呼吸一次，还可以望见远处的隐约的岸，用那一口气再挣扎一段。现在忽然停药，却好像在拨开眼前迷雾，望见无际的密布的荆棘。硬要向前走好疼啊，"还是就在这里扒拉扒拉躺下吧"，我会这样想。我又难以分辨哪个感觉是真实的，哪个是虚幻的了。

以前我可以在噩梦里找到线索，理清一些头绪，以此为基础，摸索出一些感受的本质。但是现在我找不到头绪了，缠斗其中。即使我已经开始进行其他的活动，但注意力不在那里，我已经消耗了精力，我亢奋而又非常疲惫。我只能记到这里。因为来龙去脉，我不知道更多了。

偶尔我能记下几个梦，刚醒便写在便笺里。这已经都是我不懂的梦了——

梦见一位好友有了一个剧组，她在这个剧组里解雇了我，背叛了我。

梦见两个屠夫在我面前徒手杀死一头强壮的犀牛，然后削它的肉。他们好奇地看着我，而我对这残忍的景象没有感觉，只对他们的肌肉感兴趣。

梦见一个好友穿着一件美丽的白裙子从几十层楼跳下去，伸开的双臂像翅膀一样，她微笑着优雅落地，而我惊吓得不能动弹。

有位好友说："很糟糕，想死，想死，想死。"

我问："那为什么还没死呢？"

她说："好像又没有到那个程度，所以更讨厌自己。整天想着死却不去死，很厌恶自己。"

我仔细地想了想，突然有了一个看法，就是：事实是你是想活的。你看，抑郁把你逼到这个份上了，你还活着。你不是在求死，是在求生啊。

至于为什么想活呢？是因为天性里其实有着非常旺盛的生命力吧。这不是劝她的。这是对我自己说的。

2015 年 5 月

我不是因为抑郁症才变成废物的

从 2013 年 4 月医生确诊时算起,现在是我患上抑郁症的第二十六个月。自杀的念头几乎没有远离过,尽管在这期间我其实做了许多事:出了一本口碑还不错的书,卖出去一个故事,比起以前可算是赚了一些钱,离了婚,又重新创业做了一个做手机软件的公司,还做了一个电台。但是问问内心最深处的自己,我可是已经品尝到人生的盛宴,可以不吃力、自然地活下去了?

答案是,没有。

那种晦暗的色调,它渐渐从我原先以为的表面,能够被治愈的肌体上,沉入了更深的地方,成为一种底色。我原先以为它总有一天能结痂,成为一个伤疤,哪怕是很大的。但现在我意识到,它可能是我的残疾。从原先,从一开始就有。这几乎让我松了一口气。我可以原谅在艰难时刻离开我的人了,也可以原谅自己迟迟无法痊愈了。因为,我从来不是因为抑郁症才成为一个废物的。

刚刚开始说话的时候,我就可以听着音乐很快地记住旋律。我第一次听爸爸唱过简谱以后，就可以听着音乐，把简谱准确地唱出来了。后来我已经很大，大概是初中时，我在哼唱一首新歌的简谱时，身边同学笑我乱唱一气，我说我唱的简谱是对的，他们怎么也不信。然后我才意识到并不是每个人都会，这原来是一种特殊的能力。

在写文章时，我记录一件事情，是块状地把那段记忆挖出来，然后对着它去描写，那一块记忆事无巨细。有人问我怎么能把对话记清楚，我其实就是对着那一块记忆，像看电影一样，边放边记下来。当我想写比喻的时候，我就停下来去感觉对象，然后那个比喻就会成为一个画面浮现出来。

这些特质的反面，是信息过载和不堪重负。我只能处理一件事。比如我边走路边吃口香糖，基本就会摔跤，我膝盖和胳膊肘上的伤疤层层叠叠，甚至牙也摔掉了。如果插上耳机听音乐，我就会迷路，并被汽车喇叭声和行人吓得忘记去向，甚至有一次在马路上休克。而且几乎无一例外，我一出门就会疯狂地想上厕所，甚至还会失禁。有一次，我只是下楼去买个早餐，却兜着一裤子的屎跑回家洗澡换衣服。当我洗完澡时，可能是由于沮丧到恍惚，我踏出浴室门就滑倒在地，赤身裸体地在那里躺了好久。

家里凌乱会让我抓狂，然而我又总是精力不足，很少能打起精神好好收拾整齐，所以到了家，如果它很乱（通常都很乱），我就会陷入茫然。如果再加上脏，我就会立刻躺到床上，什么也不看，有时会一口气躺上两三天直到快饿死。幸好，我的朋友都住在周围，她们知道我又起不来时，会带上吃的来看我，并帮我打扫。

比起这些具体的不便、无助，以及被损耗的巨大精力，这些特质有益的那一面，根本不值一提。

与此同时，抗抑郁的药物会从性状上把人改变。我那种过载的、详细的感受和记忆，被强行整块地删去了，成为一个比较少有强烈的低落，也不怎么高兴的人。事实连同情绪，整块地脱落了。

"写"，对我来说，是一种疗愈。当我能仔仔细细地把自己的感受通过手指，详尽、准确、生动地表达出来时，我会感到安心。写的时候，我反复确认写下来的是不是真实的，并且在把它发出去时，怀着信任和爱意，相信看到我的人是友善的，相信未来的我也不会为此感到羞愧。在这过程中，我一撇一捺，一个像素一个像素地触摸着自己的光彩。这是人生这条漆黑的河流里，虽然无法打捞，但仍然亮晶晶的东西。

但是，如果我忘了呢？如果我所拥有的事实和情绪，被药物变成了腐肉，从我身上掉下去了呢？那我会变成什么样子？我历经艰险，剥皮抽筋确认过的事实，渐渐变成遥远颤动的幻觉。

我劝自己：这种脱落和虚幻，不是因为药，而是因为病。因为病我不能选，但药我可以说服自己不吃。所以，一个理智告诉我：你得好好吃药，否则你的生活和人生会失控。另一个理智说：你不能再吃了，你内心深处难道不是已常常分不清幻觉和真实了吗？

我是谁呀？我经历的是什么？走向何处啊？张春这样一个谜团，越系越紧，解开谜团的线索却越来越模糊。

例如此刻，我只好再往里写，写血中的血，写骨中的骨，想把它们交织在一起，成为一种确定的痛楚。只有那样的痛，才能让我安心地存在一会儿。可是，写不痛。这样的钝击，让我气力全无。

2015 年 6 月

一生里的某一刻·隐藏宇宙

噩梦的意义，最后的意义

我病得很严重时，想扔掉或弄死我的狗。因为它一直大声叫，邻居投诉，而我听着它那样叫，连从床上爬起来去看看它的精神也没有。想逃避这一切，抛弃它也许是个好办法。同时，我对有这样想法的自己厌恶至极，认为自己是一个极度无能、自私、冷漠的人，再次考虑自己是否更适合死去而不是活着。后来在老师的帮助下，我想出了一些办法。我学会了观看和分析自己的梦。

终于有一天，我连做了三个噩梦，一个比一个可怕，最后一个就是我的狗被邻居的车轧断了腿，在梦里我抱着它哭到崩溃。

这实际上是一个疗愈的梦，就是在我看不清自己的时候，它提示我真实的想法是什么，也提示我担忧的是什么。所以，我明白了自己很爱它和担心它。然后我松了一口气，在对待我的狗这件事上，原谅了自己。不在反复的愧疚和确认中消耗精力后，我也有了一点勇气和能力，去面对它带给我的麻烦。

但这些方法不是一成不变的。曾经，对梦的观察给了我很多帮助。

也曾经，比起进入空白无梦的疲惫睡眠，我宁愿哭醒。因为毕竟痛哭还是能确定一点真实，是充实的、像样的。比如，我梦见自己被一大堆穿白衣服的人抓到船上，漂到海中间。他们用锤子把我的头一点一点砸烂，而我的前任也在那条船上，他似乎不认识我。我知道，这个梦是在表达我怨恨他不关心我。

又比如，我梦见自己是一只被活剥的狗，我血肉模糊地坐到一个喜欢的人身边，看着他钓鱼，并且笑着告诉他："我没事啊，不疼，你不用管我。"我知道，那是一个表示我想要接近别人却又害怕的梦。我在现实里做了一点努力，暴露了一些自己，在梦里则把自己撕开了。不如此，怕别人看不出我脆弱。总的来说，我在撒娇，并为此感到羞耻。

后来，情况又起了变化，我发现对梦的观察没有用处了。

我大约已经知道了很多问题的答案，比如为什么感到这么孤独，为什么爱和被爱都不是太有用。它们写在某处，干巴巴的，没有原因。梦给了我一些场景，把事情已经说明白了。有一个梦我反反复复地做，那是在深蓝色的静悄悄的海上，一座红白相间的灯塔缓缓下沉。我还梦见冰蜂鸟形成的巨型风暴，在几分钟内摧毁了横贯太平洋中间的、条状的一整个城市。我望着那个城市从那头到这头一点一点坍塌，最后被冰风暴砸入海底。我的梦里已经不再有血，也不再有人，即使是性梦，梦中的形象也从具体、鲜活的对象变成了模糊的陌生人，到现在我只梦见我在自慰，没有人了。这些梦什么都不再说，它只是在睡眠交替时，给我看那个荒芜的世界。不用再看，不用再想，不会好起来了。

我再次离开这整个情景，想说说梦的意义。现实层面，它给我的帮助、疗愈，可能已经结束了，或者暂时结束了。

有的时候我甚至忘了自己做了什么梦，我是被自己的尖叫吵醒的、撞醒的，或者有的时候久久都不知道自己醒了没有，陷入低郁的情绪，无精打采地熬过一寸一寸的时间。我一直想找到这些噩梦里有意义的部分，并写下来提醒自己。但是大部分时候，我相信它没有积极的意义，它是一个怪物，无聊的时候就吃掉一点我。

可是，今天——

我突然想起一个很久以前看过的、关于梦的故事：一个男人出车祸了，昏迷不醒。等他醒来时，等待他的是很糟糕的生活。他没有钱，妹妹告诉他，家里已经无力负担他的疗养费用。他的妻子原本就憎恨他，来找他离婚，并且要带走心爱的女儿。他已经失业，并且瘫痪了，所有的坏事可能还会继续发生。他昏迷过去，开始做一个梦。在那个梦里，他有一个非常美丽的女朋友，焦急地等待着他醒来，告诉他她的心痛、挂念，还有看到他醒来的喜悦，还告诉他，她刚刚怀上他的孩子，等他好起来时他们就去结婚。他的事业蒸蒸日上，人们为他还活着欢欣鼓舞。他在那个梦里年轻、英俊，尽管也受伤了，但依然聪明、讨人喜欢，美好的生活才刚刚开始。

每当他睡着时，就去了那个持续着的美梦中。每当他醒来时，就继续面对现实生活中无尽的耻辱和折磨。

故事的结局是，现实中的人发现他在又一次昏迷后，带着微笑，再也没有醒来。我想，其他读者也和我一样，认为他只是换了一个地方去生活。

我今天突然想到：会不会我此刻的生活才是一场大梦呢？如果那些噩梦才是现实呢？

所以此刻，我其实睡着了，在这个美梦里拥有了一种较好的生活。两个世界比起来，这一个真的挺好，可算应有尽有了。我感到安慰，并且可以流出泪来。

2015 年 7 月

抑郁症有好处吗

1

如果换一种说法：生病有好处吗？你应该会立刻得出很清楚的答案：生病没有好处，就算能好，也会费精力、费钱、伤害身体。如果是不能痊愈，或者会留下后遗症的病，那就会费精力、费钱、伤害且持续伤害身体。如果是水痘这一类的病，出过以后就免疫，也许说明这种病是有好处的。但抑郁症不能得过以后就免疫，所以它没有好处。

退一万步来讲，某人得过抑郁症，再观察他人时，或自己复发时，有可能已经有了一些经验，能以比较合适的方式来应对——如果这姑且也算是好处的话。

抑郁症和其他的病一样，是一种病。它没有好处。如果能选，人就不会在健康和生病之间选生病。这很简单。

我对精神疾病绝对外行，对心理学也一无所知，只能作为一个患者说些历程和感受。

一年以前,翻译家孙仲旭老师自杀。不知道别人感觉如何,我其实是羡慕他的。放弃挣扎,默然而有尊严地死去,身后极尽哀荣,这似乎比苦苦挣扎地活着要体面许多。也许他的亲人会感到非常失望,可是他赢了那么多次,就不能输一回吗?输不是罪。

持续面对复发,并且在生存的间隙去探索和抑郁症的相处之道,确实很难。最初的感觉像在溺水,偶尔会被没来由的浪头送上水面,喘息片刻,望见一丝生机,都是无意的。复发的感觉就像已经知道自己身处黑暗深渊的旋涡,要竭力抓住岸边才能保持不死。是有意的、卖力的。

生病后,我渐渐了解了快乐和痛苦没有本质的区别,不再勉强自己做一个有力或者快乐的人。这让我一点一点找到些坚实的自我。如果我的精神曾经灰飞烟灭,那我现在找到了几块非常微小的积木,拼起了一个不成人形的自己。但这个不像样的自己不会再被彻底毁灭,它是真真切切存在过的。

当你越过死亡,反而轻视起死亡来。原来整天想着自杀并不是对死无所谓,而是太把死当回事了。

2

我还是很害怕抑郁症,但是我拥有了一些有用的经验,可以稍微客观一点看待恐惧了。恐惧属于我,但不是全部的我,这种恐惧不会再吞噬我,我不需要彻底驱逐它们才能生活下去。我接受了这个无能的自己。

但我仍然要说，和抑郁症相处也许是我目前为止最重要的经历。我在这个过程里发现了一个新的世界：我发现了许许多多痛苦挣扎的人，那也许比所谓健康快乐的人要多得多。我在暴露脆弱之前很少会看到，但是暴露之后，就看到许多人向我暴露了自己，进而向自己寻求谅解。

现在我觉得，人们希望自己身体健康，幻想着保持健康地生活下去，也是成功学的一种。亚健康，或者说大部分人都在生病，可能才是常态。

为什么人们总在谈论如何健康、如何快乐、如何进步？是不是因为这些根本就很难，因为人们做不到？这些谈论是不是就像电线杆子上治疗牛皮癣的广告，那么多，仿佛整个医学界都在关心牛皮癣，其实正因为它是一种让人羞于启齿且无可奈何的顽疾呢？

生所有的病，可能都不容易理解这一点，但是患抑郁症却让我理解了：大部分人都在生病，健康才是特例。其实，许多人都在带病生存，这样那样的病。我不想再理会那些豪情壮志或喋喋不休的劝导了。大家都是病人，却不肯接受自己生病的事实，才需要那样虚弱喊叫。也或者，还有某一些人，喜欢让大家都对自己不满意，因为水浑了才好办事。

所以，那又怎么样呢？病人如果不只忙着治病，一样可以生活或创造。带着生病的经验生活下去，就可能获得局部的自由。

2015 年 8 月

一种度过人生艰难的办法

如果，假设，我的病一直都不好，我一直都很孤独，这辈子就这样，终于过到了七十岁。

我住在敬老院里，周围都是散发着老人气味的人。他们在流口水，吸氧，发脾气。

而我呢，还是有抑郁症、强脊炎，而且我七十岁了，还患上了一些其他的老年病，插上了尿袋，常常坐在轮椅上。但是，我仍然不失风趣。

敬老院里有点臭，但还算安静，即使在一些房间里或某张桌子边、某块空地上，有个饱受疼痛的人在呻吟，有个失智的老人在喊叫，也还算是安静的。敬老院里最好看的是年轻护士忙忙碌碌的身影。在这儿工作的护士，其实并不非常年轻，四十岁上下。她们洪亮地招呼其他人，也怕老人们听不见，也不怕老人们都听见。她们漫不经心、神气活现地做着日常的工作：拿起电话喊与她交班的护士早点来，她晚上有点事得赶快去办；她们打着毛衣，说刚上初中的孩子如何长出鬼精灵的心思，还以为自己不知道；她们说谁谁家的婆婆最近得了怪病得伺候，真够倒霉的；她们说近来正是吃枣的季节，说回家赶紧把腊肉做了。她们谈论着一种年轻的、热气腾腾的生活，并且那种生活是在下班后、在休息日才展开的。

我眼巴巴地看着这一切，身下的尿袋慢慢蓄满。这是我的机会，此时我便可以喊她们来帮我，并和她们说上几句话，展示我的好脾气。我是多么温顺乖巧，我能自理，从不给她们添麻烦。她们可以信任我为"敬老院里最不让人操心的老人"。有时她们甚至把我推到另一个只能躺着的老人身边，叫我看着他。如果他乱动，拨歪了自己的输液针，我就按铃喊她们。这些工作令我骄傲。我，是一名神志清楚、爱干净、爱帮忙不爱说话的老人。每当有年轻的人来和我说上几句话，交代什么事情时，我便可以把自己最喜欢的那个笑话再讲一遍。日子别提有多舒心了。有时候我会望着漂亮的夕阳，心情愉快地想：混得真好啊。

也有时候，我会有个闪念：不过，如果我现在才三十多岁就好了——

我三十多岁的时候，才开始生病，拥有的年轻的生活，一点也不比你们差哩！现在想想，当时那些，可真不算什么事啊。

然后，砰的一声，我回到现实：哇，我真的才三十多岁。

不能更好了。

我如日中天。

2015 年 8 月

吃药十四个月：
去就医为什么感觉那么难

有一些人给我留言说，自己有多少多少条症状，自测有抑郁症，问我应该怎么办。以前我可能会问一问："你那些感觉是在什么情况下出现的？你睡得如何、吃得如何？"后来我知道了自己能力很有限：一方面，没有精力——关心；另一方面，这些问话即使有了答案，我也不能做什么。现在，我总是建议说："去看看医生怎么样？医生总是会比我有用的。"

但是大部分人都不愿意去看医生。有的人害怕被确诊；有的人害怕被否认；有的人担心药有副反应，把自己彻底弄成傻子。可能还有些原因我不知道。总之，大部分人都不愿意去看医生。

这件事认真想一下，其实挺诡异的。这几年的经历让我感觉精神疾病患者的比例实在很高，高到远远超出我过去的想象。但是就诊者的比例也大大地低于我的想象。一个直观的感觉是，大家总要拖上两年才会考虑寻求医治。我自己也不例外。

我想回忆一下自己是怎么下决心去看医生的，却有些想不起来了。

看过去的记录，确实在出现疑似症状和去医院之间有很长的时间。最大的原因是我很害怕医院，去看病的经历总是那么不愉快。

但我现在能分开一点来看待了：去看精神科医生听起来真的很可怕，但是看什么医生不可怕呢？去医院本来就不是件开心的事。

我今年因为强脊炎发作去住了一次院。入院后先做全面检查，确定病情和身体状况，然后再来对症下药。第一天，一位比较年轻的医生来帮我做病历，详细地询问了病史和以前采取过的措施。做这个病历花了一个多小时。但是在叙述中我猛然察觉，其实自从2013年第一次发病以后，我就没有再真正全面、系统地治疗过。初发时情况太恶劣，好转以后，我基本适应了永远不舒服的身体，尽量地假装病痛不存在了。我不想再去反省为什么这样，而是更愿意这样看它：精神困在了身体里，以致无法做出常识性的、简单的判断。

我从自己身上发觉，感觉到自己病了，但是不去找医生，这也不是精神疾病患者专有的。确实很多病是能熬好的，比如说胃痛、牙疼、感冒发烧。也不是人人都会马上去医院看病，总是会想熬一熬就好了，自己找点药吃一下，或者上网查查偏方之类的。医院总是能不去就不去。

不过，总有熬不好的病。可能大家都觉得"还需要一些时间"。而且，抑郁症、躁郁症，并不是一开始就会对生活造成很明显的影响。这些病一时之间连病人自己都察觉不到，更别提旁人，更没法判断是不是能靠自己熬好。所以，就再等等，一直等下去。这有两种可能，一种是真的熬好了，还有一种是熬坏了。但是，抑郁症有个症状，就是越来越不积极，越来越没有活力，所以熬坏了以后，去就医就会显得更难。所以照我看，有了这个想法，趁它还没壮大的时候，就赶紧去瞧瞧。

也可能一时提不起精神，那就存着这个想法，观察自己有精神和没精神的规律，瞅准一个时机，跳上车，去医院。我就是这么去的。有一天早上，我觉得我比平时好一些了，就大喊一声"今天一定要去"，然后就冲出家门，打上了车。

还有就是，也有很多人把抑郁称为"作"。毕竟它看起来就是不开心而已。"谁还没有不开心过呢？坚强一点。"大家都会这么说。这也给想要就诊的人增加了困难。但羞于启齿，羞于承认自己病了，这样的羞耻感本来就是症状的一种。尤其在精神疾病里更为明显。记住：羞耻感就是症状的一种，是生病让你这么想的。

人类繁衍中可能有过那样的时期：病弱的同类要被淘汰，只留下聪明强壮的那些。这种念头根植在我们内心深处，随着文明的发展，它渐渐被掩藏在已经不那么依赖于健壮身体的大时代中。但是一旦生病，就仿佛潘多拉的魔盒被打开，遥远的记忆被触发，我们依稀陷入"觉得自己被划入了即将被淘汰的队伍"的恐慌。不被重视，不被爱，不被需要。我知道这很难过，我也经历了许多。

幸好现在不是那个狩猎的时代了。人类文明发展到现在，就是为了手挽手拉上每一个人，现代科技的发展给每一个人新的机会。幸好我们生得晚，在这之前，已经有许多聪明人为我们做出了我们办不到的努力，不是吗？

我觉得，如果解释起来很吃力的话，其实不需要让每个人都理解自己生病了。确实，生病了也没什么，人吃五谷杂粮，总会生病。我们平时头疼脑热的，也不总是需要向别人一一说明。别人要是一说就明白也好，不明白也没啥。我们只是病人，又不是精神疾病科普专家。

科普工作嘛，说不明白就算了，让联合国卫生什么会之类的组织操心去吧。

如果希望别人不要和自己交谈，你就说我想你陪我安静地待一会儿。如果觉得生活有困难，就说帮我打个电话之类的。就像我们手断了，所以不能提东西一样。我们需要的具体帮助并不多，也并不需要别人完全理解。如果别人觉得不可思议，就说以后再解释吧，现在没力气讲。这些事谁都可以承担的。试想一下，如果你的朋友家人向你寻求这些简单的帮助，你是不是也都觉得无所谓。我的意思是，直截了当地对待它，不必对精神疾病另眼相看。

就算周围的人真的说出"你为什么这么烦"这样的话，我们也别绝望吧。他们没有病，但是也有情绪，人有情绪就会发火，发完就好了呀。我们有时候也会发火，并不是因为不爱对方了，特别是没生病的时候，发起火来更流畅！对吧？

我还有个经验是，当真的被医生确诊时，一方面确实有点茫然，另一方面也会松口气。所谓冤有头，债有主，既然事情有了名字，它就有起因，有方法解决或缓解，有比我们聪明的人研究它，他们已经有了支持我们的办法。所以，确诊不是挺好的事吗？如果医生说没事，那也很好啊。那说明你遇到了一些困难，并且你有健康的身体去应对，不必先治病了。

关于药的副反应是不是会把人弄成傻子，我可以讲一下自己的体会。不算以前断断续续吃药的时间，现在是我吃药治疗的第十四个月。

服药前我会计划自杀事宜，现在变成只是想想，心里还是有根触底的弦："绝不会这么做。"服药前有一些行为和情绪会让自己很困惑，现在都一股脑归结为"糟糕，忘了吃药"，其实不知道这是否符合事实，但也是种方便。

比起患病前，我觉得自己确实消耗很大。记忆力、感受、欲望、逻辑、精力、表达能力，所有方面都变差了，但我想这是因为病，不是因为药。

最开始的几种药可能不适合我，当时我难受得太厉害，上吐下泻，所以去找医生，他就给我调整了药。我觉得可以多尝试一下，换一换，药和药不一样。不是开什么药就表示抗抑郁药都这样。药的种类很多。我吃有的药会吐得很厉害，有的抖得很厉害。医生也会询问我的体会，做适当的调整。合适一些的就还好，可以让我大致保持基本的生活状态。医生告诉我，从好的方面来看，副反应比常人强烈的话，说明它起的积极作用也大。

还需要有一个心理准备，就是服药也不一定会痊愈，眼下好了，以后也可能会反复。耐心一点，病去如抽丝，这个病也不例外。寻求医生的帮助、服药，这些是确实的进度和帮助。药嘛，副反应再大，总没有治疗作用大。

医生也好，我也好，网上的什么专家也好，都是陌生人，那还是挑最专业的、对你有帮助的人吧，那就是医生。医生经过了专业训练，经验丰富，还有处方和药，掌握着凝聚现代医疗科技智慧的手段，找医生是相对最好的方式啦。我的朋友陈海贤老师是位心理学家，他的一句话一直鼓励着我有病看病，他说："既有长枪大炮，何必赤手空拳呢？"希望这对看这篇文章的你也有帮助。祝福你，忧伤的你、糟糕的你、一塌糊涂的你，深深地祝福你。

2016年1月

吃药二十一个月：
医院是帮助我们的

"水漫金山……我的衣服都湿透了……我好冷，好害怕……"那个女孩这样喊着。她拉着一个黑黢黢的小伙子，把他的手不断往自己肩膀和腰上拉，拉一拉就抱住他，接着又继续拉，似乎嫌他抱得不够紧。她大声啜泣着，断断续续地喊出半个半个的句子。即使是在仙岳医院（这个名字被很多厦门居民视作骂人用的词），门诊里这样的病人其实也并不多见。不过，我也曾经是其中的一个。

这是我开始吃药治疗的第二十一个月。近半年来我一到两周来见医生一次。

第一次来这家医院，是在2013年4月。那一天我睁开眼睛，爬下床，紧握着拳头在心里呐喊：今天我的感觉还不错！今天一定要去看医生！

喊完以后，我又忘记了下一步该做什么。但头一天晚上我已经把需要的医保卡和钱装在包里，并叮嘱自己：如果什么都不记得，那就拿上包，直接走出门去打车。我记住了这句话，于是终于在连躺几天以后，打上车去了医院。

坐在的士里，我向后视镜看了一眼，那是一个眼圈乌黑的人，表情木讷。我突然意识到拳头握得很痛。开了很久后，车走到了仙岳医院的门口。下车后，我走过大门，向高耸的医院大楼看了一眼，立刻浑身瘫软，瘫坐在花坛边的地上。

目之所及，处处惊心。医院在日光下显得苍白、模糊，空旷无比。有几个门用铁链锁着，围墙顶部是做成了箭头形状的栅栏，看起来非常锋利。一个老太太扶着一个不断吐舌头的年轻男人向门口走去。看到这些，我趴在花坛边动弹不得，痛哭失声。在我的感受里，这些景象的意味非常具体：铁链和尖锐的围墙是为了防止我跑掉，那个吐着舌头的男人就是我余生的样子。

不知哭了多久，我拿出电话打给某人："你可不可以来接我回家，我真的很害怕，我不行了。"

他说："你打车回来比较快啊。"

我一时绝望不已，把电话放回包中，四顾茫然。但这绝望同时也给我一种勇气：只能靠自己了。无论如何，我今天要见到医生。

我试了试，还是站不起来，于是用手撑着花坛的边，向门诊大厅蹒跚而行。在两个花坛之间的空处，我就在地上坐一会儿，哭一会儿，再鼓一把劲，爬一段，就到了下一个花坛。在头脑里很隐秘的地方，我感到了一丝从容。这一丝从容领着我渐渐恢复了意识和活动能力。我就这样一点一点爬，一点一点挪到大楼里面。那家医院不像一般的医院那样熙熙攘攘，那里没有什么人。经过挂号、排队，我见到了医生。

但那天大概不是个好日子。见到医生后,首先也是给我留下唯一印象的,是他手指上的毛发,黑色的,虽然只有不多的几根,却让我有了"他不可靠"的妄想。我再次失控痛哭起来。医生无法和我正常对话,匆匆写下了诊断,并开了一些药。我吃完那一次开的药,当天晚上又进了急诊,因为上吐下泻到虚脱。医生说可能是我体质敏感,药物中毒。如果死去是一个过程,那一次我体验到的可能就是正在死去的感觉:所有的念头和情绪都被抽空了,一根手指都动不了,发出的声音在千万里之外。我感到再也不会痛苦,也再也不会快乐,连这些词都完全消失了。我虽睁着眼睛,但全部的感受和思绪都骤然停止。我躺在床上,被正在流逝的恐怖感团住,变成了一片被文火烧过的纸。

那一次服药后,我没再吃药,时间又过去了十八个月。直到2014年11月,我才再次鼓起勇气去医院。

那个女孩不知道什么时候把自己的鞋子脱去了。一个老太太,似乎是她的妈妈,把鞋捡起来并排摆在椅子下。女孩很高大也很胖,其实没有办法完全被包裹在一个怀抱里,但她不断发抖,不停向那个小伙子的脖子上攀去,想把自己缩得更紧一些。候诊的人望向他们,但在他们三个人中,只有那个女孩一直发出各种高高低低的声音,妈妈和男人很安静。

仙岳医院也叫厦门市精神卫生中心,每个城市都有一家这样的精神病专科医院,每个城市的人都知道这样一个地方,并且会在玩笑中,把这样一家医院的名字放入骂人的词汇当中。疯子、傻子常常被当作精神疾病患者的代名词。我已经连续半年来医院了,但接近这种想象的病人我只见到了两个。门诊里的病人大都很安静,甚至也不太能看得出他们哪里不适，也看不出他们有特别忧郁的神色，甚至可以说，这里的病人看起来比综合医院的病人更为镇定。

这半年我除了来这家医院，还要去另一家医院，去打一种治疗我的强脊炎的针。在另外一家综合医院里，走廊里拿着卡、钱、纸片的人行色匆匆，护士常常在大呼小叫，各种机器的叫号声此起彼伏。每周都要跑两家医院，这种对比对我来说尤为强烈。

不穿鞋的女孩，号比我靠前，被那个黢黑的男人横着抱了进去，因为她紧钩住他的脖子，哭喊着不肯下地。妈妈模样的人也跟了进去。我抬头看显示屏上的红字：梁×婷。医院的管理越来越好了，叫号的显示屏上不再显示全名，会用一个"×"代替名字中的一个字，无端令人安心不少。

从打扮和肤色来看，他们是从市郊的某个农村过来的。不穿鞋的女孩也一度喊叫："我再也不敢了……再也不敢来厦门了……"

这也是另一件让我意外的事：大部分病人好像是从农村过来的，他们的人数似乎比住在城里的病人要多得多。我住在乡下的亲戚朋友，除非万不得已，都不会去城市里的医院看病。村子里总有一两个赤脚医生，一两个神婆，一两个有药可买的诊所，这些足够他们消化掉大部分的病痛和不安。在这家医院的门诊，每当诊室的门打开，两三个人进去，我甚至很少能分辨出哪个是病人，哪个是家属，因为他们都一样镇定和凝滞。在另一家医院，这种分别会明显得多。

诊室里传出音量惊人的喊叫，外面的人都听见了，纷纷张望。我不想看，低头看自己的病历。病历已经有很厚一沓，这个我专门在去医院时背的包沉甸甸的，里面还装着另外一家医院的住院病历，还有一些药、各种化验单、测试结果、诊断书和发票。我把它们装在一个粉色的布包里，带着病历走上大街时，我希望自己看起来沉着而漂亮，和常人无异。当要去打针时，我还要从冰箱里拿出两盒需要冷链运输的生物制剂装进去。幸亏厦门很小，半小时之内就能到达要去的地方，否则我还要带上保温的冰袋。

现在我已经可以没什么困难地看懂病历上写的字了，这在以前无异于天书的字迹，在这些年里对我来说渐渐变得熟悉，我也算学会了一门外语。这些病历里有许多位医生和护士的字，更多的是打印的资料。这沉甸甸的一包，就是我这几年经历的一部分生活。包里还有些空的药盒、药袋。我以前很少能把一盒药吃完，现在相反，每天都要用一些时间把药剥出来，清空这些盒子。我还没有清理过这个包，说实话，我有点喜欢它重重的，有时候甚至顺手了也不一定会把该扔的扔掉，仿佛这样一来，我经历的奔波苦楚会有一点分量。

那个诊室的门不知道什么时候被打开了近一尺宽，先是有三个人在门口张望，后来只剩下一个人，一个老太太，斜倚在门框上，歪着头，显得饶有兴味。我横穿走廊，越过那个人把门关上了。原本我想就坐在门口看着那门，但这个念头让我感到疲倦，又横穿走廊回到我原来的座位上。我的力气足够关上那门，但心底并没有力气看守它。

他们出来时，女孩变了动作，趴在男人的背上。男人说："鞋呢？"妈妈模样的人向他们刚才所在的位置望了一眼，却没有反应地又转了回去。她手上拿着一些纸片，似乎有点晕头转向。我赶紧说："鞋在那里啊——"

男人说："哦，没关系。"他还仓促地笑了笑，但没有看我。

老太太扶着女孩的腰，和男人一起走向走廊的另一头。她拿的纸片我很熟悉，那应该是些验血的单子。

我想,"没关系"是什么意思?是不要这双鞋了吗?女孩在喊:"黑色的鞋子不能要,只能穿红凉鞋!"

轮到我了。上周因为公司的事情,我没能按时赶到医院,第二天去了另一家医院试图开一样的药。导诊让我挂了一个不太对路的神经内科。医生指着我的处方说:"这种药我们医院听都没听过,这种——"他拿出手机查了一下药品名字,"有同类的,但不是你这种,是进口的,比较贵,要开吗?"

我向我的医生报告这件事,他说:"这种你吃了多少?"我告诉他数量。他说:"上周吃的这个药,单粒的分量翻倍,你上周相当于每天吃了六颗之前那种药。"我们都笑了起来。

他问我:"你有什么感觉?"

我说:"我上周感觉还挺好的呢,有一天唱了一晚上歌,后几天还能健身了。"

他说:"不能这样吃了,我还是给你开原来那个吧。"

我问:"但是像上周那样不是挺好的吗?很有精神,还能健身,心情也不错。"

他说:"这样吃下去你有可能会转躁郁症,也是一种病。"

我们俩又笑了起来。我呀,有个很强烈的体会:人其实挺耐折腾的。少吃药,吃错药,多吃了药,也都不是不可挽回的。还有一周不睡觉,或持续几个月两三天才睡一觉,还有在街上休克,在路边爬行,其实都会过去。人啊,真是挺耐折腾的。

这次医生说我比较稳定,可以两周以后再来。他叫我去自费卡里充钱,再回来开第二周的自费药。因为这种抗抑郁药太贵了,医保一次只能开一周的量。

我出去后遇见了做完检查回来的女孩一家。女孩闹得更凶了,这次她要穿鞋。老太太蹲在地上,帮她穿鞋,她蹬着腿,又抱着自己的胳膊打激灵,嘴里喊着:"我好冷啊……我好冷……"鞋很不好穿。男人离开她们去办什么事了,她用手使劲拍她妈妈的头。那个脑袋上有很多白头发,她打得啪啪作响。

我心中涌起一阵恨意,一瞬间涌起猜测:她的妈妈会不会宁愿她已经死了?

再回诊室,一个农民模样的瘦小中年男人坐在医生的面前,弓着背。我并没忘记敲门,但还是看到了他脸上的泪痕。看到我进来,他侧身转向一边。

这个人我在候诊时也见到了,那时,我看不出这样一个人也会流泪。

2016 年 8 月

抑郁症患者不是玻璃娃娃

说实话,我看到"要无条件关爱抑郁症患者"的论调会很气,无论说这话的是病人还是围观者。抑郁症患者和所有慢性病患者一样,都是普通人。病人说这些,意味着傻×;旁人说这些,意味着歧视。

写给病友:

1. 如果决定继续投入社会生活,任何责任都是不能以患病为由推脱的。抑郁症患者也是社会人,也有自己要负的责任。所以,我们和其他人一样,要保持自己行为的稳定。抑郁症患者是病人,但如果没有住院,仍在社会生活中,就一样身负社会身份。

2. 每个人都有筋疲力尽、不想面对压力的时候,抑郁症患者对压力的耐受度更差,那样的时刻会更多。这就要求我们要有意识地管理自己的行为。无论是已经准备了刀,准备给自己来一下,还是已经疲惫到无法开口说一句话,该交代的事情都要交代,该道歉的都要道歉,该有的态度、得体的语言都要有,像所有其他人一样。

3. 所以,这需要我们耐心地触摸自己发作的规律,掌握自己的情绪。看看自己在什么时候情况比较好，什么时候比较严重，相应地能做哪些事。了解自己的药，跟医生和咨询师保持沟通。给自己安排足够的时间修复，给自己寻找有用的支持。弄清楚自己讨厌的环境、人物或其他事宜，权衡它们的影响。把事情安排在有能力做的时候，交代好自己做不到的事，解释原因，承担后果。这样，别人才能了解、预测、相信我们。

4. 不可以突然对事对人不予理会，即使自己的心已经疲倦得像一张气球皮，也必须撑住最后一口气，把前三点做完。想要拥有社会人的自由和权利，就要像这样去努力，成为一个虽然患病，但依然可靠可信的人。

如果做不到，就没有资格做一个社会人。病人只是生病了，不是不可降解的垃圾，也不是可以要求他人无条件呵护的玻璃娃娃。如果没有这样的能力，就不能冒充社会人。在社会生活中不管是被曲解、被降级，还是被无限谅解，对每一个人都是有害的，包括我们自己，特别是对我们自己。

如果做不到，就要交出自己拥有的社会责任和权利，去做一个真正的病人，把自己交出去，让别人来帮助我们。去治疗，直到能做到为止。这也是衡量我们是否需要进一步治疗的方法。

2016 年 8 月

抑郁症患者生活小技巧

出差清单

如果要保持正常生活，有几件事情是逃不过去的。比如出差前要收拾行李，要思考带哪些东西，要想着如何掐准时间，这些都是非常耗脑子的事。于是我设计了一种清单。我觉得这个发明太伟大了，我都奇怪，难道没有人已经做出来了吗？

首先是出差要带的东西。如果精力不够，清点三星物品即可；精力稍多，推及二星；再多，就加上一星。

三星的东西——

药；

身份证；

现金 500 元和储蓄卡；

信用卡；

手机和充电器；

笔记本电脑和充电器（需要参加会议，或处理公事必须要带的话）。

两星的东西——

清洁用品：牙刷、牙膏、洗面奶。

护肤品：可以全部不带，换成面膜，走几天带几张。很轻便，又没有托运的麻烦。

化妆品：如果出去是要参加重大活动的，比如我，可能有见面会、采访、演讲等，就直接去找一个美容美发店化妆和做头发。自己只要带一个卸妆的和三五张化妆棉就好。因为彩妆太复杂了，除非本来就有一整包化妆品不用整理，否则就放弃这个项目吧。

一星的东西——

Kindle 阅读器、相机、充电宝、纸书、本子、笔、游戏机、耳机、iPad 之类的。

有一次我是带了 Kindle 阅读器和相机的，在机场滞留了六个小时，但是因为有它们，我感觉在机场逍遥自在地过一辈子也没问题。机场多好啊，目标在前方，往事在身后，被卡在中间，这个地方有冷气，有吃的，有 Wi-Fi，有书有本，在人群中间但是不会有人来和你说话，简直完美。

这样一来，虽然出行质量略低，但还可以，正常离家去，平安回家来。要做的事也可以做成。

这四年来，我离家一周以上就什么都不带了。曾经陪妈妈住院时，在北京待了一个多月，我因为想不清楚需要带多少东西，再加上当时换季，就全都买了新的。还好这种挑战一般也比较少。

把旅行的东西用几个包分别装，在每个包里都放上清单便条。这样就不容易弄丢东西了。

吃药徽章

吃药常常是一件既痛苦又必要的事。每次换药头两周,我每天都吐、头晕、恶心、疲倦。不想吃药,不想吃药,不想吃药!脑海里常回荡着这句话。但吃了难受,不吃更难受。后来,我设计了一种吃药徽章,每次吃药就奖励自己一个。那其实就是一个徽章的图片,奖励一个的意思就是发在朋友圈。但小小的鼓励,也会让我开心起来。吃药也可以帮助自己稳定状态。

做一些没有用的事

可能是因为病好了一些,有一天我看了三部电影,叫了小龙虾外卖在家里吃,全部的活动就是这些,连牙都没有刷。糟糕的是,我觉得那是垃圾一般的、空虚的一天。这是不对的。毕竟我"又活了一天",按我之前给自己订立的道德底线——活着是唯一的道德,这应该是非常成功的一天了。

我一定是因为之前记下的那件事——为自己能写而感到由衷欣慰,所以产生了压力。也因为前两天强度较大地做了一些工作,还因为3.0版的"犀牛故事"要上线了,我隐隐觉得自己这个主编还有工作没有完成。

总之,如果我因为一些外在原因想改变自己,比如为了获得赞扬,受人喜爱,而扮作一个更好、更有责任心的人,那我马上就会熄火,会马上喘不上气,立刻就动弹不得。这是一个何等脆弱的人啊,我应当常常提醒自己这一点。

"原来是这样。"想到这一点的时候,我心里涌起恍然大悟之感:我之所以无聊、孤独,是因为所做的事情都太有用了。"好"和"不好",这两件事多么辩证啊。

跑步,能健康身心;工作,赚钱,能实现个人价值;打扮梳妆,会让人变好看;交谈,让人喜欢我,获得信息;购物,对抗虚无。但凡带着这些目的,这一切就太有用了,我就会抓狂。

我顺着时间,一间一间走访自己心灵的房间,发现要找到那些无用的事是如此之难。但是,也只有那些无用的事,会给我最多安慰。有一天我做了一个绝美的梦,那也是这几年里最美的一个梦,是一个真正的美梦,不是那种醒来后会让我怅然若失的。

我梦见自己在一条林间小路上尝试跑步。一开始我不知道该怎么跑,但我活动起来,伸伸胳膊,伸伸腿,体会每一个关节和肌肉伸展压缩,以及它们之间的联系,感觉它们互为整体,互相牵制。渐渐地我走了起来,渐渐地,我放大了这些动作,从一个点出发,延伸到下一个,再下一个,直到所有的点连成了线,又连成面,又扩展到三维的空间里。我密切地关注着这些变化,直到回到最初的点,再次发力。更流畅地关注于下一处,再下一处。不知不觉地,我跑了起来,这些动作又联系上了呼吸和表情,我稳定地跑动着,向前跑。疲倦也开始出现,慢慢地,从一个点开始,那里是我的右肩,我想:噢,我有点累了。然后我望着它开始均匀地分布到身体各处,身体就像一台发条用尽的机器一样,平静地停了下来。最后我抬腕看表:6.9公里。梦定格在表盘上,我睁开眼睛。

这个梦描述了一个完全没有用的景象，而我喜悦难当，无论是在梦里还是梦外。

醒来后，我想着这个梦，想了很久。这是我很久以来，好不容易才遇到的没用处的事情。这挺不容易的。现实中做一些没用的事原来这么难。只有它，带给了我真正的休息。

安排"后事"

"最近我情绪非常低落，一般会有 × 天，我可能会乱发脾气，还可能会说出伤人的话。你不要理我，不要往心里去，我只是在发神经，我不是真心的。"

"我最近不太好，我需要休息 × 天。这几天我不会出现，请不要找我说话。"

如果要打很多电话，先列一个需要打的电话清单，然后按顺序打：

1. 最熟的（也可以是一个不在清单里，但可以随便打电话的人）打一个；
2. 不马上打一定会完蛋的；
3. 预热完成后，启动负责打电话的人格，一鼓作气全部打完。

制作一个宝盒

我每次做了喜欢的事，或者做了就会高兴的事时，都会尽量记下来，放在一个"盒子"里。这个"盒子"可以只是一份电子文档，但是我更喜欢真正的盒子，有盖子的那种。

沮丧时，我就打开盒子看一看，回忆一下我曾经有过这些好事。不沮丧也可以看一看，想起来这些事会让我高兴，想着要不要试试。

下面我把我的宝盒展示一部分（这可是我的细软啊）：

穿去年的棉衣，发现口袋里有 200 元。

洗完澡在刚换的干净的床单被套上打滚。

摸多比毛茸茸的嘴巴，感觉到它冰凉的鼻子和热乎乎的鼻息。

摸狗头。

翻开《哈利·波特》最后一部，正好翻到哈利出发去和伏地魔决战的章节。

做作地自拍。

捡一个海玻璃。

给狗洗个澡。

买了束花，仔细地插起来。

吃顿辣的。

认真梳头。

洗个热水澡。

这真的是很厉害的宝盒，看到自己的笔迹在那里，当时认真写下的，是有心跳在那里的。这就像那个有疗愈功能的自己穿过时间，跑过来抱住了低落的自己。自己陪伴着自己，这就是人生的希望吧。

2016 年 10 月

知冷知暖我才能帮你，就像你以前帮我一样

R：

有一次，我和你一起打车去一个地方，我家或者是你家。那也是在非常糟糕的一天之后，也是我鼓着眼睛在店门口坐了七八个小时之后。我感觉脑子里一片白雾，没有念头也没有生机。我们坐上车，只剩我们两个人了。我艰难地开口说道："我真的很想死。"现在回想起来，当时我想谈论的话题只有这一个，如果不谈论死就什么都不想说，也无话可说。我说："我真的很想死。"

这时候你说："啊？"

"真的很想死。"

你说："你先等会儿。——师傅，你能把窗户关上吗？外面风还挺大的。"

我瞪着你，你把手一摊说："我冷！好了你说吧！"

忘记有没有说下去，反正我当时肯定笑了。

8月15日厦门场的读者见面会上，我说了这个故事。我说，当时

和后来我回想起这个情景时，我感觉到，不管自己是什么状况，生活还是在继续，时间一样在行走，我身边的人并未因为我而停下，你仍然生机勃勃地生活着，知道冷热，出于自然的感受，给我你力所能及的关心。一切都没有变，只是我生病了而已。

那天你不在外图[1]，不在现场，现在我想把这段单独说给你听。

那是我为了回答"怎样和患抑郁症的朋友相处"这个问题，举的一个例子。现在"患抑郁症的朋友"换成了你。而我在昨天突然觉得我好了，我猜我好了。昨天发生了什么事呢？

昨天，我按《一只鸟接着一只鸟》里指导写作的方法，对着空白的纸发呆。然后，当然和平时一样，我抠抠脚，把微信、微博全部看了一遍，翻到床上躺了一会儿，玩了一会儿狗，玩了一会儿猫，等等。书里说：然后回来。我又瞪着那张纸。——书里说：记住，你只要写出能填满一英寸相框的字就可以了。然后，我又玩了一会儿手机……然后再回来瞪着那张纸。

方才玩手机的时候，我翻了几个手机的便笺（对，我把所有的手机都玩了一遍），里面有一句话引起了我的兴趣，是这样的："如果失恋后很想自暴自弃，可以趁机去做割双眼皮、抽脂、整牙之类会疼会丑的事情。"便笺里显示这是8月5日记下的一句话。于是我对着它，打算把它写长一点，稍微长那么一点。然后我就写了起来，写成了这样：

> 如果失恋什么的，感觉很痛苦，很想自暴自弃，想自虐，喝酒砸墙当然也可以。不过，也可以趁此机会去做割双眼皮的手术，

---

[1] 指外图厦门书城。

或者抽脂、拔牙、挖鸡眼等等。实在不行，也可以做做恐怖的"腹肌撕裂者"，像撕碎自己的心一样撕碎自己的腹肌。总之，人生主动想痛的机会不太多，赶紧把这些事情办了。千万不要振作，振作真的很痛苦。

昨天一天直到今天，我都沉浸在一种喜悦里。我反复地读那百来字的一小段文字，由衷地感到它是那样流畅可爱。我经历了一个全凭运气撒开双手随波逐流的时期，那里存在着一种孤独无望的自由。现在，我也许进入了一个有把握、有目标，也有一点达成目标的信心的时期，这是欢喜的自由。我很高兴，又想记下来——此刻，可能是我的病真的开始好转的时刻。今天傍晚的时候，我走路回家，突然意识到我之前真的病了，而且从2013年起都没有像现在这样，相信自己真的病了。此前我一直问自己：是不是根本就不想好？是不是在装病？是不是躲在有病的谎言里获得某种可耻的好处？现在我确定，那些念头来自病症，因为有病再好，也比不上没病的好。常识是如此简单、稳定、熟悉和可靠。没病的人，决不会认为"我在装病以求利益"。确定这一点真的很快乐。

我的心似乎不再是倒计时等死的那颗心了，我隐约觉得人生值得一过，还有新鲜的喜悦在前方等我。这不是因为得到了某人的爱和理解，不是因为事业上有了什么成绩，不是因为变漂亮，不是那一类事情。而仅仅是因为我在一个写不出来的早上，写出了一百多字。我在经历了写作（和人生）全凭运气（好运气和坏运气）之后，认定了自己一无所求、一无所能、一无所得之后，发觉我真的喜欢写这件事情本身，并且，找到了一点方法。写，可能不再是我的药了，可能已成为我的朋友、我的礼物。喜欢写的我，也有能力和方法表达，我真宽慰，真感激。

所以现在，我觉得有能力、有信心、有坚定的信念告诉你：人生值得一过。我走得稍远一点，看到了一点不一样的风景，现在我也能像当时怕冷的你一样，做一个比较好的抑郁者的朋友了。

我知道你现在很辛苦，感觉像孤军奋战，旷野无人，你也不知道该相信什么，又难以判断真实的感受。你很辛苦，我知道，抱抱你。既然你不相信自己，就暂时相信我吧。我愿意承担这个责任，我会像当时的你一样去生活，知冷知热，然后告诉你，人生值得一过。

我爱你，我会陪着你的。咱们不着急。

阿春

2015 年 8 月

CHAPTER 4
一生里的某一刻·隐藏宇宙

回去的路

回去的路

2013年8月20日，抑郁症犯得很厉害。我出去了一趟，去黄山和黄山边上的皖南古村落走走。那是一段难以形容的旅程。

首先从家里直达黄山，我一头住进山脚附近的酒店，再也没出来。酒店一楼是餐厅和超市，我每天就在楼下买点啤酒，饿了就吃点饭，然后回房间躺着，抽烟喝酒。我离开那里时，烟灰缸插满烟头，垃圾桶塞满啤酒瓶。窗帘每天都会在傍晚打开一次，我拉开看看外面的黄山，心里想：我要不要上山去呢？还是明天再说吧。然后又把窗帘拉上。后来，我感到很无聊又很狂躁，就走了。

我就这样在咫尺之遥的酒店里住了三天，没有去黄山。但我每顿饭都点了一条鱼。我根本就不喜欢吃鱼，但是在那里，周围都是戴着小帽子、穿着登山鞋的热闹人群，一个人，点条鱼，渐渐吃成一副鱼骨，有奇特的落地之感。

接下来，按计划我要去古村落走一走。我在地图上找到几个名字看着顺眼的村子，去了。一个村子接一个村子，每个地方我都不想待，在有的村，我甚至没有找个地方坐下来抽根烟，连名字都没有看，就走了。我面无表情地路过一处处逼仄的古墙，在墙与墙之间的空隙里快速通过，什么都不想看，什么都不想说，只想躺在地上喘息。

到处都有长满了草的古塔，总有黑色的鸟停在上面，也没人看它们。唐模村冷清得惊人，几个村民见到我，围上来，向我推销他们的旅馆和纪念品。我呼吸困难，像逃命一样搭上车，去县城，买了一个10斤的西瓜，用一晚上的时间痛苦地把它吃光。我路过一个水库，四顾只有山风，远处的公路上有人在说着话，我在那水边脱光了衣服，汗毛对着风依次起立。我久久坐在那儿，感到自己是碎的，感到我裂开了。我感到自己是一团灰，伸手握不住一把。

唐模村，呈坎镇，黄庄村，泾县，屯溪区，我跑啊跑啊，仿佛在走向死期。

后来，我到了一个村子，那是我十五岁时去住过二十天的地方。当时我在艺术学校读绘画专业，学校组织三个班的学生去写生。

其实那里除了名字是熟悉的，别的我都认不出来了。十五年过去，任何景致稍有变化都认不出来。但是，那个村子里有一条山溪从上到下、从村头到村尾流下来。人们的房子都沿溪水建造，溪水边有告示，上午只能洗菜洗衣服，下午才可以洗马桶拖把。这条溪水我记得。十五岁的傍晚，我们就从这儿把水提到房间的水缸中，第二天早上用这些水刷牙洗脸。因为山里的早晨非常凉，我们要早起去画画，水放在水缸里没那么冷。把水舀到缸子里时，常常舀起很小的小鱼，就比指甲盖大一点，身体是半透明的。我会小心地不把小鱼弄进嘴里。小鱼一条条欢蹦乱跳的，不要被我刷牙刷死了。等我们洗完脸，就把小鱼倒回溪水中。

就算我们起得很早，还是有位学长比所有人都早。我们吃完早饭准备出发时，学长已经下山来了，沿着溪水，披着朝霞，走回宿舍。学长姓叶，来自台湾，那一年他七十三岁。听说他退休后开始学画画，画水彩。他的纸笔画夹等所有的画具都很整洁。他本人也是那样。我们总是弄得到处是颜料或者铅笔灰，或滚一身草，并且每个人都晒得黢黑。但他不知为什么晒不黑，戴着灰白色的渔夫帽，穿着灰白色的裤子和深灰色的马甲。他的腿很长，步伐稳定。他的笔是貂毛笔，150多美元一支。当时美元对人民币汇率很高，那是我见过的最贵的水彩笔。他不喜欢我们叫他爷爷，"学长"这称呼是他教的。他是老师的朋友，既是位初学者，又好像已经画了很久很久，一出手，就有了自己的性格：整洁，优雅。一看便知，那些画在被画出时，是徐徐展开、从容不迫的。如果在路上遇见我，他会点头微笑，并做出女士先请的手势。交谈时也从不把我当成孩子，总是有问有答，彬彬有礼的。我曾在十五岁时，因为结识了一位七十三岁的绅士，成为一位小淑女。

其他作品都不记得了，只有其中一幅，我画得和别人不一样。那天我靠着一个草垛画一堵墙。原本只是打算用素描画白墙黑瓦的造型，可是我看了一下午，发现阳光在白墙上千变万化。那是个静谧的下午，我独自发现了阳光的颜色。渐渐地，光跳跃起来，有点像科幻片里闪着光的五光十色的控制台。但阳光跳起来的颜色比那更丰富、更灵巧。我只好用许多彩色的方块填在那面墙中，希望画出那种此起彼伏、叽叽喳喳的景象。

三十岁的我，还住在溪边。坐在栏杆旁看那些水流啊，流啊，哗哗啦啦。人们还在这里生活，狗溜达过去，鸡被小孩追得跑起来。我总趴在栏杆边渐渐犯困，并在恍惚中静静想起自己小时候的样子。我也有过灿烂专注的时刻，我在这里画过画，晒得漆黑，神情严肃，胸腔里鼓胀胀的，充满少年的激情与快乐。

于是，我停了下来，在那个村子里安息了三天。

从那个村子离开后，我没有再往前跑，而是回家去了。后来我就想，如果惊惶不定，也许要从过去寻找自己真实的影子。那种真实，是藏在身体里的密码，靠想不一定能想出来，要行动，要去找。找着找着，慢慢就知道自己在找什么了。之前的旅程里，我一直感到寂寞、狂乱又沮丧，上气不接下气地一直逃走，不知道在找什么，也不知道在躲什么，就一直逃向下一个地方。没想到，遇到了自己。在那个十几年前去过的地方，我找到了一点自己的影子，就凭着直觉留了下来。看看她会告诉我什么。

回家后，我问妈妈："妈妈，你觉得我是什么样的人？"

妈妈说："你有灵气，善良，纯洁。"

我收下了。不管我扭曲成了什么样子，妈妈总是最初认识我的人，她说的，一定是真的。我不相信自己，但是我应该相信她。

我还去问我的老朋友，问他们记得我的什么事情。我看自己过去的信件、文章，看我以前看的书。一点一点匍匐着把事情想起来，想起来曾经有一个人真实存在过，那个人，就是我。

我现在仍然记得，抑郁症最可怕的精神状态是茫然空虚，怀疑自己不存在，不是一个活生生的人。

这一段旅程我从来没有写过，可能因为它实在太独特。我现在将它写出来，也未见得会对别人有帮助。因为它不一定能重复，也不一定会有用。可这是一段真实的旅程，它帮助我绕过了一段惨痛的时光。

2016 年 10 月

热爱形式感这件事

小学四年级下学期，班主任去进修了，数学老师代理班主任事务。新班主任缺乏经验，不知道眼皮底下在发生什么事。班上的同学不知为何突然分成了两个帮派，开始互相看不惯！这件事并没有什么临界点，一开始大家只是当成游戏，后来越玩越真，发展到两帮人真的不能一起玩了，见面就神情严肃地擦肩而过，一些同学甚至和同桌反目成仇，横眉冷对。

这个时候我在哪里呢？我身处风口浪尖！我向战友们提出了一个深谋远虑的想法：我帮应该有一个标志，来区分自己人和对方的人，这样只要亮出标志就知道敌我了！其实，都是本班同学，为什么会不认得?!实在是我从小就酷爱神圣的形式感啊。

我不但设计了整套的暗号，还让本帮的每个同学都给自己另起了酷炫的名字。别人的我都记不清了，而我，我的名字是：圣园秋子。听着就像冷艳女特务有没有?!有没有?!

我还设计了一个更具形式感的令牌。是这样设计出来的：我帮有个同学的爸爸是医生。那时候的处方纸，就是一张正方形的薄纸片，他经常拿来学校当草稿纸。我发现这张纸很特别，决定征用这种纸作为本帮令牌。他从家里偷来一沓。但同时问题来了：对方帮派里也有同学的家长是医院的（他家就住在我帮的这个同学家隔壁），也可以弄到那种纸！他们也拿着那张"令牌"妄图混入我帮打探情报，虽然并不知道有什么情报，但总之本帮的情报危在旦夕！

然后，我就在这个令牌上画了一把剑，这把剑的剑柄上有着复杂的花纹，剑刃上有寒光。那些寒光看起来是寒光，实际上是一组排列有序的密码。不过，我立刻就发现自己给自己找了一个大麻烦：我得画二十多张。让我画出两张一模一样的都已经很困难了。那时候我还没有听说过复印呢！学校发的卷子还是油印的。再说就算有复印，我们也没钱啊！

坚持画了四五张以后，我越画越糊弄，最后那把精美的剑只剩很潦草不像样的一个框框，花纹啊，密码排列的寒光啊，都不见了。我灵机一动，决定把那几张画得好的给帮里的老大们使用（于是临时选了几个老大），剩下的那些，用大头针在剑刃特殊的位置扎了三个洞。这三个洞，我自以为神机妙算，外人绝对不知道这张纸上有三个洞。但是，当天对方同学就拿着仿造的令牌来向我炫耀，挨个指那三个洞，但是不屑和我说话，表示他已经识破了我的密码。

我帮情报再次岌岌可危，对方则像打赢了一场大仗一样上蹿下跳，在教室里胆敢敲桌子，使劲地开关文具盒和发出夸张的大笑了。我帮同学则显得沉默寡言，士气低迷。

总之，我现在真的想不明白，这场熟人间的帮派之争，是怎样被我引向荒谬的令牌防伪大战的，也不明白自己是什么时候在形式感上走得太远，忘记了初心的。

　　回到四年级时的我身边。当时的我经过大头针密码一役的挫败，终于想出了真正的好办法。是的，我帮令牌上将盖上真正的印。这个印，很高端，是我的。那时我参加了少年宫的书法班，老师说一篇字最后要盖个印。方方的、红红的，显得很厉害。我爸就给我刻了个印。这个印，对方同学绝对不可能有!!! 谁的爸爸会花钱刻一个我名字的印章啊?! 提都没人敢提好吧!

　　我帮终于有了绝对无法被伪造的令牌，那张凝聚着我心血的令牌。我帮同学下课终于又可以敲打桌子，使劲地开关文具盒，大笑，并眼看着敌帮一蹶不振了。

　　但这时，代班主任陈老师终于发现了班里有事。她把我和其他几个同学叫到办公室，手上拿着一张纸片——就是我帮令牌啦。关键是，那张令牌上有我的印，印上的字是：张春。陈老师指着那个印，气得脸都红了："张老师这才走多久，你们就学会打群架了，啊？知道这是性质多么严重的事吗?! 这是犯罪知道吗?! 你还是头领是吧?! 还会打群架了! ……这个圣园秋子是谁?!"

　　我脑子里轰隆隆地滚过了一串炸雷：打，群，架……？犯？罪？头？领？……圣园秋子是……我啊……

　　后来两大帮派以我挨了一顿竹板打手心为契机解散了。回忆起来隐隐觉得陈老师好像是边打边忍着笑的，反正我肯定是哭了。那个竹板真是我的宿敌，真不知道被它打了多少顿。它大约2厘米宽，黄黄的，两面都很光滑……

　　啊，现在想起来觉得人生真是太不公平了! 全班人都在玩! 我鞠躬尽瘁，却只有我挨打啊! 天哪! 人生!! 我做错了什么?!

但是这会儿再仔细一想，在热爱形式感这件事上，我至今也没有懈怠过，去看个首映场的电影，也必定要穿上礼服，并带上走红毯的心情。也许，写下这个故事，特别是竹板那一节，能帮我治病。

可能吧，也不好说……

2014年10月

密码情结

又想起来，我确实有一点密码情结。

四年级，帮派解散后，班里流行起了高级文具盒。

那些文具盒一开始只是薄薄的铁皮盒子。我的第一个文具盒上面是一只兔子和它的蘑菇房子。对于一只兔子住在我的文具盒上这件事，我很满意，那个蘑菇房子胖胖的，兔子笑模笑样的。这个文具盒我很喜欢，虽然到了四年级，它已经长满了铁锈，但是由于每天使用，铁锈也光光滑滑的，很好摸，一点也不脏。我时常不惜用掉全部下课时间加上半个橡皮，擦去文具盒上的每一点污渍，里里外外，上上下下，反反复复。

在我和我的兔子文具盒慢悠悠地上着小学时，其他同学的文具盒已经出现了日新月异的变化。最初出现的是双层文具盒：打开盖子，里面第一层放笔，这一层可以拿下来，下面一层略厚，可以放橡皮和小刀。接着又出现了塑料文具盒。皮文具盒上是吸铁石开关。吸铁石是多么高级的东西啊，可以拆下来伸到沙堆里找铁粉，铁粉放在纸上，吸铁石在纸下面挪来挪去，铁粉就会自己跑动。

后来，塑料文具盒的变化令人眼花缭乱，有了正反两面开的款式，又有了里面分成一个个格子的款式，每样东西都有自己的格子。后来又出现了抽屉款式，不用打开盖子，就可以直接打开抽屉取出东西。

再后来，一位有上海亲戚的同学，带来了终极款的文具盒：有许多按钮，自带文具的文具盒。这个文具盒的侧边都是可以弹出的小盒子，按一下，弹出胶带，按一下，弹出橡皮，弹出剪刀，弹出尺子。胶带和尺子这些东西上，甚至有着和文具盒上的粉色花朵配套的花纹。啪嗒，啪嗒，啪嗒……

一个小学生，就可以拥有这样的"万千气象"了。

我为这奢华叹服。直到成为中年级小学生才拥有自动铅笔的我，从那些灵巧的弹簧和精美的花纹里，感受到了世界是何等繁华。我长满铁锈的兔子文具盒已经风光不再。随着年龄和课业的增长，圆规、量角器、三角板这些复杂文具出现，我的文具盒的确太小了。我眼巴巴地和其他同学一起，下课就排着队去按那个同学文具盒上的按钮。

事情的转机在于三叔送给我一个白雪公主的胶皮文具盒。从容貌上来讲，它不逊色于全班任何一个文具盒。但是它除了特别漂亮，没有任何功能。我无法承受这个挫败，于是向别人说，这是一个要用密码打开隐藏格的文具盒。每天下课都有人拿着我写的密码，到我的文具盒上来摸，找打开文具盒的密码机关在哪里。我说它可不是按一下就弹出来的东西，它是要用特殊的手法节奏才能触动的神秘机关。终于有一天，我拿着那张写着一串密码，塞在文具盒夹缝里的黄色小字条陷入沉思：它的机关到底在哪里来着？

因为时间太久,而我编的故事太过逼真,连我自己也忘了那只是个谣言,而且那个谣言还是我编的。

这时候的我已经长大了,成了一个有心上人的初中生。我喜欢我的同桌。他的眼睛特别小,一般人只要把眼睛张开就可以使眼睛变大,他却要抬起眉毛才能使眼睛变大一点点。我觉得好有趣。因为无法忍受放学后的思念之情,有一天我编了一个密码,写了一封情书给他。情书上只有一句话:I LOVE YOU。我把这句话里的每个字母都打散乱写,上上下下地摆在一张小纸条上。因为自认神机妙算、天衣无缝,我毫无压力地把这张纸随随便便地在放学时交给了他,并且很酷地说:"喂!这是一段密码!能翻译出来算你好本事。"

回到家,我也毫无不安,毕竟那可是一段密码。密码的意思,就是秘密啊。秘密是不会被人知道的。我为终于说出了想说的话而备感轻松。

没想到第二天,他随随便便地告诉我说:"你这个密码太简单了……就是三个单词组成的一句话嘛。"

我惊跳起来,矢口否认,并且调动我全部的智商,瞬间编造说:"明明是汉字,那句话是——天地君亲师。"他冷笑了一声,我只好跳得更高,并且打了他一顿。他举着一只手挡着我迎头痛击的物理课本,一直说:"你这个密码明明很简单!"我一边说"你根本就不懂!你明明翻译错了!",一边打得越来越重。最后一下可能真的打痛他了,他放下手看着我,咧了咧嘴想哭,忍了忍没哭,但是不理我了。

我不再打他,嘟囔着说"反正你翻译错了",然后别过脸去,也想哭。

挑起帮派仇恨的卧底圣园秋子小姐,长大后成了张大哥或者春爷。

不管写什么被人看到,总有人留言惊呼:"原来你是女的!"也不知道我是怎么把自己的性别弄得这么扑朔迷离的。又或许我总是想用密码说话,说出口的全都是谎言,曾拥有过和失去的,全都是幻觉。

我从会说话起,就孕育和编造着一排排密码向浩瀚的夜空中发送:喂!这里有密码呀!

喂!孙悟空!你好吗?

喂!有人吗?

2014 年 12 月

一个滑梯,一个秋千

妈妈很奇怪为什么我的袜子和裤子都破得那么快。那是因为我几乎每天放学后,都会绕道到一个幼儿园里玩滑梯。

回家的路上往左拐会拐进一个大院子,那个院子有两个出口,一个就在我回家路上,另一个在我家大院的对面。那个大院里有个幼儿园。而那个滑梯和秋千就在这个幼儿园里。我迫不及待地想谈论那个滑梯。那是一个水磨石砌成的滑梯,一点也不光滑,但我那时候并不知道滑梯应该是光滑的,也不清楚滑梯是怎么滑的,我没有上过幼儿园。

玩滑梯,坐着滑下来只是其中一种玩法,我还躺着滑,仰面躺着滑或趴着滑,头朝下躺着滑或趴着滑,跪着滑,抱着扶手滑,坐在中间腿劈开横跨两边扶手滑。裤子应该就是这么破的。因为那毕竟是个水磨石砌成的滑梯,裤子磨不过它。我不但会滑下去,还会跑下去、滚下去。下去以后,我会走滑梯直接冲回来,从不走另一面的楼梯。有时候我假装会轻功,冷静地卡着两边往上走,有时候也加助跑。无论怎么冲,都只能直立着上到一半的位置,剩下的路程就要弯腰摸着扶手,手脚并用地把自己弄上去。我也试过一点一点爬,袜子应该就是这个时候磨破的。我当时不知道,也和我妈一样感到奇怪。最近——也可能是今天——我才明白是这个原因。她把我每双袜子的脚掌处都打上了很厚的补丁。我告别这个滑梯后,再见到全世界所有的滑梯时,竟然发觉滑梯其实不可思议地小,我大概几步就能走上去。但对当时的我来说,它是个不可思议的庞然大物。甚至又见到那一个我一个人的滑梯时,才发现它竟然是一个大象样式的滑梯,我之前从来没发现。

那时候我大概已经在上四五年级,也可能六年级,也可能整个小学期间我都常常跑去那个幼儿园玩。我不是二年级就看过《肉蒲团》了吗?怎么会这样?

那儿还有一个秋千。其实就是四根铁链,分别构成两个秋千,底部有个钩子互相钩着。这个秋千坐上去屁股很痛,而我的屁股因为滑滑梯经常冲坐到地上已经很痛了。但是我不怕痛,全心全意地玩秋千。坐在上面悠,越荡越高,冲上去,向下落,冲上去,向下落,无数次,是真的发生过的无数次摇荡。那互相钩着的铁链甚至脱开过,我摔落在地半天起不来。能爬起来的时候,我拍拍屁股上的灰又坐回去。无论如何我都不怕秋千,哪怕它经常将我摔在地上,或者那铁链连接铁杆的位置一直吱吱嘎嘎地响。只是我在那个秋千边弄丢了无数把伞。我总是把伞挂在秋千顶部的横杠上就去玩,然后忘记带回家。是吗?就算下雨我也在那里玩?

那个幼儿园似乎从来都没有人。有几次有小孩,但是没有大人。

其他的小孩轮流玩一个秋千,我一个人玩另一个秋千,因为我从来都不下来,而且把自己荡得很高,很吓人。我不看天也不看地,全心全意地荡秋千。

2014 年 11 月

叶之隧道

从家到我读的小学中间,有一条新街、一条老街。上学时从新街出发,走到老街。放学时从老街出发,走到新街,再走一段就到家了。家在新街上,学校在老街上。

老街的两边全是梧桐树,树冠已经把街面的上空包起来了。即使是下雨天,从那些树下走,也不会淋得太厉害;夏天的话,走在树下也凉爽许多。

想起来总是觉得那条街幽暗而朦胧。那是一条秋天之路。树叶落得最厉害的时候,在孩子们上学的时间,天还没有完全亮起来。大人们把孩子打发去学校,大概会回去睡个回笼觉。天还没有完全亮,而那条街更暗,头顶的树冠幽暗地交叉在一起。经过了一整夜,树的叶子又掉了不少。不只是不少,是很多。整个地面都被铺满了。不只是铺满,是不止一层。厚厚的、干燥的落叶,躺上去都会是软的。光线也很软,地面也很软,加在一起,像一条温柔的隧道般把上学的孩子们包裹。

是的，那个时候大人们还没有开始上班，老街上只有走向实验小学的孩子。一个一个，背着书包，带着秋天清晨的新鲜脸色低着头向前走。

树上仍然有树叶在落，不算很多，但是可以推断，经过一夜它们必会落满街面，并且不止一层地堆积起来。或许要等我们到了学校，清洁工才开始打扫街道。我多少次感到可惜，为什么大人们要扫掉这些树叶，它们把地弄得软软的，又那么干净，踩起来还会响。又或者大人们知道这件事，特地等我们到了学校才开始打扫。不管秋天有多长，它都会过去。冬天的树光秃秃的，孩子们上学时天色更晦暗，他们裹在帽子、围巾和手套里，不再寻找完好的落叶一片片踩上去，而是匆匆奔向老街尽头的包子店。叶子的魔法，在其他季节都会消失，只有在秋天例外。

那条街的尽头有家包子店，为了显得店面开阔，门口树上的枝丫被全部砍去。一到包子店，瞬间天光大亮，许多攥着五角钱的孩子拥向包子店买包子，滚烫的包子，必须一边吹气一边吃。

我想我曾经在某一次或者许多次抬起了头，去看路面上的小孩。每个孩子都独自一人，低着头，慢慢地走在幽暗的叶之隧道中，专心致志地踩着脆脆的落叶。树叶被踩碎时发出声响，从每个孩子的脚下发出来，沙沙，沙沙。我猜，在秋天的早上我们都不困。

我似乎常常回忆春天的景象，也常常在度过厦门漫长的夏天时，喜欢和抱怨夏天。但这是我第一次想起秋天。不知道为什么，突然想起秋天。

我担心自己能记下来的东西太少了，我还沉浸其中时，它就被写完，可是我的心还在那儿，无法被记下来，却不得不停下来。我担心如果停下笔，就不能继续想了，所以只好像这样，啰里啰唆地说下去，就像坐在秋千上荡荡悠悠，每当要停下来时，就使一点劲，让它再荡起来，再荡起来。我依恋着它，一幕场景，一个瞬间的情节，情节中的细节，细节的细节，细节的细节里回荡的沙沙声……直到现在，我不得不停下了，再也不能写得更多了，可我仍然在想。

2014年11月

书柜顶上

我的确经常收到这样的问题：你会读什么样的书？对你最有影响的是哪本书？你一年读多少书？请推荐一个书单，如此等等。这些问题令我感到不安，似乎已经提前假设好我必须读书，并且已经读了很多书。

在我小的时候，家里没有人要我看书，家里谁都不让别人看书。

我妈妈稍微有空就会拿起一本书，没一会儿就看入迷了。这个时候我和她说话她只会"嗯嗯"地回应，其实什么都没听见。我许多次恼怒地抗议，她就把脸抬起来（但眼睛仍在书上多逗留两秒）说："我听见了，听见了。"或者完全不把脸抬起来，只心不在焉地回复"莫吵我哒"[1]。她告诉我，在我还是一个必须被抱在腿上的婴儿时，如果她在看书，我就会伸出食指去戳她的眼皮，把手在她的眼前挥舞，试图把她的注意力引开。

阻止她看书这件事，其实我从来都没有做到。2014年我陪她在北

---

[1] 方言，意为"别打扰我"。

京做了一个手术，那个手术需要开颅：从左耳后方打一个孔，然后把两根探针伸进颅腔，用极其细致的手法把一根碰到了血管的神经拨开，并垫上某种隔离的材料。这个精密的手术治好了她患了十二年的面部痉挛。面部痉挛使她的左边脸颊一直跳动不止，这种跳动牵扯到了她的左眼。所以，尽管她的视力良好，却由于这连续的跳动感到疲惫不堪。唯一曾阻止我母亲看书的，就是这个恼人的神经性的毛病。手术后她休养了一年才恢复成那个嗓门洪亮的老太太。头一个月她眼前发黑，走路必须扶住沿路的桌子或墙壁缓缓挪动，以避免头部晃动带来的强烈眩晕导致摔倒。但毕竟眼睛和脸颊不再痉挛，于是她在这样的情况下，以钢铁般的意志顽强地读完了《冰与火之歌》的前两部。三十二岁的我仍然无法阻止六十二岁并且刚刚做完手术的她。

她为新的状况设计了新的看书姿势。一种是低头的：用右手托住腮，左手把书压在腿上，食指迈出一个很大的跨度，利用摩擦力翻书。不得不说那看起来十分灵巧。另一种是仰头的姿势：仰躺在躺椅上，用右手摁住头顶保持头部固定，左手把书举到眼睛前面，需要翻书时，她的右手就慢慢离开头部，放下来缓缓翻上一页，用左手小拇指压住书页后，再将右手慢慢放回头顶。还有些时候，她把两种姿势进行结合——仰面，按住头，另一只手将书放回腿上，摸索着翻一页。与此同时目光平直，既虚弱又坚定地望向斜上方。

我妈妈出生在小镇，她的父亲和兄长都是木匠，母亲不识字。谁也不知道是什么样的因缘际会，让她成为一个小说迷。1967年的中国，正在进行轰轰烈烈的"无产阶级文化大革命"，其中一环叫作"大批封资修"，大量的书籍被视为封建主义、资本主义和修正主义产物，并且被禁止阅读和传播。我的妈妈所在的复兴镇的红卫兵，在出身不好的人家，也就是那些能够阅读的人家，搜出了许多"封资修"小说、古籍，作为批判对象堆在公社礼堂中。我的大舅，也就是妈妈的大哥，作为一名木匠在公社里做木工活，回家时便在礼堂堆放的小说里偷拿两本给我的妈妈。

因为白天要下地干活，所以她在夜里点着煤油灯，一直看到深更半夜。这种灯的火光十分暗淡，冒着黑烟，玻璃的灯罩可以在一夜之间被熏黑。天亮后下地干活时，她就把看的故事讲给一同干活的人听。大队里的小孩和妇女都追着她听故事。有一次，她的手指生了疖子，无法使用锹，只能做肩挑的活计，她就去挑晒干的牛屎做成的火粪，从一处运送到另一处。她边走边讲，一大堆孩子跟在后面听。平时大家只用挑两担的火粪，因为听得太入迷，每个人都多挑了一担。

她成了一个劳动的说书人，夜里点灯看小说通宵达旦，白天卖力地贩卖"封资修"。她讲全本的《薛刚反唐》，讲《薛仁贵征东》，讲《岳飞传》《镜花缘》《济公全传》。队上最有文化的老翁时不时考问：薛仁贵破某某阵用的是什么阵？她对答如流。

应该没有记错，我看的第一本中国小说，便是那时起就留在家里的《薛刚反唐》。那是一本纸页很黄很软的、厚厚的小说。书页的右下角全部微微卷起，封面上画着一个怒目圆睁、满脸胡须的壮硕男人。每一张纸的边缘都泛起柔软的毛，正是经过了许多时间的样子。主人公薛刚是一个十六岁的少年，他一边哇哇大喊着发脾气，一边砸烂了一座楼。这本小说在我心里可能埋下了一些黑社会情结，以至于后来我的第一个男朋友，好像正是因为喜欢惹事打架，后脑上有一道两寸长的伤疤，才在我眼中格外迷人。

"文革"期间，除"马恩列斯毛"之外，大量书籍被列为"四旧"

或划为"大毒草",被封存、化浆、焚毁。这场运动波及全国各个角落,天涯海角,无远弗届,可以想见当时无书可读的状况。我出生于20世纪80年代初期,文化出版在我出生前后逐步恢复,升温,但对无数迫切地渴望着书本的人来说,出版物的品种、数量和出版速度都远远不够。

新华书店是当时唯一的发行和销售渠道,即使有其他的书店,订购也需要通过新华书店。在那个时期,只要有书到,新华书店便排起长队。对市民来说,如果看到新华书店在排队,别管是什么书,去排就对了,能买到的都买。我对此有一个温馨的想象:爸爸在新华书店门口排队时,我坐在妈妈的腿上,用手指戳着她的眼皮。

我问人民文学出版社策划部主任宋强老师,那个时候人文社都印些什么书,起印量一般是多少,他用清亮的声音字正腔圆地说:"我给你举个例子,海德格尔的《存在与时间》,起印量是十万。"这在现在看来确实不可思议。中国古典四大名著在"文革"期间曾被划分为"大毒草"。可从那时起,几乎每户人家都有一套,包括我家。

那些书都被爸爸用报纸或画报包上了书皮,封面和书脊上是他用粗头的书法钢笔,以隶书字体重写的书名。翻开扉页,左下角写着他的名字。包过书皮的书,比较不会被折角,封面也不会破损。前年我回到母亲家,在书柜中随意拆开了一本《第二十二条军规》的书皮,书页发黄,爸爸的签名也已经褪色。我突然意识到,很久没有见过书角卷曲的书了。上周我在厦门自己的家中刚刚处理了大约二百本书,我把它们码成堆拍照发到朋友圈,告诉朋友们先到先得。大部分书都被挑走,剩下的则卖给了收废品的人。这些书非常新,其中的一些还没有拆开塑封的包装。

我小时候挑书有一种技巧：有书皮的那些是爸爸买的书，而没有包书皮的、比较新的那些，大部分来自哥哥。从没有书皮的书里挑，准保能找到我喜欢的。而爸爸买的比如《红楼梦》《古文观止》，我至今也没能看完。

不知何故，我被排除在家里的买书人之外。每到新华书店打折清仓的日子，书店旁边的空场地上就会支起红蓝相间的遮阳棚，书堆在简易搭成的桌子上，书脊向上立着，从上方就可以浏览所有的书名。桌子下面是一箱箱书，桌上的卖掉后，营业员便从下面掏出几本来补上。顾客们的头顶拉着红色的横幅：新华书店清仓处理。

哥哥向爸妈要到一些钱后，匆匆奔向大街，奔向那个棚子，以防好书被人买光。回来时他至少已经买下了十本。这些书左下角的签名变成了"张飞"——他的名字。哥哥买的书有意思多了，主要是外国小说和散文集。我从没有包书皮的书里挑到了许多喜欢的：《哈克贝利·芬历险记》《木偶奇遇记》《普希金童话诗》《堂吉诃德》《大卫·科波菲尔》。也有时哥哥不借给我。

少年时期，家里好像没有一本书扉页的左下角是我的签名。不过我对此态度温和，毫不计较。对我来说，"书柜"和"书"这两个词都有特定的含义。"书柜"就是指我家那三个柜子。一个柳木的，没有上漆，还保持着木头原来的颜色。两个樟木的，上了发红的清漆，使整个柜子光滑发亮。所有书柜都有对开的玻璃门，上面挂着红灯牌和环球牌挂锁。我至今也没有问过他们为什么要把书柜锁住，如果是因为有些书不想让我看，那实在是白费心机，因为我四年级以前就把《肉蒲团》和《金瓶梅》连猜带蒙地读过了，凭直觉我便感到这些应当偷偷看。

大人多少都有些低估古怪的小孩，家庭的秘密我早已尽收眼底。我不但看完了禁书，还知道大衣柜第二层的衣物最下面有存折和现金，爸妈床褥下面有避孕套，零食藏在写字台的柜子里和碗橱顶上。这些都没有上锁，书柜却一直锁着。

而"书"这个词，是指三种书：学校发的课本、扉页左下角有爸爸签名的书和有哥哥签名的书。

能打开书柜的日子，我就搬板凳爬高些，期待在那里找到一些特别的书。我也曾在打不开书柜的日子爬到书柜顶上，缩在那个不到一平方米的空间里，忍受着满身灰尘和蜘蛛网，进行关于"我是谁，我从哪里来，到哪里去"的忧伤思考。那是我独居的洞穴，是只有我才能到达的隐秘之境。

要想打开书柜需要一些技巧。不能显得太迫切，也不能是在梅雨季节的坏天气。当我瞧着爸爸或妈妈心情不错，或者家里来了客人时，就蹭到边上假装不经意地碰碰运气："爸爸，书柜钥匙给我用一下。"

有时候能要到，有时候要不到。

也有可能是因为我曾经把《基督山伯爵》借给邻居小朋友看，传来传去弄丢了其中一本。从此我信用破产，成为家里糟蹋书的那个危险分子。每次把书柜钥匙交给我，大人都要叮嘱：

"写完作业才能看！"

"一次只准拿一本！"

"不要乱借出去！"

这时已经是 90 年代初，人们对书的情绪也不再像 80 年代初那样渴慕。新华书店里任何品种都被立刻买空的景象一去不返，需要在每年寒假和暑假的季节打折清理库存了。但彼时我对时代的变化毫无知觉。这种情形持续到哥哥高中毕业,我初中毕业,我们纷纷离开父母去往省城时。

看书在我家差不多就是偷奸耍滑的代称,是全家人偷懒时去做的事:小孩不想写作业,大人不想做家务。我爸爸有一手很厉害的戏法,他呵斥着"又看又看",同时把妈妈看的书抢过来往两边一扯,嘴里发出逼真无比的"嘶啦——",仿佛他真的把书撕成了两半。他的戏法变得太好,不管重复多少次都能把我吓一跳。妈妈也每次都吓一跳,然后笑着说:"好好好,不看了不看了。"

吃饭时是没有人打扰别人读东西的平静时光。饭桌上铺着报纸,也许是为了好收拾,也许并不是。报纸必须横着铺一张,竖着铺一张,才能把饭桌全部盖住。这样,坐在桌子四边的四个人,都有方向正好的报纸可以看。当大家都看得差不多时,我们家最和谐的场面就会出现——终于有一个人打破宁静开口说话,这个人问对面的那个人:"你那边看完了吗?"

"看完了。"

"换个边。"

随后,两人调换座位。

从离开父母自己生活开始,就再也没有人管我读不读书、读什么书了。尤其是工作以后,我既有收入,又不用再写作业。扉页左下角有我签名的书越来越多,再加上我在几十次搬家中都能带着它们,年少时"拿到就是赚到"的兴奋心情鼓动着自己不断地买。直到有一天,我从当当网买了十二本书,把它们插入书架时,惊讶地发觉其中有两本已经买过。我总算意识到自己不可能把它们看完了。

近年来最恐怖的事之一,就是房东光临。因为每个房东到我的家里看一眼就会立刻涨租金。大家都很清楚,我很难搬家。

回到开始时提到的问题,每当要我介绍自己读书的事情,问我读什么书,或是读多少书时,我总要莫名其妙地警觉起来。尽管时代再次发生了巨变,如今舆论的风向是"反对碎片化阅读!社会风气浮躁不堪,因为人们不读书!",一时间每个人都在劝别人读书,但我总不自觉地把这归类为"干涉"我。原本这是我自然和愉快的消遣,一带上干涉的意味,我便要犯蒙。

在这个完全私人的领域中,我会立刻把自己想象成不愿意写作业的顽童。当看书成为作业时,我就要搬起板凳,爬到什么东西的顶上,抄起双手不下来。

2016 年 7 月

会有人有某种天赋却被埋没一生吗

我猜是有的。

我四年级的时候,学校发了一个红色的小本子,封面上写着"中国革命歌曲集",我拿回家给我爸爸看,让他唱给我听。他翻到其中一页,歌名是《唱支山歌给党听》。然后他就唱了起来。听着听着,我竟然感动得鼻子发酸发痛,如果不是极力忍住,我就哭了。这对当年四年级的那样一个血气方刚的我来说,实在太震动、太尴尬了。我深深地反思:我一个新中国的少年,对革命有这么深的感情吗?这首歌何以会感动我?!

这时他唱完了,合上本子看看我,说了一句让我更惊讶的话,他说:"咦?你怎么没哭?"

…………

后来我妈跟我说,我爸早年当老师的时候,在学校的校会上唱这首歌,全校的师生都哭了。所以他会惊讶于我"竟然"没哭。他对自己歌声的艺术魅力是有十足信心的。

我爸爸唱歌真的很好听，比我见过所有的现实的、电视里的、电影里的人唱得都好听，动人心弦。说真的，我听所有人唱歌都觉得干或者假，没有某种我从小听惯的美和柔情。他也非常会跳舞，他能带着完全不会跳舞的我跳国标和探戈。自己能跳好不是最难的，把舞伴带好带自然，我觉得是更难的。

但他是一名政府官员，做一个小官才是他的工作。我总觉得我爸爸不是很会做官，这件事他做得非常笨。我小时候住在一个大院里，院子里每家都是官员。他跟叔叔伯伯们一起谈笑的时候，我注意到他的笑容收得特别快，一转身就没了。大年初一大院里会团拜，这是我一年中很不喜欢的一个日子，一大早爸爸会紧紧张张地把我们弄起来，检查家里的点心盘。叔叔伯伯们来了后，大家拱手寒暄，我爸爸会发出一种在我看来有些做作的笑声，讲一个我肯定已经听过的无聊笑话。然后他们会一起出门去下一家。这时我就会松口气，但是爸爸还要继续。

他和妈妈聊天，两个人也会聊什么事情做得不对，话说得不好。虽然我听不太懂，但我能明白那是当官才需要想的事。谈这些事的时候，他远远没有唱歌时的那种自信感。

如果他出生得晚一些，比如是一个九零后、零零后，出生在一个城市里的小康之家，可以听全世界的好音乐，接受音乐训练，拜师，试镜，参加选秀，做媒体，他有可能成为一个明星。

或者是八零后也行，他就可以做一个文艺青年，他会做得非常开心。他爱音乐，家里有一把手风琴，有一架扬琴，这两种琴坏了以后，我们小城没有地方修，他也不太有时间玩，就废弃了。他玩得比较多的是二胡和笛子。都没有人教过，他就是自己琢磨的。现在想想，我觉得这些乐器他玩得都不算好，只是会奏他自己听过的歌，自己编奏一些和弦而已，谈不上牛×。但如果他能做一个文艺青年，可以名正言顺、正大光明地玩，就一定可以玩好，至少可以玩得很开心。

所以，我一点也不在意人们带着揶揄的语气谈论文艺青年，或带着讥讽说我是文艺青年。我现在的生活应该就是我爸爸会梦想的，我不明白文艺青年有什么不好，有什么可讽刺之处。

前些时候看《最强大脑》，那种听音的天才，能够听一些噪音，然后识别出音节。我有点震惊，这不就是我爸爸用二胡和我说话的能力吗？他会用二胡和我说话，就是用弓弦奏出说话的音调，并且模拟到我完全能听懂，可以流畅地对话。我猜这比《最强大脑》里展示的听音要简单一些，但是经过训练，他肯定能做到节目里那样。就算他的天赋不是天才级别的厉害天赋，但肯定也是不多见的。他没有上过音乐课，没摸过钢琴，没接触过有艺术教育资格的人，甚至听过的音乐也仅限于小城里能买到的磁带，邓丽君、张明敏之类的。如果他出生得晚一些，富一些，他应该会自由一些，过上更能发挥自己天性的一种生活。

他还很喜欢摄影，当时却舍不得花洗照片的钱。家里还有一些他借别人的相机拍的摄影作品，不算多么惊艳，但也比眼下常见流行的糖水片[1]好得多。

其实，要是现在从头来过也还来得及。他要是能活到现在就好啦。

2016 年 7 月

---

[1] 视觉上好看但缺乏深度或独特表达的照片。

一生里的某一刻·隐藏宇宙

我们都脆弱，我们就这样

那大概是爸爸去世的第十年。妈妈在和我一起办什么事时突然说："有的时候看到人家用轮椅推着自己流口水的老伴，都觉得很羡慕。你爸爸要是在世，哪怕是那个样子，我肯定把他伺候得好好的，也觉得很幸福。"

我完全不理解这句话。那怎么可能呢？如果家里有一个那样的人，不会像落入无底洞般艰辛吗？那难道不是会令每个人都痛苦吗？

那虽然离现在不过几年时间，我却好像发生了许多变化。当时我还和许多年轻人一样，想着万一自己得了什么绝症，肯定不要治，反正也只是花钱续命，不要花光家里的钱，不要让他们人财两空。要不然就去吸毒吸到爽死，要不然就去环游世界。

按那种想象，好像濒死的时光会是一生中最美好、最痛快的。这几年我才渐渐明白其中的荒谬之处。

有段时间我非常害怕妈妈会死掉，只要她一个语气不对，我就非常紧张，千万个坏念头奔腾而过。

"那我还不能死啊,我要活到你不怕我死的时候。"她听完这样说。

另一个念头我没有说过。在另一段时间,我总是想着只活完妈妈在世的时间,她不在我就可以去死了。

母亲生下一个孩子,自然希望当自己不在以后,孩子可以继续生活下去,孩子的孩子再继续生活下去。我不能把这残忍的念头告诉她,直到现在,我已经不这样想了。我打算在她不在以后,也好好活下去。

她转发了篇名为《母亲生病怕耽误孩子,瞒着孩子一直到去世》的文章,说看得流泪。我勃然大怒,跟她说:"你可别这样啊!这对母子做这种事太傻了,根本没有这种必要,一点也不感人!"她说她当然不会这么做,只是在想自己对外婆做得不够。

我想我们已经沟通好了,我不必担心她会那么傻,也不必担心她那样不相信我。

妈妈患上面肌痉挛已经十来年,没有大碍,但这病很烦人,其实手术可以解决,她也联系到了医生,只差一个决心了。她的好朋友们叫她赶紧去做,她们自告奋勇要照顾她。

妈妈跟我讲的时候说:"我要去做手术,当然让我女儿照顾我啦,要你们做什么?!真蹊跷!"

听她这么说,我心里好热。"谢谢你这样讲。"我差一点脱口而出。

"而且,我觉得你肯定会把我照顾得很细致、很好。"她又说。

其实,没那么好。陪她做手术加休息,一起过了三十多天。离家快二十年,我们很少在一起待这么长时间。她哼哼唧唧,她不听话,她啰唆的时候,我仍然经常吼她。

她问:"你总是凶我做什么?"

我答她:"久病床前无孝子!"

医院的伙食太差了,我溜出医院吃好的,还发照片气她。她也真的很不像话。在我心目中坚不可摧的妈妈,那时候的形象完全被颠覆了。她会在我看来有点夸张地描述自己的不适:哪里痛,眼睛发黑,头晕目眩。我这才发现,她平时真的身体还可以,所以这些不适才会让她这么恐慌,因为她没怎么不舒服过。而我,一个资深病人,精神不济、背痛僵死的情况差不多时时刻刻都要面对,早隐忍于心。

我告诉她:你就是没生过病,所以这么害怕,这些不舒服,普通人很多都会有的啦!真没想到,妈妈居然是个娇滴滴的妈!

她并不用忌口,只是手术刚结束有些吃不动,却整天都饿,饿了就更馋。想吃什么,自己没有体力做,只能叫我做。

我不太喜欢做饭,也不太会,她就逼着我烧肉、烧鸡、烧汤、炒菜,给她买糖炒板栗。我做菜的时候,她一只手扶着门框,一只手扶着自己的头,靠在门边指挥:"现在放盐,尝一下,扁豆放进去,放点水炖炖……"

她强忍着虚弱和嘴馋,教会了我做冬瓜烧肉、瓠瓜烧肉、土豆烧肉、扁豆烧肉、红烧鱼。为了哄骗我多做,顿顿旁敲侧击:"别说,你做菜还真有点天分呢!"

"吃饱点,半夜饿了就吃芝麻糊吧。"

"不过你不在,他们也能搞好的,对吧?"她为耽误我的工作而不安。

"对,但是我在会更好。"我毫不安慰、毫不掩饰地告诉她。

"那怎么办呢?不然你就早点回去?"她试探着。

"我在这里更好,又没别的妈可以伺候。"

"嗯，我也不是常病。"

"是啊，好不容易才摊上一回，我要珍惜机会。"

"要得，要得。"

不知道她感觉如何，但我那个月过得非常幸福。我总是反复记起许多事，并且在心中微笑。就像我把那些时间放进了花篮，时不时取出一朵来欣赏。尽管是我在照顾她，我却尽情地做了女儿。

这真是很有趣。2003年我病重，她照顾我，我却每天梦见我把她气死了。我总是梦见她被我气得扎进水井——我的心一下被抽空，窒息，嘶哑，挣扎好几分钟才能醒过来，醒来之后也常常哭得止不住。

当时我明明最虚弱、最无力，却担心气到她。现在这个有力气的我在故意气她，却觉得很幸福。2003年，我二十岁出头，心高气傲，妈妈正年轻力壮。我们两个都像钢铁一样坚强。

我的同学问张春的爸爸怎么不来看看。爸爸已经去世了，当然不会来。我和妈妈却一起说："他忙。"

不能自理的我，瘫痪在床上用尽力气唱歌："继续信赖，幸福仍然列队在等待，我们的到来……奇迹终会存在……永远，魔幻的蓝天，永远驱散那黑暗……"她瞒着我，独自出去放声大哭。我们都很痛。我每天都梦见我把她气死了，而她不知能去哪里求个菩萨，把我的病拿给她生。

保持坚强的两个人，就像镜子照着镜子，照得人越来越亮，心却越来越深，什么都表达不出来。痛铺天盖地地生长着，让人透不过气，无处可去，只沉入自己的心，沉入对方的心。

也许依靠坚强能勉力活下去，但依靠脆弱才能幸福。依靠着彼此的坏毛病、傻德行，彼此抱怨。我们谁都改不了了，我讥讽讥讽你，抱怨抱怨你，因为我知道你改不了，我也改不了，我们就这样。

你改不了的，但我还是爱你。你不用改了，反正怎么样我都爱你。就算你费劲去改，我也没法更爱你了。大概会更喜欢你一些，但是爱是一样的，都是那么多，那么不能改变。我的爱牢固极了，你的坏是改变不了的，好也改变不了，什么都改变不了。我相信你对我也是这样，特别简单，就跟石头一样。

我又想起她说，羡慕别人家的老伴坐在轮椅上流着口水。爱，就是一起生活，在艰辛中去爱。反正总要忙活，总要度日，与其忙别的，不如忙这个爱着的人。如果我还会病重，我会好好病，好好被爱的。我还希望妈妈尽量地活久一些，哪怕她在轮椅上流口水，我也会觉得很幸福。我已经完全明白了这是什么意思。

2016 年 9 月

吃到哭

总有采访问我是不是"吃货",其实我不明白"吃货"到底是什么意思。

"你是不是想方设法地吃?"

"是啊。"

"那就是了。"

我犹犹豫豫,总觉得大家难道不是都这样吗?

这问题总在我心头萦绕:"到底怎么样算'吃货'呢?"

今天突然想起,如果吃到哭,应该就真的叫"吃货"了吧?

我有过三回吃到哭。

头一次,在初中。我和哥哥弄了一大笔钱,起码 50 元。我们决心要好好吃顿烤肉串。我家在县城,县城里那时只有一条大街,在那条大街最繁华的、布满了大排档和烧烤摊的路口,有一家传奇肉串。老板娘瘦瘦小小,笑容可掬,弄得很好吃只是一方面,神奇的是,她会记得你上次来的时候,是和谁一起来的,那时候说了点什么、要的什么口味。她只消抬头看一眼,就笑容满面地说:"妹妹来啦,这次怎么没和哥哥一起来?还是要跟上次一样做得辣些吗?"要知道,她说的"上次",可能是一年前了。她记得每个客人。

总之,我和哥哥弄到了一大笔钱,准备大吃一顿。我们俩打赌,赌谁更能吃辣。我们自然要去那个阿姨家,只有在那儿,我们才敢让她放下去几罐辣椒粉。肉串加扦子大概有小指那么粗,但是一层层撒上我们要的辣椒粉以后,差不多有大脚趾那么粗。

我们俩躲到家里一处还没动工装修的空房子里,里面只有一张没铺褥子、光着床板的床和一张桌子。那是个刚落成的区,所有周边的房子也都是空的。我们偷来钥匙,躲进那个没人的地方,并排端坐在床板上,对着面前堆积如山的火红的肉串。可能是由于环境空旷宁静,气氛非常肃穆。

我和哥哥你一串,我一串,严格按竞赛规则吃了起来。劳模阿姨放的辣椒半点不掺假,非常辣。不知不觉间我们都成了泪人儿,不往嘴里放肉串时,就把舌头拖到外面放凉。再多张嘴就好了,可以用那张嘴给这张嘴吹凉风。我默默打着转转,想找个杯子接自来水喝,但是没找到。我说了,为了躲爸妈,我们来到了什么都没有的空房子里。哥哥神情凌乱地直接走到自来水边,嘴巴凑上去接水喝。

我和哥哥是非常爱面子的组合。有一次,我们一起乘火车回家。因为都指望对方留神,放松了警惕。以至于火车在某次发动时,徐徐掠过我家所在的小站。

"哥!"我猛站起来,"我们坐过了!"我绝望地呼喊。

他保持着原来的坐姿,微微一摇头,低声快速地说:"坐下,莫作声。"

我心领神会,马上镇定地坐下,一路默然无语。我们瞟着周围,应该没有被人察觉。可以坐错,但没人看到才是紧要的。我们坐到了下一站,也跨过了省界。下车后默默地一齐开始掏身上的钱,看能不能凑够钱搭车回家。

所以,其实在开始流泪时,我们俩的肉体就已经垮了。蹲在水龙头边,一边吃一边用自来水冲嘴,这说明灵魂也加入了搏斗。杯子和风度,已退居二线。

灵魂的搏斗是静默的,这种静默一直持续到我们的眼泪和鼻涕滂沱,拖着的舌头也在往下滴口水。我们的脸湿答答的。我们一脸水地捂着肚子蜷在床板上,背对着背。

我看着自己的胳膊和肚子上起了一道道鞭痕一样的东西,红红的,鼓了出来。我翻身去看他,发现他胳膊上也是。"哥,哥,看你胳膊!"

他转过来盯着我:"你脸上也是。"

"你脸上也是。"我说。

然后我们又咬紧牙关,各自蜷起来。不能号啕大哭真是太难过了。

这个比赛的意义可能在于我这辈子第一次意识到了胃的存在。毕竟那时候我才上初中,他才上高中。那么年轻,如果不作死的话,总要推迟几年才知道胃在哪里。

我们俩也不总是处于竞技和对抗状态。家里刚刚买冰箱时,我感觉这玩意儿太新鲜了,在家里就能做冰棒!我俩天天闹着做冰棒、吃冰棒,终于真的惹到了我妈。她煮了一大锅绿豆汤,把家里所有能塞进冰箱的容器都灌上绿豆汤去做冰棒。冰棒盒、冰格、大小杯子和搪瓷缸……满满一冰箱冰棒。

"你们俩,今天要把这些冰棒都吃光。"她说完就去上班了,留下放暑假的我们俩。

我妈真的是一个暴君!但我们毕竟年轻天真,在这时候还是没有察觉,一时间还以为在做梦!!满满一冰箱的冰棒随便吃啊!!我们以为伟大的母亲一手打造出了小学生天堂。

我们便!吃!冰!棒!吃冰棒!吃冰棒,吃冰棒,吃冰棒……吃……冰……棒……棒……

妈妈下班时,哥哥裹着被子,吃着冰棒吩咐我:"妹,你这次去给我拿个小的……"

"这是什么意思呀?"妈妈问。

"哥哥说他要储存热量,所以躺着!我吃不下了,妈妈!"我响亮地回答。

强权之下焉有完卵,但哥哥保护了我!那次哥哥吃到发烧,我没事!有哥哥真好!

初中毕业后,我去省城念书,哥哥也去念大学啦。我又吃哭一次。

那正是我交朋友的年纪。在晚自习的时间,寝室会被挨个查房,我们全部被赶到教室去学习。我和我的好朋友躲在被窝里躲宿管,查房完毕再起来摸黑玩。那时候没有电脑,也没有手机,就算有也没有电。不晓得在玩什么,只要能躲过宿管在宿舍玩耍,就是好的。不能大声说话,又没有东西玩,只能吃了。有时候我们没东西吃,就溜到走廊里,小声打磁卡电话给同学,让她们帮忙去学校门口买包子。

包子来了,人也上不来,寝室楼门都封上啦。但是这难不倒我们,我们用绳吊着塑料篮子放下去,把包子放里面再拉上来。

怎么那么好吃呢，包子而已，却好吃极了。特别是买十个包子，两个人轮流把每个包子吃一小口，然后再每个吃一小口。我们像老鼠一样吃包子，像老鼠一样唧唧地笑个不停。

不过友谊是很脆弱的啦。伤感。有一天我们俩吵架了，一辈子不可能再和好的那种。我独自去吃包子，想约另一个同学，可是同学被她约去了！试问，十四岁的少女谁能不害怕一个人吃包子？她先下了手。我惶惶不安地等着上包子——莫不是老板和她约好了要让我形单影只又难堪？那天，老板给我的包子居然没有装在体面的笼屉里，而是扔在一个大瓷碗里端给了我。

这和要饭有什么区别？我的眼泪夺眶而出。所有人都知道了我在吃装在瓷碗里的包子吧，失去友谊我就成了要饭的孤家寡人了吧，你们都去开开心心地一起吃饭吧，我就在这里用一个瓷碗吃包子吧。我和着眼泪吃完包子，觉得长大好难，就算包子还是很好吃，长大也还是好难啊。

又过了一些年，我大学毕业，在北京工作。第三次吃哭是在一个刚从通宵硬座火车上下来，回到家的早晨。

那时候我在北京有了一个男朋友，我们住在一个不到十平方米的小房间里，那个房间只能放下一张床和一张电脑桌，衣物、书全部装进大包，塞到床和墙之间仅剩的空隙里。需要的时候就在床上铺个单子，把大包拖出来在床上找，然后把拖乱的东西使劲塞一塞，拉上拉链堆回去。日子多少有点苦。

从火车站到家，妈妈已经准备了早饭，让我吃完再去睡。那顿早饭里有白粥，一碟干煸土豆丝，还有一碟炒的腌萝卜干。妈妈做萝卜干，是把最小的圆萝卜切片——这样可以保证每片都带有最脆的萝卜皮——一片一片摆在竹箩上晒干。晒干以后用很多油炒熟密封，等到要吃时，用切碎的干辣椒和小虾米一起炒入味。她一定早早就起床准备了，因为土豆丝是热的，而萝卜干已被放凉，如果不凉也是不够脆的。

整夜的火车坐过来，很累很渴，我先喝了一口粥，然后伸出筷子，吃了一口萝卜干。

可能我太饿了，可能胆固醇太好吃了，可能零零星星的小虾米太香了，也可能那一小碗油浸着辣辣的萝卜干的样子太美了，也可能想到在键盘边上吃盒饭的男朋友太苦了，也可能突然感到离家太久了……我把粥推到一边，把萝卜干拉到怀里，还没明白因为什么，眼泪就滚滚地掉了下来。

2016 年 6 月

手机和我

我决定写这篇文章时怀着某种喜悦，因为我好久没有办法集中精力写点什么了。这次，我决定要讲得很啰唆很啰唆，什么都不想，什么都不管，顺嘴那么说下去，就像一个精神错乱的指挥家胡乱地挥舞着双手，不管乐队会演奏出什么东西那样，说手机和我的事情。

想这样写，可能是因为前些天看的一部电影。里面的诗人对女人说："给我讲个故事吧。"那个女人说："讲什么？"他说："讲你今天从起床到现在都做了些什么。"女人说了起来，她说："我早上去买了花，我经过了三条大街，然后来见你……"说着说着，诗人微笑着爬上窗台，打开窗户，最后笑着翻身滚落。我和剧中的女人一起尖叫起来，并颤抖不止。

第一部手机，是哥哥不用了的一部深蓝色诺基亚3310手机。我对在身上带任何东西都感到紧张，当然也包括这部手机。这个紧张有一天终于应验了，那是在一个小商品市场逛的时候，我穿着件两边各有一个大口袋的大衣，左边放着钱包，右边放着手机。我感觉自己每隔几十秒就会摸摸口袋，但是某一次，手落空了，手机没有了。发现担心的事情终于发生时，我的脑子经历了瞬间的空白，心仿佛被重击了一下。其实那部手机不值多少钱，而且也非常旧了。但那个重击还是像预料般地发生了。

这部手机我熟悉至极，是因为哥哥还没把它给我时，我就常拿它来玩。拥有它的某段时间，我带着它在一个乡下地方用奇怪的偏方治病，住在很远的远房亲戚家，我不能动，只能躺着。他家没有书，没有纸笔，没有音乐，给客人住的房间里也没有电视机；外面是隆冬，没有太阳和风景。我只能躺在床上玩那部手机，把里面的三十五首单音节的铃声翻来覆去地听，还试图编写新的乐曲，不过都很难听。那就是我的第一部手机。

其实更早一点我还用过一部手机，但它不是我的，是我借住在别人的宿舍里时，别人借给我用的。她说那部手机是她多余的，是在日本买的，眼下也不用了。那是一部蓝色的索尼手机，不像后来我接触的任何手机，它不是扁的，而是接近圆柱形的，很大，没法放进口袋，放在包里一下就可以摸到。我非常喜欢那部手机，尽管它甚至没有中文菜单，但是我特别喜欢它。因为太喜欢了，甚至有时候会假装有人来电话，把它拿出来，假装接电话，好炫耀给别人看。有一次我在路边用它接电话，一个男孩子也在那里等车，他忽然很来劲地对着空气踢腿，踢得很好，腿很长、很直，踢得很高，有头顶那么高，他在假装练着跆拳道之类的东西。我相信那是因为他看到了那部手机，并且认为我是一个很酷的人，于是做一些酷的事，好引起我的注意。总而言之，他是因为那部手机想要和我搭讪来着。我非常得意，没有理他，抬脚上了我等的车，然后在车上暗暗懊恼，因为没想到他等的不是那辆车。那部手机，手伸到包里就可以摸到，握在手里满满的，大概是这些让我觉得它很安全。我只用了它两三天，在那之前之后也没有再见过有人用它。虽然印象深刻，但它应该不算是我的。

第二部手机是以前的男朋友给我用的。他在一个通信公司工作，公司发给他一些手机，他把其中一部旧的和一个号码给我用。那个号码还包含一些网络的费用，我可以用电脑上网。但是他不喜欢我上网，甚至探查过我上网的记录。离开北京时，他公司的号码和手机不能带走，他借给我一部他新买的飞利浦手机。他以为我会还回去，我也打算还他来着。但是那部手机放在住的地方，一周之内就被人偷走了。我非常恐慌，跟我的死党说这件事，说他一定会骂死我，他一直骂我太粗心，而且他很节约。死党说："如果是我的男朋友，也会骂死我的。"后来她又说："我们能不能不和那种为一部手机就骂死我们的人在一起？"

后来我鼓起勇气告诉了他，又过了些时候，我有了一些收入，就买了部新手机。当时有一个邻居在卖诺基亚手机，他给我介绍了一些，我选了他力荐的一款，他又到公司帮我争取到更低的折扣价。我很喜欢那部手机，包括买它的过程。因为那是我第一次自己买一部手机。就像小时候我第一次拿着一点钱去买荸荠，要像个大人一样，去市场上，问出"多少钱一斤"这种像模像样的话，还要装作会看秤的样子，最后付一些钱给那个大人。不可以笑起来，不可以哭出来，在心里紧张地计算过后，若无其事地拿回找零，并且不能忘记带走那些荸荠，还要慢慢地走回家，不可以跑。

只有我知道这是一场仪式。但那些荸荠，并不知道它们是多么重要的荸荠。

使用那部手机的时期,也是我经历了许多人生第一次的时期。我第一次自己住,第一次签各种合同,第一次办理自己的社保医保,第一次装了自己的宽带和固定电话,第一次有了工资卡和信用卡,第一次出差,请公司的行政帮我订机票,这些都绑定在这个手机上。只有我知道,这是许多场仪式,尽管那部手机并不知道它是多么重要的手机。

我用了它好几年,直到和我后来的老公在一起后,一个朋友的单位发了一部华为的智能手机,多余了,便宜卖给我们,他买下来让我用。他说智能手机很好玩的,不要用那个诺基亚啦。我就把那个诺基亚放进抽屉了。不过我一直在抱怨,说我根本不想换手机,我不想用智能手机,我讨厌这些新东西。他一直忍受着我这些抱怨,也没有生气。后来接二连三装了几次宽带,买了各种通信套餐,一直在送手机,我用过两部那种送的手机,华为、中兴之类的,不过有一部被我掉到马桶里,虽然立刻就被捞上来,但它还是"淹死"了,另一部则不知道怎么就坏了。

我决心不再用这些脆弱的智能机。但我原来那部诺基亚,被别人说借去暂用一下,却掉到了海里。因为它太不值钱,他甚至没有马上告诉我,而是在我问起时他才想起。

我非常舍不得。一位可靠、忠诚、长久的伙伴,就那样轻率地被弄丢了,而且绝不会再有。真的非常舍不得。

然后我又买了一部诺基亚,但是没有用到一年,放在店门口就被人偷走了。这次我没有特别舍不得,但是在开头提到的那种被重击的感觉,还是让我目瞪口呆。

后来我都在用他不要的手机,随便用一用。有一天他出门去,说要去买一部小米手机,回来带了一部 iPhone 4S,于是原来那部华为手机就给我了。他要给我也买一部,我不肯要,觉得一家有一部 iPhone

就够了,我想玩也可以拿来玩。其他都没有什么吸引我的,但是iPhone拍照真的很棒。再然后,有个朋友买了一部美版64G的有锁版iPhone,解锁后一切顺利。美版比市价便宜了大概2000元。于是我同意了要一部iPhone,他给我买了一部。但是,我这部死活不能顺利解锁,也就是说经常不能接打电话。而且每隔二十秒就跳出一个提示:"没有安装SIM卡。"即使干脆当成iTouch(播放器)用,也得每隔二十秒就把那个提示点掉,才能继续使用。这个手机我照样用了快一年,甚至在它的屏幕在我某次醉酒时被摔得粉碎后,还在用它。尽管每二十秒就要点一下那个提示,再点一下播放,我还是能用它看完一部两小时的电影。在别人看来,那大概是一场搏斗。再后来我得了抑郁症。再后来他给我换了一部iPhone 5。这部手机绑定的是店里登记在114查号台的客服号码,也就是说,它绑定了无数的不得不接的陌生电话。在我状况不好的时候,经常要瞪着它发一会儿呆,深呼吸几次,才能接起来。

今天在看一款名字叫锤子的手机的发布会。老板叫罗永浩,做了一场近三小时的演讲。他看起来真的很喜欢手机。如果我下次再自己挑一款手机来买的话,大概会买这个牌子的。

可能只要是和时间流逝有关的描述,都带有一点伤感。像这样细说一样物品,肯定是恋物吧。物品联结着极度琐碎的回忆,而记忆正是我不断在修改和失去的东西。我要依靠一条线索,不管是多么不重要的线索,把我的人生从深海中打捞回来,慢慢拼凑出一个自己。可能这个自己已经不是真相,但那也比彻底的茫然要好一点。也或者,我可以用这种方式,写出真相的一种,然后依靠它生活下去。

2016年1月

一生里的某一刻·隐藏宇宙

一条麂皮牛仔裤

上大学的时候,我是个很有性格的人。这主要体现在我的衣服比较奇怪。我有一个软帽子,趴在头上,我经常戴这个帽子。那时候我长发及腰,披散着头发,戴一个这样的帽子,我自己觉得很酷。

另外,我一向不太喜欢逛街,经常捡同学不要的衣服穿。反正那时候我年轻又自信,也觉得挺美。

不过,所幸学校旁边就有一个小服装店,好像叫"绿袖子"。这家店的衣服品味很不错,老板是两口子,据说都是服装学院毕业的,总之很合我口味。就是在那里,我买到了一条此生最爱的牛仔裤。

那条裤子是麂皮、低腰的,看起来并没有弹性,穿起来却觉得哪里都弹弹的。那也是我唯一穿着不勒肚子的低腰裤。穿上那条裤子以后,我的腿看上去又长又细又直。夏天穿它也不算热。虽然它是紧身式样的,但冬天塞一条秋裤进去也没问题。它的款式之美,可以搭我所有的衣服,它花了我98元。

由于被我穿得太久太频繁,裤子的屁股和膝盖部分磨损严重,接着胯部皱褶上的麂皮绒被磨没了，露出了下面深蓝色的牛筋料布底。磨损的范围越来越大，让它的外表变得残缺，但我仍然认为它好看，不过它的美变成了陈旧之美而已。又过了很久，它表面的麂皮绒已经残缺到不太看得出原来的样子了。有一次我回家时，我妈妈以为那所剩无几的麂皮绒是些脏东西，抄起她最硬的刷子，把剩下的全都刷光了。现在，它从一条铁青色的麂皮绒裤子，变成了深蓝色的牛仔裤，只是薄了一大半。

这条深蓝色的裤子我又穿了很久，直到屁股那里的布太薄太薄，终于在口袋下面的位置炸开了。此时，它是一条稀巴烂的裤子。我又把屁股的口袋拆下来，把那个破口子补上和加固。没多久，另一边也炸开了，我又拆了另外一边口袋补上。又过了一段时间，膝盖的位置也炸开了，我从另一条裤子上剪了布补上。最后，整个大腿的部分都竖着炸开了。我还不死心，又想办法缝补，但是接着，补丁和裤子接壤的位置也都炸开了，也就是要补丁摞补丁才有救。裤子原装的部分已经只剩一个小腿了。这是我买这条裤子的第十年。

的确没有办法了，这条裤子走过了一条裤子能经历的最光荣的一生，寿终正寝。我恋恋不舍地扔了它，再回到北京的时候，去找那个店。

鼓楼大街已经拓宽了一倍，两边的所有店都往后移了十几米，是啊，怎么可能找得到。

我想，如果我能找到这款裤子，这次就算一千元一条，我也会买十条，这样一来，我这辈子就再也不用操心裤子的事情了。但是，那条裤子来自一批有一点点瑕疵的出口产品，老板把所有货都拿了，在货架下面堆了二十来条，一共就只有那些了。这种外贸货，连吊牌都剪掉了。十年过去，就算那个店还在，也不可能还有这款裤子了。是的，我知道不可能还有。但是如果有就好了，我多希望有，我只是想要一条裤子啊。

看起来所求不多，而实际上我要时光倒流，我非要如此不可。

我要的实在太奢侈了。

2016 年 11 月

夏天刚来

这时候太阳已经落山许久,我看不到月亮,天却没有黑,天空呈现出澄净的勿忘我般的颜色,似乎是被清新的空气染成那样的。在那种底色中,远处楼宇那些亮起的灯显得晶亮。

我正在下楼,楼道里弥漫着各种洗发水和沐浴液混合的味道,每下一层,气味就有所变化,也和之前的味道有所联系。每一种细微的变化,都把沉浸其中的思绪又唤醒一次,让我意识到刚才沉浸其中,并意识到自己已经趋于困倦。

接近楼底那里长着一簇簇酢浆草,突然全部开出了紫色小花,漂亮得让人无法认出那就是之前到处疯长的、怎么也拔不完的、普普通通的酢浆草。街上还穿着长袖的人都挽起了袖管。一只狗在街边甩着脑袋,脑袋后面是身体,身体之后是尾巴,最后它一屁股坐下,用一只后腿挠自己的下巴——不知道是不是刚洗完澡,或只是活动活动身体。它龇着牙,咧着嘴,耳朵抿到脑袋后面,后腿挠得脖子上的铃铛哗啦哗啦地响着。

不必使劲闻就知道，烧烤摊也摆出来了，摊主正在生火。

路灯还没有亮，天也没有黑，街的远处是紫丁香一般的、澄净的天空。风里的暖意仿佛是春天留下的，反倒是那些随着暮色而来的凉意，才显出夏天的气息。那些含糊的窃窃私语，不知道是谁在讲，又是如何让我听见的。

2014 年 3 月

春天挽歌

脱了我的毛发皮肤
脱了我的筋肉骨头
脱了我的心肝脾肺
脱了我的往日明日
晾干
剩二两鬼魂
晾干
剩四季分明
晾干
回去
给他们唱首轻飘的歌
也化作乌有

2010 年 3 月

CHAPTER 5
一生里的某一刻·隐藏宇宙

怎样不咋成功但是也不咋难堪地活着

为喜欢的东西究竟应该花多少钱

之前,尼康D800终于上市时,我真是对它日思夜想。刚上市时的价格是28 000元,我知道,只要稍微等待一下,价格就会降很多很多,在这个价格上买的人大都花公费。现在入手是愚蠢的行为。

所以,我早上一睁开眼就去刷新价格,晚上睡觉前抱着手机在各个网站看评测,三天两头就梦见我买了,每次都梦得跟真的似的,醒的时候要过好一会儿,才能确认到底是不是真的。

过了一个月,那个常去的相机店打电话告诉我到货了,店里有一台了!当时我正在一个朋友的婚礼上等着开席,二话没说冲到了相机店,虽然还是要27 000元,但我立刻把它买了回来。半个月后,价格降到了17 000元。

过后我当然被朋友们讽刺啦。这种事,别人说"行啊你有钱",就是说"行啊你真够傻×的"。这一万元买来的半个月我到底干吗了呢?我除了经常摸一摸,其实什么都没干。本来我也很内疚,但后来觉得,我就想摸一摸,为什么不行呢?我现在觉得它不是一台相机,它是什么、能干什么、能产出什么，根本就不重要。

这一万元虽然也让我纠结了一下，但归根结底我还是觉得很爽。现在想想，这是我做过的最奢侈的事。我也是一个奢侈过的人了。我就要为喜欢的一切发癫、发狂。波澜不惊、心如止水，其实挺无聊的。也许是因为经历过抑郁症的虚无状态，遇到能让我激动的事物时，我都非常珍惜。既然活着，我就不要像一个活死人。

我有个好朋友说，他五岁时和爸爸第一次去比较大的城市——太原。路过百货商店时，他看到了一个半人高的变形金刚。他当场喜欢得完全走不动了，不但走不动，而且瘫倒在地。那个变形金刚的价格相当于他爸爸一个月的工资，他当然被拖回了家。

但是过后的半个月里，他大概体会到了一个五岁孩子能感受到的最大失去感。除了吃饭和睡觉，剩下的时间他都在默默流泪。吃完饭就哭，一睡醒就哭。后来，他爸爸实在没有办法看着五岁的儿子每天以泪洗面，就去太原把变形金刚买了回来。那个变形金刚一拿到家，就被他一把紧紧搂住，一直玩到他高中离开家。

他跟我说这件事的时候，几乎在哽咽。我听得也要泪奔，这么多年过去了……

现在想想，除了那个月的工资，剩下的哪个月的工资能被记住用来干了些什么吗？漫漫人生里，花出去能发光的钱能有多少？

曾经看到有人说起自己最佩服的一个人。这个女人在出色地完成了各种不相干行业的工作后，以近四十岁的"高龄"考取了飞行执照，并且即将成为一名飞行员。我很佩服。但仔细一想，其实也没有那么难：就是确定自己想要，然后专心致志地去做。也许那些成就了了不起的事情的人，也曾半途而废，有过一些被修改过的目标。但没有关系，生命这么长，时间就是要用来做这些决定、做这些事的。

当我理解了这一点以后，就觉得我也可以办到。那不再仅仅是一个让我仰望的人了，而是一个自然的人。我敢保证，不管别人觉得她的经历多么了不起，她自己都会觉得那是非常自然的事。如果对她表示敬佩，她很有可能还会很疑惑。

不管是对物品的爱，还是对人的爱，还是对梦想的爱，若要掂清分量计算值不值得，简直是不可能的事。能确定的就是自己是不是真的想要，如果是，就不惜代价去追求。如果有着这样的出发点，哪怕没有得到，哪怕半途而废，都没有关系，因为出发的时候是真心实意的，只有当下的真实是能确定的东西。结果不那么重要时，时间自然会给出答案。

有许多人跟我说：我的梦想是开一家像你这样的小店；想当一个海洋驯兽师；想当一个津津有味的拾荒人……说真的，我不相信欸。比如开店，如果想开就可以开始啊。海洋驯兽师需要什么条件呢？可以去那些单位打听，在网上打听，如何报考，如何准备，等等。我觉得，如果真的有梦想的话，不用遗憾地说起，也不用等待，因为它们都是可以马上着手实现的。有位读者想将来开一个花店，于是去了别人的花店打工，经常在网上发自己新扎的花束，并且观察花店是怎样经营的。接下来她打算用攒下来的钱去进修花艺。她跟她的梦想从来没有分离过。

遇到那些纠结的问题：减肥这么辛苦，真的要继续吗？买房子压力那么大，真的要买吗？这个人那么难搞，真的要在一起吗？环球旅行好像很麻烦，要准备很多，真的要去吗？学外语好累啊，真的要继续学吗？我渐渐发现，许多简单的问题其实都是终极问题。而复杂的问题，反而是简单的。

　　只要出发的时刻不纠结就可以，马上去做就好了。那么当下付出的最宝贵的时间和精力，就买到了最值得的东西。即使马上就死掉，也可以说自己从未虚度。"浪费"不正是我们最大的恐慌吗？但其实明天还没有来，没办法浪费明天的，能被浪费的，只有今天。

　　至于明天的忧虑，自有明天担当。

　　究竟应该为喜欢的东西花多少钱？

　　我觉得，为自己渴望的东西买单，应该倾尽所有，竭尽全力。

2014 年 12 月

不要把自由和信心拱手相让

1

海边有一条 800 米长的散步道，我和我的朋友 R 经常在那条路上跑步，来回跑。那天她跑了一段，开始在路边扶着栏杆做拉伸。我折返回来时，望见她两手压在栏杆上，腿站直，在弯腰往下压自己的上身。离她不远处，有个男人正在接近她。

我和那个男人从两头向她靠拢，我离得远一点，那个男人近一点。这时我可以清楚地看到那个人本来在小路中间的位置，却一直在向她所在的边上移动，从角度上来说，越来越近。

我突然感觉到，他可能想去拍她的屁股。但是，我离得还很远，似乎无法在那之前赶到她身边。尽管脚下越跑越快，我却眼睁睁地看着那人越来越近。除了朝着她飞奔，我竟没有想到要喊她一声。当那人已经要走到和她并排时，我却还有几十米。这时我终于瞪着他脱口喝道:"欸!!"

R吓了一跳,直起身来莫名其妙地望着我:"啊?怎么啦?"

其实我并不能肯定那人有没有那种打算,又是不是被我阻止了。我跑到她身边站定,看着那人若无其事地过去。当时我想,如果他胆敢伸手,我必定冲上去将他撞倒在地,然后抬脚狠踢他的下巴。虽然现实可能并非如同想象——我一生在动手时都只有被打的份,但那时我心中一片清明,毫无畏惧。那个时刻,我感到自己是有力的。这个下意识的反应和感受,让我觉得对自己又信任了一点,自由了一点。

2

事后我略微想了一下,我是否应该和她商量"以后我们不要在这里做拉伸?",结论是不。因为那人才是错的,我们没有做错什么。原本我们可以在这条海边的休闲小道上安安心心地跑步,拉伸,伸展自己的身体,像每个人一样享受这个地方。如果我这样吓唬她,吓唬自己,令我们在这里活动时心怀惊惧、四下张望、缩手缩脚,这可能是更大的损失。

我把这件事讲给朋友们听,大家争论很大:明明知道这里不安全,还不提出警告吗?还不注意吗?到时候吃亏的还不是自己!你说那些超级理想的社会有什么用?!

作为一名女性,我经常听到这样的言论:你不要那样穿,你不要天黑出门,你不要去走那些路,你不要一个人出去玩,你不要做那种动作……这都是为你好……这些无意识的,看似友善的建议,却隐隐像是在评价我。它们让我觉得如果遭遇事故,是因为我穿得不对,不应该去某些地方，不应该独自旅行。这种评价不断地排挤、压迫、圈定着我的空间，让我的生活一再被压缩。可能确实少了一些潜在的危险吧，但是我为什么会觉得不该是这样呢？为什么我并没有做错什么，却越来越瑟缩、惊惧，渐渐成为一个战战兢兢的人呢？

我不禁想，这种"小心一点"的界限，究竟是谁界定的？如果是关心我的人，他们的关心对不对？而且，他们的界定是从何而来的？似乎是从"坏人出没的地方"得出的结论。那么，他们岂不是在由坏人界定我的空间吗？而且，有时候连坏人都看不到，光是"想象"有"坏人"，就构成足够的限制了。

3

有位好友遭遇过未遂的侵犯，她在半年的时间里都感到非常痛苦，无法正常地生活。她离开了那个城市，停下了所有的工作和学习，沉默地过了半年以后，才开始诉说、咨询，开始好转。

如果她摔了一跤，或者被人无故暴打了一顿，哪怕到了骨断筋折那么严重的地步，应该会觉得自己很倒霉，并且立刻寻求治疗，但不会由于自责和羞耻而独自咀嚼痛苦。事件本身已经过去了，当务之急是修复实质性的伤害，从身体到精神上的。是什么使得她无法开口呢？实际上身体的小伤早已愈合，化解羞耻却是真正消耗了能量的。

那种"我怎么做都不对"的耻辱感哪里来的？会不会正是这些常年累积的、不公平的、泛泛的、表面上友善的告诫和评价造成的呢？

要不是写这篇文章，我根本就忘记了我这个朋友还遭遇过这么一件倒霉的事。她好得很，一切正常，那件事有那么些恶心，但是谈不上阴影。她好了，她在认识到错不在自己以后，渐渐重新成为一个开朗健康的女孩。我不会以同情之名倾轧她："那件事，真的把你害惨了。"没有这回事。

仔细想一想，那些身体侵犯带来的所谓"巨大伤害"，会不会也有一部分，发生在舆论想象和遗恨中？它和现实伤害的比例又是怎么样的呢？

4

类似的事件会有一种比喻的解法，比如"你就当被狗咬了"。被狗咬了是没法逼狗道歉的，还不就是"算我倒霉"。

但是我总在想，一些文章，一些观点，到底是讲给谁听的？

我觉得不是讲给那些"坏人"听的。我敢说没有一个性侵犯者会因为这些文章改邪归正，表示"我确实做得不对"。但是，这些沸沸扬扬的舆论让人很困惑：什么程度是被侵犯了？我应该打官司，还是应该生气？是应该一笑置之，还是应该默默痛苦？小孩摔了一跤，很痛，但他还不完全确定是"什么程度的痛"，这时如果妈妈爸爸爷爷奶奶都跑过来，纷纷加以抚慰，小孩一定会哭，会很委屈。如果若无其事地说一声"哎呀，摔了一跤"，他可能就会很痛地爬起来，很痛地继续去玩，同时觉得这种痛他可以承受。很多时候我们需要照镜子，用他人的反应作为参考，才能确定这是个什么程度、什么性质的事情。

但网络舆论不算是很好的镜子，经常像是哈哈镜。大家在表达观点的时候不能不汹涌，不能不异口同声，不然，就不足以刺激人们联结起来讨论一件事。

也许当事人觉得也没多大事，已经过去了。可是大家都义愤填膺地说"怎么把她弄成这个样子?！她受了多大的伤知道吗?！你们不道歉,她还能抬头做人吗？如果今天她没有受到公平对待,以后这件事发生在你身上会怎么样?！"

如果我是当事人,可能会感到很被动,除了要处理自己实际上受到的惊吓之外,还有另一层困惑和惊慌。这是把一个突发的事件,转化成慢性迟滞的伤害的因素。但这后续是本人可以控制的吗？

那种呐喊和义愤,可能会有一种负面的效应：似乎先定义了这是一种侮辱,再定义"你"已经受到了侮辱,最后确定你应该感到耻辱,并且负有洗刷耻辱的责任。好像女人们经历了性侵等等这样的事,从此就一定会（并且一定得）惊恐万状,心头笼罩着阴影。这种舆论环境,也许对加害者有警醒的效应,却不是适合让一个人回到"是的当时很难受,不过现在已经过去了,我已经好了"的状态的环境,对旁观者——那些绝不会做下流事,想知道自己或朋友遇到时该如何应对的人——来说,似乎也并不是好的参照。

有人做错了事,我们希望他付出代价,犯了罪,由法律制裁。我们对不道歉的声讨,主要和谁有关呢？我们是为了受害者本人吗？也许更多是为其他人的安全。被狗咬了的伤者,会有那么需要这只狗道歉吗？会因为狗的道歉而舒服些吗？不见得。其他人希望狗能学会规矩,而伤者能不能好起来,不取决于狗道不道歉。

如果有朝一日,人们对"被性侵过"和"骨折过"有着差不太多的感觉和处理,就好了。举个通俗一点的例子,在过去,失去"贞操"也被定义成"以后就这么完了"的事件,现在,众所周知,这件事已经不再那么重要了。

如果感到弱小的女性可以发觉"尽管我身体是脆弱的,但我仍然有力量解救自己,即使别人不这么认为",会不会有益一些?如果我们不过分同情某些人和事,用平常心去观察,听一听当事者的心声且分别对待,并且不因此受到惊吓将自己挤压,是不是更好?

关于这个问题的争论,我敢说无法改变哪怕一个"真正的"流氓。坏人永远都会存在。能够被改变的,是整个人类社会,是普通人内心的"普通的认识"。我盼望终有一天,性侵只意味着犯罪,而不意味着受害者心灵无可挽回的残缺。这样,女人才可以不因为自己的性别而感到恐惧。

5

但是,这对每一个人提出的要求可能更高了。无论情势如何、舆论如何,在事情发生的当时,要保护自己的身体。在事情发生以后,还要保护自己的心。

这种伤害的一部分是直接的,这种直接的伤害看得到,也比较容易被治疗。另一部分是间接的,它们来自这样一种论调:你受了如此巨大的伤害,你更加脆弱了,你现在无法承担自己的生活,必须躲起来,让我来保护你,因为这世界有些门对你关上了。

其实心灵的勇气和自由,对女人好,对男人同样好。我有一个在妇联工作过的朋友,讲过这么一件事:

一个男人打电话来状告他的情人。他们俩都有家室,相约一起离婚。现在他已经离了三年了,那个女人还没离。不光如此,那个女人除了在本市,在附近的几个城市还有不同的男朋友。

这个男的给过她一些钱,她有钱就去赌,赌光了,不知道去哪里弄到钱又赌。他实在气不过了，跑去报警，要求派出所管管这事。派出所说，你是自愿给的钱，这不能算诈骗吧?

"不是要抓她!"

"那算是经济纠纷吗?"

"也不要她还钱。"

"那这是什么事?"

"感情纠纷！派出所该评评理，能不能对我好点?!"

派出所的同志说，就算是两口子，我们也管不了。这个，找妇联可能靠谱一点。

于是他电话打到妇联来了。让他生气的这个女人说："我们不就是睡了一下吗，你怎么那么多事？我老公都管不了，你管那么多！"他说："你看看，什么叫'不就是睡了一下吗'?! 这个女人没有感情的吗?"

妇联的同志，也就是我的朋友碎碎说，这个我们也真的管不了啊。

她在妇联信访处接电话，上千个电话，大都是女人打来的。被家暴逼得走投无路的女博士、被"小三"又被合伙骗钱的女老板、绝望贫穷的母亲、众叛亲离的怀孕少女……像这个男人这种电话的比例，大概是几千分之一。说起来，我真想认识一下那位好赌滥交的妇女，问问她是从什么时候开始，怎样意识到自己这样自由的?

同时我还想了解一下这个女人的丈夫，问问他们为什么没有离婚，问问他对自己老婆的行为是怎么看待的。他可能非常弱势，控制不了对方，过着窝囊的生活：有一个对他没有尊重的老婆，不仅无法与之和睦相处，连离婚都不被允许。另一种可能是：这俩人都这样，都在外面混世，两个人都是这样混着过的，谁也不欠谁，谁也不需要谁，所以离不离无所谓。

还有一种颇有意味的可能就是：他认为我老婆就这样，我就喜欢她这样。他喜欢有这样一个老婆，她的存在无损于他的身心，并且让他感到愉快。

如果性成了一件越来越单纯的事，不涉及侵犯、占有、道德等等不属于性行为本身的一切，甚至不一定要涉及爱，那它可能将成为一种既不是筹码，也不是武器，而是被还原成单纯的行为和事实的、中性的东西。这样，就可以由每一个人自由地定义它。如果性的意味可以由自己定义，也允许他人定义，也许就意味着人的自由又向前走了一步。

我对此抱有期待，因为自由是一条异常困难的路，是只有人类才可以选的路，也是人类区别于普通动物的高级之处。

6

我想非常政治不正确地说：所谓伤害，并没有那么大。恐惧本身才是最伤人的，是可以持续地、自动自发地伤人的。我是一个特别懦弱的人，所以对"充满惊惧"的感受有过很多体会。由于曾经被当街打过，我有段时间不敢上街。不得不出门时，遇到每一个迎面而来的男人，我都觉得他会走上前来给我一耳光。那段时间我的心非常惊惧，我低头贴着墙脚走，甚至不敢抬眼看人。那是一种很痛苦的体会，世界非常地逼仄，但恐惧无边无际。实际上身体的伤早已经好了，我也不太可能再遇见那个人，遇见了他也不可能再打我，街上每个人都要打我就更不可能了。但恐惧就是这样把人压缩的。

我希望有朝一日，受到伤害的人可以痛痛快快地说："我看不起你，我无视你，我惩罚你，我报复你，但是我绝不怕你。我不会躲起来把世界让给你。"

我上中学时,学校附近有一个"遛鸟侠",女生们互相警告不要走那个巷子,因为那里有一个变态。大家都感到害怕,就算不得不去也会结伴同往。前几年我住的村子里也出现了一个"遛鸟侠",我听说后叫上了几个人在那条路巡逻了几次,想把这人抓住。但那人并没有再出现,我所居住的地方因此变美了一点。当然很多情况比这复杂得多,但基础逻辑是一样的:受害不是错,纠错没有错,损失和脆弱不是永恒的,要鼓起勇气,会好起来。

这篇文章是想写给一些感到困惑,不明白"这类事情到底有多大?我该多害怕、多愤怒?它怎么才算完结、才算圆满?它对我有何意义?"的人看的。

尤其是对那些被议论得沸沸扬扬的事件,可能需要多动些脑筋,把公众的声音和私人的感受区分开来,把对一个人说的话和对许多人说的话区分开来,把对加害者的话和对受害者的话,以及对旁观者的话区分开来。我自己在这类事情里,关心的是事故发生后,受害者怎么承担和看待自己的经历,这往往是最有帮助的。

因为我自己也是这其中的一员。我不想为了那些评价和想象,就把自由和信心拱手相让,更不想因为承担过损失,或可能承担某种损失,就相信我应当把自己其实能做的改变放弃,放手交由别人去看管,并无形中成为共同营造这种恐惧的助手。我承认我的身体是脆弱的,但那和对无惧地生活的渴望并不矛盾。而且,我觉得无惧地生活,甚至比安全更重要。

2016 年 4 月

不"漂亮"女孩史

1

很久很久以前,有一本叫《少男少女》的杂志,正是在我们班最流行的一本杂志。里面有篇文章说:微笑的女孩最美丽。里面还有个故事,讲的是一位不起眼的女孩,如何用微笑征服了所有人的心,成为很受欢迎的人。我看完以后大为振奋,努力练习出一种可以保持的笑容。现在想来,这本杂志可能还是不懂少女。拿我来说,我其实还根本不懂动人绚丽的微笑究竟是什么意思,也不知道那种微笑是什么样子的。在审美这条路上,我的认识不仅是0,甚至可能是负数。

不管怎么样,通过探索,我终于练成了一种露出上排牙齿的微笑。因为这样笑不吃力,脸不会抽筋,而且看起来也算是在笑。我以为这就是杂志里提倡的那种笑了。

但我也不知道这样整天微微咧着嘴到底好不好看,又到底有没有起到作用。有一天，我妈妈手上正忙活着什么活计，我把自己的脸伸到她面前，对着她，假装漫不经心地对着她，希望她注意到我（可能）已经成为一个可爱的少女。但是我的试验没有进行多久，她终于忍无可忍，抬起头来发火了："你在干吗？你这是在干吗呢？你看看，这个样子好看吗？"

　　说完，她也咧开了嘴露出上排的牙齿，含着怒气看着我。我看得呆住了。如果我精心练习出的微笑就是那个样子的，那真是一点也不可爱，很怪异，甚至是滑稽可笑又惹人厌烦的。我的脑中嗡嗡作响，强忍住一泡泪水，打消了使用微笑征服世界的念头，不再那样笑了。

　　还是在这个年纪，没过多久我就去外地读书了。我手中有了可以支配的钱，开始自己买衣服了。现在，真不忍心回想爸妈看到我时的心情：我穿着黑色漆皮带链子的外套和裤子——极度紧身的牛仔裤，完全拖到地上的收身长大衣，必须搭配12厘米高的高跟鞋，自己才能不踩到衣角。我还穿荧光绿、荧光红的裤子，还经常戴着一副骷髅骨架的项链。一个红光满面的、胖乎乎的城乡接合部少女，穿成那个样子，怎么可能会酷呢？想到那些打扮，我的手不由得离开键盘，紧紧捂住自己的脸。

　　而且，我那时候甚至不知道自己有多胖，对胖瘦没有概念，也不懂什么是合身的衣服。那些衣服、裤子经常是卡裆的，漆皮是会裂成一块一块的，毛衣是缩水起球打结的。我还到美发店把眉毛修成极细极挑的高挑眉，照镜子时总觉得自己神情惊讶，又说不出问题在哪里。毕竟，一切都是照着流行趋势来的，毕竟，我可是学美术的。我硬是接受了自己已经打扮得入情入理入时的感觉，丑丑地晃来晃去。

　　现在想想，我如果是我妈，彼时一定闹心得快死了。千辛万苦把女儿养到十几岁,她刚刚开始发育,乱七八糟地想着奇怪的事,做奇怪的打扮,一边非常愚蠢,一边又非常叛逆。也知道讲她是不会听的,可是眼睁睁地看着女儿做蠢事,甚至去讨好那些更为愚蠢的男孩,又是多么让人难以忍耐。散开头发坐在别人的摩托车上兜风,就以为自己是《心动》里的小柔;编两个麻花瓣,罔顾手臂粗得像腿的事实;穿上泡泡袖的裙子,就以为自己是《上海滩》里的冯程程;穿白上衣黑长裙,就觉得自己是简·爱;连《肉蒲团》里的花娘也想学一学,拗造型看自己的屁股能翘多高。

现在一看到朋友们生了女儿,各种甜美可爱,就会立刻联想"等她到了青春期……",我的朋友们将要面临怎样的闹心啊,简直悲从中来。我的父母真是太可怜了,其他城乡接合部少女的父母也太可怜了。我真替他们感到难过。

2

后来我又长大了一些,终于了解了一点和异性相处的秘密:他们喜欢快乐的女孩。我发现,如果他们说点笑话我就乐不可支的话,他们就会更喜欢和我说话。

我知道怎么把他们勾到手了——虽然我都不明白勾到手是什么意思,但有许多男孩子都爱和我玩。用现在的话说,我可能成了一个心机女。甚至我曾做梦,梦见有人谣传一个大人物要和我搞外遇,我面红耳赤地连连摆手:"不会的,不会的,怎么可能呢?人家怎么会看得上我……"

我醒来后久久嗟叹。到底要经历多少事情才能聪明一点?又或者这事,已经没救了?

实在是满怀歉意。如今我三十三岁了,我还在想,开读者见面会的时候让人真真地看到我,真是尴尬啊。长成这个样子,多不好意思啊。

当然,后来我对异性智力和肉体上的尊敬,都随着阅历的增长衰减了不少。我长大了,成为一个女人,知道了男人虽然占据了这个世界的一半——也许是一大半,但他们之中的大部分都很愚蠢并且不性感,我犯不着装模作样。我渐渐隐约地感觉到,自己的人生竟然和别人的是一样宝贵的,为任何事情装模作样都不值得。

为了克服这种容貌上的自卑,我也鼓起勇气尽心打扮,并且在一些媒体上露面。倘若留下视频资料,我自己仍然不敢看。照片呢,好看的也让我羞愧,觉得自己在诈骗;不好看的,也让我不甘心。我还是那样左右为难。

如果重活一遍,我能不能用累积的一点点聪明,使自己不那么为难?想来想去,还是一样的。如果说我长大了懂得了什么道理,那就是:重来一遍,我还会是这样。究竟应该怎么打扮,其实真的是一个终极问题,这意味着你要想清楚,你要做一个什么样的人,也就意味着,你要走很多的路,出很多的洋相,干很多蠢事。这个问题至今没有完结,也可能永远都没有答案。

如果装作自己根本不爱美,只着力于建设心灵美,完全放下关于"漂不漂亮"的想象,干脆把自己一摁到底,认定自己很丑,是不是就好了?是不是仍然可以获得社会生活中的必要空隙安然存在?有一年,我整个夏天只有两条短裤和三件T恤换来换去,说话满口爆粗,胡乱地剪了一个短发。那时候人们都叫我春爷,见到我就给我敬烟。人们围着我,与我勾肩搭背,席地而歌。而我,也满不在乎地把腿架到桌子上,说出各种各样激烈刻薄的话哗众取宠,甚至用自己的容貌编了许多笑话,并和其他人一起拍桌狂笑。用故作豪情的外表,与每个人保持着无法触碰的距离。

确实不再有人说我好看或不好看了,我完全地离开了那个体系。我把那个体系深深地藏在心里,假装它并不存在。直到有一天,我发现自己得了抑郁症。常常见面的朋友里,有一位的工作是心理咨询师。她有些难过地说:"我应该早些发觉你的病情的。现在想想,你的情绪确实过于稳定,我早该觉察到。"

3

有一次我打车,上车后司机大笑着说:"你刚才站在那里,我还以为是清洁工呢!你拦车我还看了半天,还想清洁工怎么会打车!"

还有一次,我独自站在一条没什么人的路边大哭。一个老头骑着车,攥着我问:"到底怎么了?!遇到什么事了?!你告诉我!我会帮助你啊!"最后我摆不脱这好心人,只好停下来说:"我没事,就是今天身体不舒服。"那个老头打量了我一眼,笃定地说:"是不是更年期的问题?你五十岁了吧!"

我一时语塞,摆摆手往前走去。那儿正是海边,我走远以后,趴在大桥的栏杆上捂住脸痛哭。心里想,要不跳下去算了?

到现在我也还不能把这件事完全当成笑话来讲,说起来还是会感到伤心。我知道自己佝偻着,整个人向下坠的样子,真的显得非常苍老,我的左边鬓角甚至有一缕厚厚的白发,如果不好好梳头,它就会

· 247

露出来。

但那个老头还是有点不对的吧。这种话非说不可吗？就不能忍忍、想想，再说吗？就不能讲究点教养吗？要我认了自己丑成那个样子，我也不服，不服，不服。有时候，女孩子打扮打扮，发几张矫揉造作的自拍，也是呐喊着一种斗志啊。哪怕有时候做得很拙劣，不也是爱美之路上的挣扎吗？

我认识太多的女孩子，别人都说她们好看，她们自己却无法忍受这些赞扬，死死咬定这只是某种不明原因的奉承，同时，自己也不配得到任何"美人才配获得的"殷勤。

我知道，女孩的成长有太多的弯路要走。对于容貌的自我评价，牵动着千头万绪的矛盾和苦涩：我用什么表情开始新的一天？我可以大声说出和别人不同的看法吗？我可以多花一点钱在享乐和虚荣上吗？我是否配得上真情？我的奋斗有没有可能获得匹配的收获？如果我真的像他们说的那样漂亮，为什么那么不如意？是不是我美丽一点，就会拥有更好的生活？……

胆怯一些的，把这种攻击留给自己；强硬一点的，把这些攻击投射到四面八方。无论哪种方法，都会让自己和别人不好过。这，就是我们许多女孩面临的一个难以平息的课题，一种不太幸运的人生。

一旦意识到自己就是没有那么幸运，直到成年都未能很好地抚平这黑洞，反倒感受到某种安慰。就当这是一种残疾吧。嘿！就算踏踏实实地站在那个比较低的起点上，仍然有一个世界可以探索。路，会一脚一脚被蹚平，就算走路的人是瘸的。

2016 年 1 月

无论怎么样都幸福

初中老师让同学们选优秀班干部,进行投票选举。我选了自己。确实是鼓起勇气,因为那是记名的投票,谁选了谁一目了然。但是我前思后想,真觉得自己是最好的班干部。只有我在自习课上维持秩序,我一个人出黑板报出到天黑,大扫除时我包揽最脏的卫生死角。我想:如果其他同学比我更好,我一定会选别人的,但是那个人的确是我,我不能因为害羞就不顾公平。后来,这一票竟成了决定性的一票,我因此当选市级优秀班干部。

爸爸、妈妈和老师都对这件事大为赞扬。我其实并不知道自己为什么被赞扬,没有人问过我为什么那样做。我猜他们认为我有了"好胜"的一面,是克服懦弱的表现。

尽管没明白为什么,但终归得到了赞扬的我,决定以后都要这样做。

到了上高中的年纪,我念的是艺校,学校里都是离开家到远处生活的十四五岁的半大孩子。入学,老师让大家推选班干部,我又推荐了自己。我站起来说我的履历，说我得的奖……但这次不同……我说话时，听到同学们的哄笑。

后来总有几个男生，常常跟在我后面学我站起来说话的样子，用一种滑稽可笑的语气，并且做出手舞足蹈的动作。我只能咽下苦果，默默走开。那个领头起哄的男生，几年以后和我的好朋友谈起了恋爱，我还和好朋友一起去他家玩。我们的关系变好了，他说，那时候笑我，是因为某件事情让他觉得我很讨厌他，所以对我发起反击。

他说的那件事是个误会。但这已经是毕业以后，而且那个男孩已经因为打架被学校开除了。我没有机会再问问其他人是不是讨厌我。前年有个男同学在网上联系到我，说当年觉得我是班里最漂亮的女生之一，字里行间表示出些许少年时有过爱慕的意思。我鼻酸了四五秒钟，然后把他归类到"又矬又瞎的人"里——撩拨成为作家的暗恋的女同学不是应该马上买一百本我的书到处送人吗？叫我送书是怎么回事?!

在漫长的青春期中，我都没弄清楚"主动站起来发言"到底对不对。要命的是，我就继续这么干了。大学入学，老师又要选班长，这次我很犹豫。一个男生站起来说："我当班长吧。"于是他当上了班长——没有人笑他。过了一段时间，老师要指定一些其他班干部，让大家自己去找她说。我说我要继续做文体委员。可是，竟然还有一个同学也在申请这个职位。老师让我们俩公开竞选。我认真地准备了演讲，另一个同学说："我没什么好说的，就选我吧，好吧，好吧。"

我差不多是被哄笑赶下台的，那个同学那句话还没有说完，许多人就举手，就定下了。是不是因为那样显得很酷，而我是愚蠢而拙劣的？那时候我才入学，和所有同学都不认识，我以为全班同学彼此都不熟悉。但是有些高考大省有自己的圈子，在美院的安徽人很少，本市那一年只有我一个。但我不太清楚这些，就以为大家都讨厌我。可能我大学同学真的讨厌我，我现在也不知道。

时间来到现在，一时之间，目之所及都是那些很激烈的观点、很极端的事件，都是"爆款"，都是"今日最佳"。哗众取宠、出风头，突然大行其道。每天有许多新的词和笑话被发明，等我了解了那是什么意思时，它们就变成了"过时的老梗"。一些人用最大的力气说话，一群人用最大的力气应和着，世界变得热闹非凡。寂静不会再被取笑，因为没有人去看不发出声音的人。连被取笑都变难了。

我以前在一个城中村住了好几年，在那里开了第一家晴天见。后来那个村足智多谋的村民迅速拆掉了自家所有的院子，所有围墙都被打穿，民宅全部拆掉搬迁，改建成商店。几个月后这些商店又重新装修变成另一些店，有时候我上午出门，晚上回去就换了邻居。有一条路，某天中午还能通行，我穿过它去取货，下午那条路上就起了一堵墙，墙上有门有窗，还刷上了墙画。

我小时候，日记写在本子里，在第一页会注明"谁看谁是猪"；现在，大家把日记到处写，然后用访问量评比谁的日记被看得最多、被点赞得最多。世界好热闹，但是我又经常觉得好荒凉。我身体里装着一堆哗啦哗啦作响的碎片，摇摇晃晃地经过人群，在沸反盈天的声音里反复迷路。

我在各种社交媒体上常收到长篇累牍的倾诉，可能是那些真的不知道找谁说、不知道怎么说出口的难过，只要想象出一个人看到了就可以了吧。一些情况下我做了回复，但对方常常受到惊吓，觉得给我添了麻烦，不再说话。还有一些情况是，对方说了很多而我早已在心中潦草厌烦地做出了结论：这一切只不过因为你是个浅薄自私的笨蛋，而且我一点也不关心你。

这是一个多么悲伤的真相啊。世界那么繁华，可每个人都孤零零的，联系我们的经常只有误解。

但是我也不能闭眼不去看，我害怕被时代抛弃。我没法在这个令人目眩神迷的中国假装自己是个欧洲农夫。出风头这件事遭遇过许多挫折，我能躲就躲，不知道什么时候会被轰下场。但是我现在好多了。我慢慢明白应该按照自己的心意来，去该去的地方说想说的话，遭到失败也没什么。这是一个多么晚熟的体会，我经历了二十多年才触摸到一点真正的诚实。我现在会想，就算被轰下场，人群里总有一两个想听到这些话的人，一两个也曾被糊涂地赞美、被取笑、被无视的人。为此就值得了。当我自己认输后，发现这样的人很多，这样的经历远远不只我一个人有。大家也都活着，或多或少带着点伤痛吧。但是有什么关系呢？活下去就会偶尔有幸福的时刻。若非要挨完漫长人生路，总有一帧值得受苦。

妈妈说每次给我算命时，算命的人都说我是半夜出生的狗，年轻的时候会很辛苦。因为半夜的时候，大家都在睡觉，只有狗在看家，会很累，报错警说不定还会挨打挨骂。如果是下午出生的狗就很享福了，下午的狗都在舒舒服服地打盹。不过还好，到中年时我将迎来人生的天光大亮。我一直盼着那一天。

但直到养了狗，我发现它什么时候都在舒舒服服地打盹和玩耍，才发现算命的根本就是在唬我。成长会让人失去很多东西，比如说某种"到了那天一切就会好起来"的希望，但是也会让人领悟另外一些东西，比如说，可能我也是另一种高等生物养的宠物，他们以为我们很幸福。想到这里我就也想幸福一点，毕竟我只是个宠物，不管是冲上前去狂吠，还是缩在角落里伤心，都是宠物的一点小波动罢了。放长远去看，主人把我养到老死，就是宠物最幸运的命运了。既然活得好好的，还有什么理由不幸福呢。

2016 年 7 月

这故事不是一个帅哥想认识我

前段时间收到一个豆邮,是个名字叫雷(Ray)的刚注册的帅哥想认识我。开心。那时候肺炎还是个"谣言",我还没听说。

可惜好景不长。他自我介绍是一个在纽约生活的骨科医生,在联合国工作。这么一说,我就搜了一下他的照片,噢,在一个"制服诱惑,魔鬼身材"的集合帖子里,看到了那张照片。

行吧。

他又介绍了一些别的事情。比如他心爱的妻子在八年前不幸意外去世,在这八年中,他非常低落。但是他有一个心爱的女儿丽莎(Lisa)。为了她,他总是告诉自己要振作,要挥舞着拳头揍向生活(这里的修辞手法是我自己补充的。因为他在用一种非常奇异的英语,并且不知道在用什么翻译软件,翻译成了更奇异的汉语)。

总之,他人生的志愿就是来中国生活,并且拥有自己的家庭。他请求我帮他学习汉语。

行。我是一个乐观的人。我觉得即使不是一个帅哥想认识我,说不定我也可以卖两本书出去。我就说，我是一个作家，不少中文老师会在课堂上用我的文章呢，你找我真是太对了。然后反手就发了我书的购买链接。

他说："噢，亲爱的，我真希望自己现在就能读到它！"我说我也希望。他说感谢我教他汉语。我说不用谢。

接着不知道怎么回事，节奏就很快了，不知道为什么，他开始请求我，问可不可以把我当作他最爱的女人，因为自从八年前他妻子死后，他就再也没有这样动过心，这样向往和一个人组建家庭。节奏真的很快，我感觉最多就三天。

作为一名普普通通的女性，我好像没有收到过这样海量的甜言蜜语。打开手机至少一屏[1]。试问在座的各位，你们收到过吗？一天几十屏的赞美，而且基本都不怎么需要回。我只要回一个字，他就会接着发"你的微笑就是我一生的期盼"。

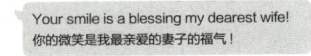

> Your smile is a blessing my dearest wife!
> 你的微笑是我最亲爱的妻子的福气！

> 给你个吻

感恩师兄慈悲分享

"你收到过这么多花吗？"我问乐乐。她也收到了雷的豆邮。乐乐说收到了花但没有这么多。于是我收到花就发到我们的群里。大家都

---

[1] 本文中对话均为截图，英文单词、语法等未做修改。

挺高兴,说,咱美国老公送花啦!

又过了一两天,丽莎把我添加为好友。丽莎是雷的女儿,十六岁,在伦敦学医,因为她想成为像爸爸一样的最优秀的医生。丽莎一加我为好友,就告诉我:"想你,妈妈,爱你,妈妈。"她还会给我发她的照片,每天都说早安晚安,跟我倾诉她的快乐、思念和日常生活,比如要考试了之类的。

我是个乐观的人,我说过了。我觉得,人家不但派出两个NPC[1],还开了两条故事线。每天都发几十条信息赞美我以及表达爱意。我有什么可抱怨的呢?爱有何辜?

我也和他们分享我的生活,比如我现在去吃饭,这是我的狗,我刚结束一天的工作,等等。他时常描绘他在中国建造大医院,给我买跑车,与我和丽莎在中国,在人少的地方过着宁静生活的场景。我说,中国是世界上人口最多的国家。他说只要我们去找,就会找到。

好的。如果不去管可疑的一切,也可以说是有点温馨的。

我也真的很想知道这个人到底想干吗。我是个乐观的人,我问乐乐:"你觉得什么结局最让人意外?"她说:"最后你骗了他三百万。"

那确实是挺让人意外的。

故事线走到三口之家了。虽然说也不都那么顺利。

比如他给我看他和狗的合影。我说:"它好可爱,叫什么名字?"他说:"它叫哈士奇(Husky)。"我真的有一些惊讶……

---

[1] 游戏中的非玩家控制角色(non-player character)。

> Her Name Is Husky?
> 我以为我告诉你了亲爱的 .. 她的名字叫赫斯基？

> Husky... 是这个种类的名字，你就直接叫它 Husky 吗？

> I normally take him out when I am going out for a walk cause he likes to play a lot. He stretches a lot when he misses me. I chose to call her Husky cause it suite her so much
> 我通常出去散步时带他出去，因为他喜欢玩很多。想念我时他会伸展很多。我选择称呼她为"赫斯基"，因为它非常适合她

> 喔 这样起名字真的很特别

那个瞬间我心里有一点想放弃了，"这是不是一个在越南农村的留级初中生？"的闪念跃入脑海，不过我还是运用强大的内力将它逼了出去。

一小段失联后，新的地图打开了。

他被紧急派遣到了阿富汗战地进行支援，住在迷彩帐篷里。他在那里只有第一天可以给我发一些照片，以后的视频、转账、录音等行为都是非法的。他在那里工作四十天就会得到一大笔钱，这个合同结束时，他就可以退休，来中国建造医院，给我买大房子和跑车。

此外，我不能告诉丽莎他在哪里，因为丽莎还是个孩子。我猜这个设置大概是一个关键。

有一天，丽莎说她的考试需要一台新的笔记本电脑。她找我帮她买。我说我没有钱，找你的爸爸。顺便我也发了一个链接。那台塑封机卖 3000 元，虽然我还不知道买了要干吗以及放在哪儿。但是万一呢？反正都是要打钱，万一顺便帮我买了呢？

> Lisa is texting me now
> Have you talked to her lately i hope you guys are best of friends already
> She told me she loves you can't wait to come to china i felt so happy
> 丽莎现在发短信给我
> 你最近有和她谈过吗，我希望你们已经是最好的朋友了
> 她告诉我她爱你等不及要来中国了，我感到非常高兴

> 有啊 她刚刚还在和我聊天。她正在和你沟通关于笔记本电脑的事不是吗？

> 她想要我给她一台笔记本电脑，我说很抱歉我没有。我还在攒钱买一个这个机器：

> 【鑫凯驰 BS-G4525 喷气式热收缩膜包装机全自动热缩膜包装机 消毒餐具热收缩机化妆品礼盒塑封机热缩机】，複ㄗ製整句话 ¢dWkb1d1TeAo¢ 移步到 taoba0

这一天湖北省襄阳市"封城"，从那天开始，湖北除了神农架林区外全部封控。丽莎考试的日子一天天逼近，而我每天都不得不提醒他们，我需要的那台塑封机都没有买呢。丽莎说她只是需要一台电脑考试，而她的爸爸却不给她转账，这究竟是怎么回事，为什么我们都不告诉她，她崩溃了。雷也说他崩溃了。我安慰着他。

> 早知道会有这种情况，也许你应该把一些钱交给我，好让我随时照顾 Lisa。这真是令人沮丧。

> If things wait how can she talk to us How can she write her exams?
> She might fail and exams and also losing contact with me still i return and you know she doesn't even know where i am right now !
> 如果事情还在等她怎么能和我们说话她怎么写考试? 她可能会失败，考试并失去与我的联系，但我仍会返回，而且你知道她甚至不知道我现在在哪里！

> Yes honey
> That is all my regret dear i wish i had know that is exactly what i would have done
> I know you will take good care of her
> I trust and believe you so so much honey
> Is so frustrating and bad like you said i feel like going crazy for my self now !
> 是的，亲爱的
> 亲爱的，这就是我所有的遗憾，我希望我知道那正是我会做的
> 我知道你会好好照顾她的
> 我非常信任并相信你，亲爱的
> 就像你说的那样令人沮丧和沮丧，我现在想为我自己疯狂！

> 🖤🖤😞

> 别太难过，谁都不想的。

在丽莎考试的那个周一，感染者的数目成了某种我记不住的模糊数字。我还是没有给丽莎买电脑的钱，他们也没有再和我说话。

我和其他人一样，偶尔看看新闻，看看那些标题，看看书。戴上口罩，去遛一下狗，买一点菜。回到家洗手，用酒精喷洒带回来的东西，把外套挂到阳台上吹风。我也想起过他们。我一个人思念我们仨。

过了两天，雷再次联系了我。我俩好像杠上了。我无法置信，这希望得燃烧得多么强烈才会还不放弃？这行业是不是太难赚了？我想他可能也无法置信，如果不是相信了他的话，怎么可能会有正常人敷衍至今？

他中弹了；

他很崩溃；

他希望提前离开阿富汗；

他在和董事会的官员进行交谈；

他拿到钱就会带我去美国，直到病毒被清理干净；

他们付了他一半的工资，500万美元。

为他高兴,我说:"有很多中国人可能即将失去工作和收入。"

他说他要把这些钱寄给我,然后我就再也不用工作了。

我说:"我喜欢工作,我只担心会没有工作可做。"

他说:"我知道你对工作有多重视,但我不希望你再工作了。"

行吧。

"现在,你需要把你的资料发给我,然后那家为我运送的船运公司会联系你,你将需要付很少的一笔钱。"

我说:"现金不要寄了,太危险了。"

他说:"没关系,是将军分配给我的运输公司。"

"如果需要付邮费,为什么不直接从那个盒子里拿?"

"因为那家公司要求收件人付这笔钱。"

"明白了,就是货到付款,那么我收到盒子的时候付钱。"

"货运公司的运作方式是先支付费用,它才能到达中国。亲爱的,我们要快点处理这件事,因为阿富汗的情况每天都在恶化,塔利班正在为另一次袭击重组组织。"

"既然要先付钱,为什么不能从盒子里拿钱?"

"他说,亲爱的,因为这是运输公司的政策,他们想确定接收这笔钱的人是否知道并且同意。"

"那你说你是帮我付的不就行了吗?"

"亲爱的,公司是不会接受我为你付款的,因为你是接收它的人,他们想确保你同意,因为这不是一个普通的进入中国的盒子……我会尽全力尽快离开这里,我的枪伤导致我不能乘坐飞机……如果你认为你不会收到包裹,请你告诉我,因为你开始给我这样的态度时,我讨厌它……"

我的心情变得很坏。

"我确实不相信会收到这个包裹。

"我也不相信今天的世界上还有这样的现金支付。

"你的照片也都是假的。

"你也不是一个骨科医生,因为照片上的人穿的是牙医的衣服。

"你究竟是谁呢?

"我们不要谈这些虚构的钱和故事了好吗?

"请告诉我,真实的你是谁?你是一个男人还是一个女人?你在哪里生活?……我一直知道你说的都不是真的,但是我也不想把你看作骗子,因为我希望有朝一日我们不再演这个故事,而是作为真实的人来交谈……我想认识你。

"中国处在一场惊人的流行病里,它的传染性使得每个人都要待在家,接收一些真真假假的信息,隔着网络着急。有很多大事发生了,澳洲、科比……有很多数字,有一些人死了,有一些人很可恶,有些形势、信号、机制……驰援、抑制、突发……

"人们谈论着大事情,可我总不知道该说些什么。也许我只知道担忧自己……

"我感到很孤独。我想要一个真实的朋友。"

他没有再回复我。

2020 年 1 月

其实你不想要自由

1

在我最低落时，曾绞尽脑汁地想：如果准备去死，我想做的最后一件事是什么？想了很久，我把"学会一支弗拉门戈舞，在雨里跳"写在了清单里。过了两年，我终于打听到哪里可以找到老师。这个课很贵，上课的地方还很远，每次光打车费就要近百元。但我还是上了下来，直到有一天我不想再去了。

前几天我突然明白过来，对我这么重要的舞蹈课，为什么我不想再去了。因为老师开始跟我聊天，我就去住院了！其实是因为强脊炎发作，但我觉得是因为我不想上课了，所以才发作的。

我出院后，老师问我什么时候上完剩下的课，我竟然恐慌得把她"拉黑"了。现在早已过了她规定的三个月的课程有效期，所以她已经从黑名单里出来了，我想她应该不知道她曾经被"拉黑"过……

刚开始，我们都很酷。到了舞蹈室，她一言不发，就扔个垫子叫我去一边拉伸。我龇牙咧嘴，她冷漠无情，跟我说"你这样不行，要多练"。

后来她看到了我的朋友圈，还知道了我在厦门的读者见面会，后来，我们就开始聊天了……她问我认不认识某某作家，那是她的朋友；聊未来的打算和理想……有一次我们聊了快一个小时。我是很喜欢她的，但我真的不想说话。我买一对一的课，不就是因为不想结交新朋友吗？

还有一次，我到时，前面的学员还没走，她给我介绍：这是你的读者，是你店里的客人。当时我真的感到压力巨大。其实我已经上了八次课，只差四次就完成了，或者至少可以再上那么一两次。但是我害怕被问到近况……总之，我真的不想动脑筋，不想开口说话。

意外的是，舞蹈课让我感到最有滋味的，渐渐不再是那个跳一支舞的目标，而是有人在身边注意我，我又可以一言不发。那是一段密闭、静默、既有交流又专注的、有主题的时间。老师的舞蹈室里除了我和她，还有许多镜子和一只猫。她对我说"重来""呼吸""用力""自己打拍子"的时候，注意着我微小的变化。只要听她的话，我就可以没有思绪地度过一小时专心致志的时间，并且最后我也许能跳上一支舞，我们都会为这过程和结果感到高兴。这样做伴，让我感到非常平静。

2

自由是很可怕的，彻底的自由就是孤独。爱也好，恨也好，进步也好，堕落也好，没有人在乎，这是自由，更是孤独。自己做，自己撑，自己鼓捣，就算开心，也辛苦。

所以啊，要有些时间把自己交给别人指挥。

坐火车卧铺时，乘务员敲着门说"关灯啊"。在机场去换登机牌，去排队安检，听广播指挥着干这干那。空乘喊你系安全带，关手机，喝水吃饭，别站起来，提醒你待会儿厕所不能用了，抓紧时间啊，都叫人很安心呢。

又比如健身私教，叫你吃这个，不吃那个，举这个，举那个。说你今天又进步了；说你可以做到，再来一组；问你痛吗，但是这个痛没关系——都是听别人的话，踏踏实实。

去按摩，任人蹂躏，看电影时随它的剧情哭哭笑笑，往死里吃辣辣得涕泪交加，都是把自己交出去啊。以前有个朋友说，他遇到多大的事都没有哭过，但是看电影特别能哭，哭到堪称肝肠寸断。我想他就是开启了"心甘情愿被洗脑模式"吧。

去理发店洗头，被洗头的小哥小妹托着头，不用自己用力，就算洗头力道不太对，也错不到哪里去。这个头平时好重啊，你帮我拿一会儿，好轻松。不过剪头发的时候，又要自己做主了，很苦。

我想养猫也是这么回事。大家都管猫叫"主子"了。因为猫的性情很真实，它神经兮兮的、懒洋洋的，不把人类放在眼里，想怎么样就怎么样。满足它，你会觉得它是真的会高兴。所以满足它，被它控制，但是这控制又在一定的限度里，会让人感到开心。

霸道总裁为什么那么"苏"？"少废话，听我的没错。""女人，你是在玩火。"这种台词的意思就是：由我全权负责吧。它们会让人这样想：好啦，就交给你啦，不管怎么样都是你的事。

所以信仰也是这样啦。有人说，你背着很多东西往前走，但是你有了信仰，就像背着它们上了火车。火车的方向在那边，你可以放下这些东西，让火车运载。没有背负，不再选择，怎么能不安宁呢。"都拜托给你，我不要自由啦。"双手合十，鞠躬感谢。

3

SM游戏也是对自由与控制的一种完美诠释。SM游戏中，看起来是S完全控制M，然而这意味着S要密切专注地观察M，因为M的反馈是S的动力。所以SM是互相信任的两个人探索亲密关系的一段冒险，经历这种冒险会得到异乎寻常的亲密和满足。表面上S是游戏的设计者，但M才是享受游戏的人。我总觉得应该人人都有M的成分，都会有交出自由的渴望。在SM游戏里，反馈又很直接："性感"的、身体的，可见、可量化、可比较的反馈。这真是人类心灵探测的完美模式啊。

我觉得，渴望自由是很表面的，渴望控制才是内在的。"你可以自己选择幸福"，如果人们真的理解了这句话，这句话就变得太吓人啦。这意味着一切不幸都是自己导致的，接受这一点多么让人难过。所以，我们宁愿这样想：都赖我的命不好，都赖我的父母对我不好，都赖我的环境不好，都赖我身体不好，都赖我的伴侣不好……

我们不可以原谅。因为原谅了以后，就都要靠自己了……

不——要——啊！

人想被控制有一个很强烈的表现，就是以为自己渴望爱情。很多人想放弃自己真正的情绪，只为别人起伏。想让自己的行为有参照、有意义、有回应。爱情太好了，因为它充满作用力，所以就连令人痛苦的那部分都是好的。那让人们的呐喊有了回音，而不是进入茫茫虚空。我猜这不是真的爱情。

但实际上，如果是因为抗拒孤独，在妈妈肚子里更好。只是这个选项没有了，所以我们选了很多其他的东西。幸运的是，其他的选项有很多，比如坐飞机、按摩、上各种各样的课、看电影、养猫、找一个信仰、谈一场恋爱。这些选项让我们可以在想放弃自由的时候放弃一些，它们让孤独变得进退有方，丰富多彩。同时，也许还能顺便创造出文明。

2016 年 8 月

你想要怎样一张脸

在新年假期的糖公益跳蚤市场上,我摆了个修眉的摊,给不少人修眉。有些思考,但是一直都不大成形,现在我试着讲一讲。

有个女孩子,长着圆圆的年轻的脸。我问她有什么构思,她说我不知道,我脸圆,眉毛应该尖一些吧。她的眉毛比较浓,已经修成了平直的形状,眉峰、眉尾都是锋利的角。

我说:"那修尖一些会怎么样?"

她说:"就显得脸不那么圆。"

我问:"圆脸不好吗?"

她就笑了笑,显得有些局促和虚弱。这个时候,她看起来有些犹豫,苍白,闪烁其词。

我又问:"圆脸经常会带有一种圆润、妩媚、甜美的感觉。你觉得这样不好吗?"

她说:"也好的……我其实不知道,就按你的来吧。"

我又说:"你的眉毛很浓,通常化妆师会让你把浓眉改淡,淡于发色,这样可以突出你瞳仁的颜色,突出你的眼睛。但我如果是你,我会偏偏画得更浓更黑。你的眼睛这么有力,睫毛和瞳孔都这么黑,你不需要通过改淡眉毛来突出眼睛,而是通过画出更浓的眉毛,来突出眼眉这一整片,让自己的眉眼颜色非常重非常有神。你有一对浓眉,你却加重它,这将会表达出'你喜欢自己'的信息——没有人可以忽略你漆黑的眼睛和眉毛。"

她说:"好啊,可以试试。"

于是我把眉毛原先锋利的形状都修圆,并且用最深的眉粉加重。然后她照镜子,明显吓了一跳。

我说:"你不喜欢吗?说说看。"

她又端详了一会儿,慢慢笑起来,慢慢地说:"一开始,真的很陌生,但是越看,越喜欢……我想尝试看看,这个样子。"

然后她转过脸去,给她的朋友看,给周围的陌生人看。我听到许多人在说"哇,好好看!"。我最开始见到她时,她的脸上有许多自己想要藏起来的东西,例如圆的脸型、牙齿,还有原本弯弯的眉毛和灿烂的笑容。现在她看起来明艳了十倍。

我记得我们刚开始谈话时,她抿着嘴文静地轻笑。她原本还有些担心自己的牙齿不好看,在那张照片里,她笑开了,露出了上下两排牙。她笑着让人给自己拍了一张照片。照片里鼻子皱向眼睛,她看上去很开怀,很辣。我看着她,感到心花怒放。

我可能还是没有说清楚,我的意思可能是:美是力量。力量来自"这就是我","我在享受我自己"。我们用穿着、妆容和神情姿态,说明"这是我喜欢的自己"。我们无法不在日常生活中展示自己的外表,那么这个外表我要遮掩还是热烈地呈现,这说明我内心的力量。这个部分，是自己可以决定的。我想要怎样的一张脸，我可以自己决定。

这个结论令我惊讶。我以前可能也隐约这样想过，但没有这么确定地说过。说出这种话的我，一度把自己吓了一跳。

回想起来，在我最抑郁的那段时间的照片里，我的嘴巴都笑得特别特别大，仿佛在努力表示"我这个人很容易开心，我不麻烦；只有这个样子是被允许的"。现在，死相多了。换句话说：我要自己决定我的样子。这在某种意义上来说，石破天惊。

我可能还是没有说清楚，但现在只能说成这样了。也许有读者可以给我说说，我到底在说啥。没有的话，也没事。

2021 年 2 月

这多余的生活

看到了江绪林老师在微博上的遗书。他在微博上留下的遗书，昨天看时只有十来条留言，今天已有近一万条了。说真的，我生所有人的气，生江绪林的气——你看，你弄得自己没法阻止这些人跑来留言了。我也生我自己的气——我根本就不关心他，刚刚知道世界上有这么一个人，我却在这里议论他。

那条微博还配有一张自拍照片，照片里是一张疑惧和疲倦的脸，看不到多少情绪。他没有望着什么东西，好像心脏那里没有血在搏动，在死去的那一刻之前就已经枯竭了，没剩什么可以从眼睛里透出来。脸上的纹路都很深，像沟渠一般交错于面庞，那些纹路刻下许多不快乐表情的残影。

他是一位基督徒啊，我还想着教会是最后一条路呢。孙仲旭老师是在住院治疗时自杀的，江绪林老师是基督徒。住院和信仰，都是我心目中的退路，他们把这些都否了。

我知道，我知道泛泛而谈没有意义，每个人的地点、过程和结局都会不同。只是我这会儿乐意这么想而已。

翻了江绪林老师几十页微博以及他回复的留言评论,他似乎经常心绪忧愁,但是情况是近两个月才恶劣至此的。他认为自己熬得过抑郁,有法子对付,比如他知道自己说出来便可疏解,就一直没有寻求治疗。

我想,他的选择不是自由的选择,而主要是病症的体现。病人其实考虑不好自杀这么大的事。想自杀,要先治病啊。想自杀应该先去跑半年步,去医院看看,把想骂的骂了,想追的人追到,想买的买了,想去的地方去了,爱过恨过哭过笑过走过疯过,把这一切做完以后仍然意志坚定地非死不可的人,才算是一个有能力做出生死之选的人。否则,死了也不是自由人。人生是个赌局,命是唯一的筹码,花掉才算输啊。

也不用为了什么才去寻求治疗,没有为什么的,就是什么都试试。反正跑步、看医生,也不一定会好起来,怕什么呢?

我最近总是在想自杀的方式。其实我并没有觉得情绪不好,只是觉得没什么意思。我也没有任何要和谁交代的事。我已经没有什么不好了,生活也无障碍,工作也可以进行。这是怎么回事呢?

会不会我真的适合死掉?有没有那种情况,其实人是健康的,只是活够了。什么都好,就是活腻了。难道没有这种人吗?我总想死这件事,可能是病的原因,但会不会其实我就是这么一个人?

我又认真地想,究竟是什么让我厌倦。好像是任何事,所有事。该做什么我就去做,没有什么期待,对结果也不兴奋。我知道自杀是不对的,但这种"不对",完全出于本能和常识。同时我也觉得最好别去分析为什么,因为我没有能力说服自己。

海贤老师问我:"在死之前要做十件事的话,会做什么?"

第一件事不用想,就是要把这本书写完。我想完成它。已经写了一大半,我想告诉别人我尽力了,一个人真实的、失败的一生,被我记了下来。我猜这里隐藏着我的恨意:我都知道,我都做了,但是没有用,这世界的正能量像荒漠般包围着我,现在我脱身了,再见。除此之外,其实我没有想到第二件事。

我相信自己说的话,也觉得做的事不是全无意义。更多时候,心里有个声音一直在说:"这些确实还不错,不过都比不上马上去死啦。"不知道有没有什么药,或者电击之类的,能把这种念头抹去。我并不危险,绝对不会把自杀付诸行动。只是那种声音让我好累,没有力气,我还是希望它消失。

谁的人生不是一无所得、一无所能、一无所求,只身揣着一个筹码进入赌场呢?所以,先不要着急好了,来都来了,玩几把呗,人人都会玩到输光为止。有何好比,有何孤单?身体不好、心情不好,怎么能自杀呢?这个理由很荒谬,可以都对,但也可以都不对。即使在过着多余的生活,但是我又算老几呢?凭什么我就能过上分内的生活呢?

2016 年 9 月

这是我的想象

你有没有那种感觉,有时候走在街上,会打量迎面走来的人。他往哪里去?他如何那么肯定地知道自己要去那里?那一个走得那样慢,他又怀着什么心思?那个人不快不慢,是什么让他这样坦然又自信地走着?有时候,我会久久看着街边下棋的、晒太阳的老人,想着他们曾度过多么漫长的一生,如今的样子这样苦涩,这样迷人。你有没有觉得在路上走着的、摇摇晃晃的,是自己破碎过后的、灰烬一样的身躯?举目望去,干干净净。

有个病友说,她治病花了两年的时间,什么都没做,现在病好了,不知该怎么弥补失去的时间。但是治病并不是什么都没做,治病很忙的。才两年的时间就把病治好了,是很大的成就。很多人还病着,仍然处在什么都做不了的状态,还没有余力去想"怎么弥补失去的时间",有的人甚至丧失了生命。两年,完成了了不起的事,这是很出色的两年,运气很好的两年。

人会比树厉害吗?我有时候想,自己如果是一棵树——如果是一棵树，这几年无非就是把叶子脱落、休养生息的几年。

我常常看着门口的海。海面每天都要起落，比树还纯粹。潮起潮落什么都不为，只是这样起起落落。人生大起大落确实很辛苦，但是人生如果一直大起，或者一落再落，想想也觉得好累。有时候欢欣更叫我难以忍受，甚至会将我刺痛。想一头扎进海中央，被传说中的茫茫白雾包围，心中毒浪翻涌，仿佛踏在黑色的诅咒上跋涉，对心中的无所谓，感到畏惧。

我曾经梦见自己望向自己，那是多么痛的眼神，好像一瞬间眼睛深处的秘密被砍了十刀八刀，破破烂烂，乱七八糟的一个眼神。我在那一眼里想到了自己的独特之处。我的文章，可以当成一个已经死去的人写下的东西。这是我最特别之处。因为是一个死去的人，所以能看见自己。前些时候重看了一下很多人说和我相似的李娟的散文，发现自己和她以前有交点——那种万物有灵的价值观。但在短暂的相交以后我们分开了，她越来越想活，变得平静而稀薄。我走向了相反的方向。

我有点明白一些艺术家是怎样一步步走向自杀的了。他们勤勉、创造、欢笑的部分，是在告诉自己：已经穷尽了所有可能，我尽力了。

我想摆脱惯例，把自己的喜乐和善恶用一种材料去制作，过一种没有意义、没有精神支柱、没有兴趣爱好，也没有恐惧的生活。没有彼岸，不成为任何人，也不成为"更好的自己"。身处世界的尽头，硬币的侧边，等式里 0 的位置。我只在此处，此处也跟随我。没有什么被错过，也没有什么在等我。在这里我气定神闲，非常安心。这是我对死的想象。

2016 年 11 月

身残才不会志坚，但勇气的确可以开出花

那天去看了《滚蛋吧！肿瘤君》，昏昏沉沉地总觉得这电影有什么不对，但是一时之间说不上来。过了很久，我才终于明白了自己的感觉：这实在不是一部好电影，它实在把疾病和痛苦粉饰得太过分了。

我没有办法把这部电影当成虚构作品来对待，毕竟熊顿其人其事是真的。白百何饰演的熊顿在影片开始时顶着桌子溜出餐厅，在公司会议上去擦上司痣上盖的粉，最后又娱乐化地处理前男友的形象，还有浪漫唯美的医院、大雪和各种精美的室内场景，熊顿自始至终都那么好，有那么漂亮的气色，她的家人从未为钱犯过难，好友、室友如此尽心尽力地爱她、帮她，连长年累月亲历无数病患生死的医生，也单独对她如此动情。这些真是令人难受的粉饰。

也许，熊顿面对病痛、生死后，做出了一个笑对的选择，而导演又包装和夸张处理了一次。我不知道其他观众在看什么，我只感到这电影太轻浮。我想，也许熊顿无法谅解自己没有撒手尽情去活、去行动，有那么多心愿来不及实现，只好轻轻地处理了这种悔恨和痛楚。

而死者为大，加上商业的需求，使得导演对这个部分蜻蜓点水、轻描淡写。

是的，并非身残就会志坚，并且即使志坚，也是人类生活中一个微不足道的情节。它本身是谈不上有什么能量的，它只是个念头。

看的人多嗟叹"健康很重要，比起她我这不算什么"，这何尝不残忍呢？以他人之死照出己身之活？

其实，这种话谁又不是说说就过去了，把希望寄托于别人的不幸经历的震动，是不现实的。若是如此，从幼年时知道张海迪开始，我们就该"一振不蹶"了。被设置成"好了伤疤忘了痛"这种模式，是种保护啊。

我自己所经历的是什么样的情景呢？爸爸当初的情况不多说了，因为那时我还太年轻。只说离我最近的乐乐。乐乐那天跟我说，到店里二楼，她要和我说件事。我的心狂跳，已经知道了有坏事，心沉得像铁一样。在场的是我、乐乐和阿紫三个人。关于具体是怎么说出来的的记忆已经模糊一团。我只记得阿紫眼皮通红，她说："乐乐，你怎么这么可怜？"我说："乐乐，你太倒霉了。"

我们说了一些别的，诊断具体如何，在哪里的医院看，手上的事情怎么安排，房子怎么办，钱的事情怎么解决，还有猫怎么办。乐乐可能无法承受这种冷淡而残酷的对话了，她故作轻松地说："我的头发本来就少，好不容易养这么长，这下要变光头了。"我想起了很多类似的故事，我说："乐乐，没事，到时候我和阿紫陪你剃光头。"阿紫愣了一下说："什么？要剃你自己剃，我可不要光头。"我也愣了一下，然后，三个人一起哈哈哈地大笑起来。

我终于走上前去，抱着乐乐说："你先回家治病，我会去看你的。"

阿紫也走过来，伸出她的长胳膊抱住我们俩。那是自始至终我们唯一的一次拥抱。日常的生活中，好友之间大概也只能这样了。而面对癌症，光头是里面最不重要、最不痛苦的一个环节。说癌症就拿光头说事，太轻佻了，太令我生气了。

阿紫叹息着说："我也想去看你，如果我有钱，我一定会去看你。如果我没有去，那一定是因为我没有钱。"

乐乐说："好的。"

那年过完年，我在正月去岳阳看了乐乐一次。当时她已经做过两轮化疗回家休息，已经剃光了头发，戴上了厚厚的帽子。因为药物的作用，她看起来胖了很多。她每天一边大把大把地吃着止痛药，一边以一天五六千字的速度完成她的书稿。我没有去她家，找了一个酒店住下。

第二天，岳阳下了一点小雪，丑丑脏脏的街道被铺上一层薄雪。我们说，现在开始假装岳阳是北海道，我们是两个在北海道悠然散步的少女，仍可发出少女的、银铃般的笑声。而后我们又散步到洞庭湖，并无水天一色的壮丽，只有灰蒙蒙的短暂视野。我们看了一眼，继续走。乐乐指着一栋被围墙围起来的建筑问我："那个就是岳阳楼，你想上去看看吗？"我说："不想。"她说："那我可真是松了一口气。"后来我们就上了小三轮车，去乐乐最喜欢的粉店吃了一碗米粉。这是我两天来第二次去吃这个粉了。再然后我们就回到了宾馆，躺着看电视。看完一期江苏台的相亲节目《非诚勿扰》，又发现另一个台在放葛优演的电影《非诚勿扰》。两个都看完已经到了凌晨2点，其间穿插了一些自拍活动，和阿紫视频通话活动，最后终于睡着。

第二天，我去搭火车，乐乐问我要不要带点特产，我心里想着乐乐不会死，嘴里却说不要，懒得拿。我买了一根鸭脖子在路上吃，就这样回了家。我们面对病痛，面对离别，就是这样笨拙的。我们都尽力了。

那年过年后，我又回到厦门，和当时还未离婚的前任继续分居。不久后阿紫发现现在已成前夫的人早已出轨，她忙着从自己的"粪坑"里爬出来，顾不上我或乐乐。乐乐又在岳阳待了一段时间，她现在的老公、当时的网友五十块，去了岳阳找她。第一次上床，搞到一半假发歪到了一边。又过了一段时间，乐乐的病情稳定下来，去了北京和他在一起，并且开始工作。又过了一段时间，五十块买了一个小戒指向乐乐求婚。乐乐说："考虑一下。"然后上网，在微信里痛哭流涕地跟我们说："我不知道我可不可以接受，觉得自己一塌糊涂，万一我没那么好呢？万一我又复发了呢？"

我只能说："乐乐，你不得癌，不复发，也会死的，我们每个人都是。"

阿紫说："傻瓜，你当然配得上，你只要考虑你爱不爱他，愿不愿意嫁给他。你爱他吗？你好好想想。"

"爱，我很爱他。"乐乐说。"那就可以了。"阿紫又说。

我们两个当时正在离婚的人，由衷地为乐乐决定要嫁给一个男孩而高兴，但也觉得这事没有什么大不了。这并不是公主历经磨难终于嫁给王子，从此过上幸福快乐的生活那种大结局。生活是那样无穷无尽，没有结局可言，活着的事实就是一切了。既然人侥幸还活着，那么，来什么就咽下什么，尽量不畏惧痛苦，也尽量不畏惧幸福。我现在常想，其实伸手要幸福，是比接受痛苦更需要勇气的事。即使畏惧是难免的，也要继续由着心里的渴望走下去。因为毕竟还活着，这一切也都只有一次。

这便是我亲历过的一种现实，不精彩，也缺乏精美动人的场景和台词。我试图专门去回忆时，发现自己已经不记得多少。我猜自己是故意忘记了大部分。

乐乐和阿紫这另外两个亲历者，甚至都没提过这些事。它们就是漫长生活中的短暂片段，和其他很多困难一样，度过它们，并未从本质上改变我们的卑微、怯懦、琐碎和健忘，它们也和其他的困难一样留有隐忧和隐患。但生活就是这样的，没有什么绝对的转机，只随时间流逝和重生，喜悦和哀愁穿插其中，奔流不息，滚滚向前。

后来，乐乐在那段时间写的书出了，名字叫《吃饱了才有力气谈恋爱》。我可不是为了卖乐乐的书才写这么多的。她现在已经结了婚，生下了一个美丽得不得了的女儿。怀孕奶娃的日子里精心调理，连生病期间脱落和白掉的头发，都一一长了回来，现在她有着一头乌黑浓密的漂亮长发。入职半年，她就舒舒服服地休起了产假，也可见在工作上的重要程度。有一天我和五十块坐车到她家门口，等她出来一起去吃饭。她把头发绾起，围着一条灰色的围巾款款走来。五十块望着他老婆的身影，小声地自言自语："好漂亮噢……"

要说乐乐现在有什么不如意的，也就是有一个40 000多元的包包不舍得买。我向别人推荐这本书，不是觉得她需要卖这本书的钱和利，而是因为，我很希望别人也可以看到，什么是在勇气里开出花来。在她笔下的故事里，每个女孩都柔软地朝着希望去生活。若是我不认识乐乐，会觉得这些女主角都是"傻白甜"：什么都不知道，就会悲伤；什么都没明白，就被治愈。但是，我认识乐乐很久，所以我知道，她知道自己在写什么，她为什么相信自己写下的故事。

我的爸爸患癌症去世到现在已过去十多年，很多事情我都记不清了，但有一个场面却记得非常清楚。当时，家已变成灵堂，楼上楼下都是人，我披麻戴孝站在院子里，耳朵里充斥着人声、哀乐和时不时响起的鞭炮声。妈妈和大娘（也就是她的姐姐）一起在厨房里忙活。大娘对妈妈说："现在他不在了，两个孩子又小，都还没有成家，只剩你自己了。现在谁也帮不了你，包括我在内。你不要常这样哭，要注意身体，好好地过。"

妈妈有没有说什么我忘记了，她怎么想的我也不知道，但十九岁的我竟莫名感到一种安慰。"只剩你自己了，现在谁也帮不了你。"这竟然是所有人说的各种话里，最让我感到安慰的一句，让我在很多艰难时刻，总是想起来的一句。

2015 年 12 月

怎样不咋成功但是也不咋难堪地活着

今天又去了医院,打各种各样的针。打针让我非常没力气,护士叮嘱我观察半小时再走。我趴在桌子上,护士医生们纷纷过来看我:"典型反应""所有副反(应)全部出现比较罕见""看这里,这里,触摸一下"。

我一起身就想吐,不得不请了一整天的假,回到家昏睡一下午,睡醒了到公司群里发了个红包:"又请病假,麻烦大家了!"

但是!铺垫了这么多,我想说的其实是:我还是挣扎着起来更新微信(公众号)了!!

我相信其实并没有人在等我推送。不过那又有什么关系呢?脑子里有一个"微信虫"最近觉醒了,它挠着我,要我去更新微信。我感觉它起码要活跃一周,也可能五天。反正现在是发作期,我只能顺势而为。没有办法,这一定是宇宙的意思。

小时候我爸爸常说:"无志之人常立志。"这是他对着我和哥哥的各种计划表讲的话。我觉得他说得对极了。"因为没有志气完成计划,所以常常要写计划",但是我现在又有了新的理解:没有志气的人,会立各种各样的小计划,感觉也很酷呢。

比如说我,现在在想,最近做微信的热情很高涨啊!起码可以做五次!于是我就从病榻上爬起来写这个。我还开了俩微博账号。一个有一万多粉(@厦门晴天见),一个三千多(@张春酷酷酷)。还有几个微博账号和密码已经被我忘了,博客也有过七八个。在豆瓣有三万出头的关注量,知乎有八万多的关注量。我偶尔也会问问自己:怎么到哪儿都不是大V?最贱的是,我在每个地方更新的内容都不一样。你说我是不是很有病,很不成功,但是也还蛮牛×的?

"没有办法,我就是这样了。"不知道什么时候起,我接受了这个事实。我离开美院以后就不咋画画了;当上文案指导以后就不写文案了;做了几个微小的演出以后就不唱歌了;店开起来就不管了;NGO 撂在那儿,除非实在有了性格极其坚毅,一定要给钱的金主,不然也不做公益了,居然也跌跌撞撞做了四年;每天在网上混,每个地方都一没有影响力就不咋玩了;还剩1公里完赛的马拉松,突然不想跑,就立刻不跑了。听说现在发微信朋友圈动态也是一个营销手段,正值新创业,需要所谓"人脉"的时候,但是一旦振作起来,就要清理一些,屏蔽一些,退出一些。看书也是,拿起来看几页,爱看就一直看,不爱看就扔一边。反正什么都是这样。

开始做"犀牛故事"时,我们雄心万丈——倒闭前要有五千个用户!其中有两百个作者!没想到到现在有了一百五十万以上的用户,十万以上的作者,还没有倒闭!真的是梦想比较小,比较容易超额实现呢!

说这么多,就是想说"为什么感觉挺爽的"。今朝有酒今朝醉,就是这个意思吧！没有才华，没有意志力的自己，也没什么希望功成名就啦，不如就这样，掰一个玉米扔一个玉米，也是蛮好的啦！谁让"这一个玉米"看起来那么好呢？这样一来，抱在怀里的玉米，始终是最喜欢的那一个玉米啊！而且，猴子好像在玉米地里玩得很开心的样子！

经常有人问我："你做了这么多事，怎么平衡各种爱好和事业之间的关系呢？"我对于这些提问都有点摸不着头脑：我并没有平衡，我每次都只做那一件想做的事。噢，如果说样样都不怎么成功也算是一种平衡的话，我的办法是想干吗就干吗，不去管丢了什么，只管拿起什么就好了。这都是宇宙的意思。只能这么说。宇宙最大。

2015 年 12 月

后记：谁想听失败者说话

有一天我同时看到了两篇文章，一篇是张进的《对抗抑郁症，信心从哪里来？》，另一篇是雷剑峤的《我的好友孙仲旭》。雷老师这一篇看得我痛哭，但我只敢哭一小会儿，不能多想，不能多看。

那天是孙仲旭老师一周年忌日。他去世当天，我看着网上铺天盖地的消息，什么都没能说，什么都没能做。我依稀记得那天是周末或一个临近周末的日子，之后我在床上躺了三天。必须要说，那对我打击很大。

一年过去了，情况如何？我找到雷剑峤说的那首歌《大蓝》，把耳机插在耳朵里单曲循环。

他曾在船上见过多少无边的蓝色，他在文学的世界里收到过多少丰沛的礼物，他曾走过多少山川湖泊经历过多少悲欣交集。绝不会亚于我。

雷剑峤说，老孙并不是悲观抑郁的人，也并未有太多不如意和挫折。他曾经很快乐，如果他没有生病，一定会快乐地生活下去。这我完全相信。这几年下来,也渐渐发现能撑到现在的我,其实有异常乐观的天性。淹没在战栗里仍然可以想办法活下去,被深埋在淤泥里,还硬要抬起头。我相信孙老师是一位异常乐观的人、异常有活力的人,否则他怎么能在病重时仍然写出译作,仍然更新着自己的广播,在深渊中试图去抒发见解,去关注他人。他在跌落高楼的瞬间,是清醒起来遗憾着落下去的,还是品尝着死亡的拥抱,长长地松了一口气呢?那个瞬间多么长啊,长到包含我所追寻的所有答案,可是他不能告诉我,不能告诉任何人。生命的形式有些太像玩笑了,不能彩排,不能存档,不能叠加。那些拥有了更多答案的人,不再在乎答案,不再回来。

他走了,我猜想那个时刻病魔推了他一把,在他耳边呢喃:"没错,死亡正适合你。"起起落落,丰饶艰辛,付出了无数沉没成本的人生,他挣扎了许久还是被推走了。这个结局真叫我难以承受。

那年此时,我多么羡慕他纵身一跃,终得轻盈。今年此刻,我却提醒自己:你也未必会赢。如果当时我在他身边,会告诉他"你去吧""你辛苦了",还是会死死拉住他,请求他再忍一忍,再坚持一下?我真的不知道。

我的这本抑郁症之书,如果是个故事,我也不知道结局。这个故事真的不好看,没有一往无前的主角,更没有主角光环的庇护,没有大杀四方的精彩情节,而且,没有 happy ending(美好结局)。一个平常人的生活,并未因为生病而变得更精彩。张进老师那样的故事才有意义啊——那一向就是位优秀的人——遇到疾病,打败它,然后研究它,挑战它,并且产生了新的力量,开创新的意义和人生。可谁想听失败者说话?谁想看出了新手村的那个人每遇到一个小怪就趴下,然后一寸一寸地爬行，甚至后退呢？

　　2016年年初我收到一个好消息，上本书《一生里的某一刻》获得了新华网颁发的 2015 年度影响力图书。在榜单上的还有小说《岛上书店》。我也看了。看的契机是我向朋友们询问可有"甜"的小说可以看，有人向我推荐了这一本。

　　这本书真的很"甜"，非常"甜"。我读完以后再翻到书封，才发现是孙仲旭翻译的。这应该就是他的最后一本译作。我不知道他是怀着什么样的情绪和能量去完成这本书的。是不是正如我读它时的苦涩？我相信所有的故事都是真的，相信这样的甜美在世界上的某个角落真的在发生，我看见它，领受它，爱慕它，而我占据的是不小心碾死的草，被不经意毁去的角落，是被灰扑扑的墙吸收的喊叫。孙仲旭老师，我在这里写着一本有关抑郁症的书，你是会鼓励我，还是会劝说我放弃？你觉得呢？

　　你在那里还好吗？沉重的石头还压在你的背脊后面、脑髓里面和胸腔上面吗？那里还有时间吗？还有失神的日夜吗？有那没有意义的流逝和衰弱吗？还有那大雾弥漫、没有尽头的旷野吗？你是否摆脱了这一切，进入了温暖稳定、无尽深蓝色的游弋？

　　2016 年 11 月 20 日是我的自杀倒计时归零的日子。

　　三年前的这一天，其实也没发生什么具体让我非要去死的事，我只是单纯地想着自杀。为了让活着看起来不那么遥遥无期，我定了一个自杀时间，想着，如果要死也要再等三年，看看会发生什么事。有个时限，活着会变得容易些，如果实在不行，三年也没有一生那样难忍。

　　到了今年，进入 11 月，我留神等着这个时间的到来，非常激动，也非常沮丧。每当思虑起这个念头，我的心就活泛起来，在胸腔里扑通扑通跳，跳得像那些准妈妈描述的胎动一样——你知道那跳动不属于自己，有什么新奇地从里向外捶打着。

这种感觉总能让我有点宽慰。原本拧紧的发条，在这时往回倒了一点。我感到熟悉的安心感，似乎这个位置才是我正该待着的地方，谁也拿不走，死亡的气息温柔包裹。

当然，随之而来的是更熟悉的沮丧。我不是一个人，我至少有四个。一个为结局的到来雀跃，一个为这结局悲伤，还有一个，不想走向结局。A比较快乐；B气息奄奄，在这个组织里没有发言权；C很疲惫；应该还有一个D，就是记下这些的我。这个我保持沉默和中立，但她应该是跟C一伙的。

这件事我只告诉了很少的几个人。海贤和松蔚当天早上都找了我。另外咨询师叮嘱说："你行动之前打个电话给医院的自杀干预热线。"

我想过，万一我死了，他们会不会为没能阻止我而太难过？我担心他们，就想，不然还是换个时间好了？这样他们会好受些。

但20日凌晨3点多，我还是到了阳台上，用一条丝巾包住了头，准备跳下去。我激动得浑身发抖——只要轻轻一跨，一切就结束了。三年过去了，做了很多事，但我还是想死。这叫我释怀，又让我灰心。

站在阳台上往下看，还是很害怕的。非常孤独。脑子里有一个声音在说：不要死，要活下去。这时我就很难过，如果错过这个时间，那得到什么时候呢？不知道多久以后，我慢慢退到屋子里，感到筋疲力尽。再后来我坐到床上，又进了被窝，慢慢地睡着了。

没有人知道，一个人惊涛骇浪的几分钟，在庞大的世界里是所有人安睡的瞬息。

第二天起来,我跟之前的每一天一样,去上班,跟无数个熬到第二天的日子一样,若无其事地生活下去。那被计入倒计时精心计算的日子,和之前的每一天比起来没有什么不同。

这件事之后,我把遗愿清单放弃了,决定活一天算一天,只剩眼前。以前我需要一个遗愿清单鼓励自己活下去,但现在觉得,没有期待地活下去就可以了,只要不专门死,就可以活。死亡是我的老朋友了。

我有些担心至亲好友看到这篇文章后太担心,但同时我也想到,其实结局没有什么可担心的,那时候一切都过去了。在千万次选了活之后,偶尔选了一次死,为什么要伤心呢?要公平地相信我,这一次选择,也是我认真选过的、比较好的选择。

时间流转至今,我也无法更为坚强了。能说的都已说过,能寻求的都已寻求。我自己并未前行,但时间公平地带着我流逝,不曾停下脚步。无论如何,我又赢来了一年。未来那些伙伴总会在那里相见,相信在那儿我绝不羞怯较劲,懦弱敷衍,我会迎上前大叫:"孙老师!你好!"在此之前,我仍将按捺着生,按捺着死,跋涉在影影绰绰、漫天漫地的繁华之中。

番外篇：我为什么不想被拍成电影（演讲稿）

1

今年三月初的一个晚上，朋友要介绍一位制片人给我认识。他说这位制片人想把我的上一本书《一生里的某一刻》改编成电影。这个消息让我很兴奋。

联系上那位制片人以后，我就问他，能不能把我的一生作为成功作家的一生拍出来，他可以在里面穿插很多有意思的东西，比如像斯蒂芬·金那样的——他在墙上钉了一个钉子，把退稿信挂在上面，每次收到退稿信就把它挂上去，直到有一天，退稿信把钉子拽了下来。

这样的素材我也有很多。我也可以讲我如何选择了这个工作，我是怎样克服重重困难最后成为一个大作家的。我觉得我的一生就是为了坐在沙发上侃侃而谈这些故事而准备的。这时候对方委婉地告诉我："我们想拍的是真人真事。"

然后我就问他，这本书是一本散文集，你要怎样改编成电影呢？

他告诉我他想的故事是这样的：我是一个冰激凌店的老板娘，在海边开着冰激凌店，过着快乐的生活。有一天我得了抑郁症，然后我在朋友们的帮助下终于摆脱了病痛的困扰，继续着快乐的生活。电影最后会标注"根据真人真事改编"。

很明显这部电影会让我的店声名大噪。将会有一部大电影讲述我的故事，说不定我还可以要求让桂纶镁来演我。而且，卖这个版权我会得到一笔钱，可能数目还不小。

但同时我也有些纠结。如果我接受了这个邀约，从此，我可能就得像个幸运儿那样生活了——因为电影里说我好了。也有可能，我就得像一个病人那样生活了。我和我的三个好朋友——陈海贤、李松蔚、张皓翔一起，做了一个电台节目叫《心理学你妹》，这是个谈话节目，我们经常在节目里大笑。我收到过听众留言，说："我知道你患上了抑郁症，我觉得你装得很辛苦。"看到这儿我心里一惊：我装了吗？我生病了，是不是就应该成为一个人们想象中的病人，除了忧郁什么都不做，除了病情什么都不谈呢？

我也看过一部讲病人的电影，叫《滚蛋吧！肿瘤君》，这部电影也是根据真人真事改编的，主角是一个叫熊顿的女孩，她患上了癌症，后来也因为癌症不幸去世。让我不安的地方在于，看这部电影的人，还有谁记得熊顿其实是位漫画家，这部电影其实是根据她的漫画改编的？她和所有人一样，是一个在成长的、有梦想的人。但是现在，我们光记得她的癌症了。

我仔细回想过后，觉得我没装。如果说抑郁症教给我一件事情，那就是它逼得我不得不认真地确认自己的感受和情绪。在漫长的摸索中，我意识到：尽管有那么多的痛苦，但我的快乐也不是假的。而且，如果我的病不会好，那这就是我生活的常态了。我必须适应它。

我拒绝了这个邀约，放弃了这个机会，觉得自己应该还有机会写出其他作品。最主要的是，我不想成为一个职业病人。这样不好，而且它不是事实。人们总希望故事有美好结局，有病的人都康复，失去的可以再回来。事实不是这样的。我拒绝了这个邀约，是因为生活不是童话故事，我不想无谓地成为一个皆大欢喜的结局中的人，不想我和病友们被廉价地解读，我不能停留在生病这件单一的事情里，真实的生活仍然需要面对。

2

实际上我还患有另外一个顽疾，虽然没有人要将它作为电影素材，这个病叫"强直性脊柱炎"。我曾经无意中发现了一个专门讨论这个病的论坛，打开以后非常吃惊，几乎觉得自己不太正常。里头的病友显得非常焦虑绝望，有些人查出病以后就一直休息，再也没有工作了；有些人用谈论绝症的语气说，自己确诊以后一直瞒着家里人……有人问能不能结婚，有人问这是不是淫邪导致的，有人说想死。还有整个论坛的口号——"强健意志，直面人生，人人为我，我为人人"，用红色的大字写在网站的顶端。

论坛里的人还谈到我们那位特别著名的病友：周杰伦。说周杰伦很惨，他那么有钱都治不好，我们更惨……但当初我得知周杰伦也有强脊炎时，是很欣慰的：人家工作那么忙，强度那么大，不也都应付过来了，该干吗就干吗，还取得了那么大的成就！会有人因为周杰伦的强脊炎不愿意和他结婚吗？

就这样,我惊讶地浏览了一中午,然后沉甸甸地睡着了。那天我做了一个噩梦。在梦里,我被迫用清水去冲洗一所大学整个校园的地面,不断地做着弯腰负重的重体力活,并且被人责骂。一个军队领袖伸手摸了一下我的背,我怒斥,立刻就收到了四面八方发来的警告,他们告诉我,要杀我全家。我焦灼无比,幸好这时闹钟叫醒了我。醒来后感觉就像刚才有人趁我睡觉打了我,我全身都不灵了。

所以,哪怕是得了可以量化的、看得见摸得着的病,哪怕明明已经觉得别人反应过度,也仍然会被施加压力,并由于精神压力而加重病情。所以,许多病的转换和加深,会不会有一部分是我们自己对待它,以及舆论对待它的方式造成的?

其实我现在还在服药和打针。我每天还是只能睡四五个小时,每周打两次针。因为病情的反复,我还是每隔一两周就会进入比较低落的状态,也许拿出我的自杀计划琢磨琢磨,或再写封遗书。与此同时,我也在继续写着手上的书,继续进行我的工作。是的,我一边写遗书,一边写书稿。这看起来几乎有些好笑,但我已经获得了一些对付困难的经验,那就是困难是困难,生活是生活,无论困难是否能消失,生活都是可以进行下去的。这种经验让我不再分裂,反而能够更为真实。

3

下面我想谈谈我在生病期间做了哪些事——

开店:我继续开着我的冰激凌店,它没有像我能够完全投入其中时那么好了,但是它还没有倒闭。现在是第六年。

出书：2015 年 1 月，我出了第一本书《一生里的某一刻》。它也幸运地在 2015 年年底获得了四个我很尊敬的奖项。

创办"犀牛故事"：2012 年我的死党做了一个社交 APP 叫"花开"，他们在我的店里办公，每天找我一起讨论，后来她劝我说，你反正都花了这么多时间在这儿，不如和我们一起工作，这样至少还能拿工资。试试就好，实在不想干，咱们再拆伙。2013 年，"花开"做不下去了，我们又一起做了"犀牛故事"。

跟我的三位好友陈海贤、李松蔚、张皓翔一起，开了一个电台谈话节目。

去昆明跑了一个没完成的半程高原马拉松，在离终点还差 1 公里的时候，我上了收容车。

搬家：搬家为什么也是一件如此重大的事呢？我想给大家看一个我日常使用的工具——

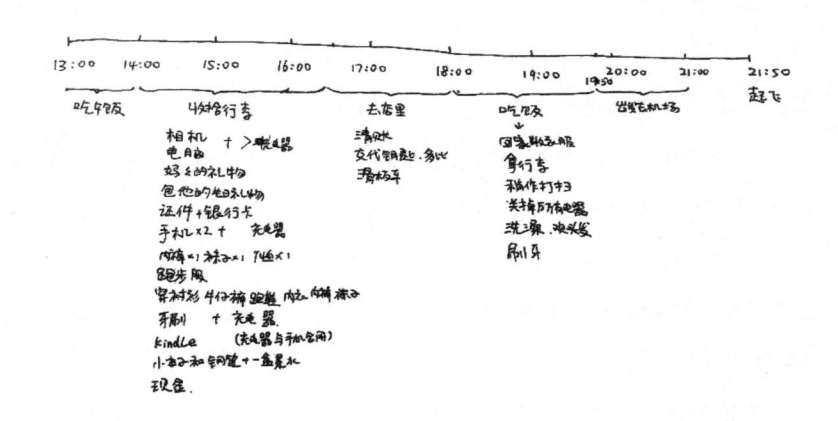

这是某一天我要乘飞机去一个地方的计划表。你可以看到，这几乎是一个以分钟为单位的计划表。每完成一项，我就画掉一项。如果

不写下来我就会忘掉，然后站在那里一两个小时不知道该做什么。

最重要的是，我活了下来。就像那场没完成的马拉松，虽然还差1公里才完赛，但是我跑过的路已经存在于我生命的轨迹里，不会因为没有完赛，前面的19公里就不复存在。做这所有的事情时的态度，和我对人生的看法是一样的：只要活下去了就是成功，而且每多活一天，就多成功一点，即使将来结局难料，我还是会消失，也不能抹杀已经存在过的成功。

4

我想，在与病同行这件事里，蕴藏着一个简单的机会：当我们面对一些困难的时候，我们总希望先让这些困难消失。比如说，我今天在这里感到很紧张，最先产生的念头是，我如何才能不紧张？但后来我发现我没有办法不紧张，没有办法不在意听众的反应。那我还能怎么办呢？我只能不去管这个紧张，然后尽量地把我想讲的话讲完。我是为了说完这些话而来的，不是为了克服紧张而来的。

这种想法的问题在于：如果困难不消失，事情就无法进行。所以很多事情真的就无法进行了，因为很多困难就是不会消失的。

那么为什么说生病是一个机会呢？因为生病是一个客观的困难，我们可以用它练习和困难同行：它存在，它不消失，在这个前提下，我们还能做些什么？

有时候我觉得拖延、懒惰、童年阴影之类的困难，也可以看作一种客观的困难。是的，我有顽疾，我没有意志力，我好逸恶劳，这本来就是人的本性，我们姑且把它们看作客观事实。我猜人类的身体不是为了追求幸福设计的,不是你想有钱,就会尽全力去赚钱;想获得成就,就可以全情去努力。我们的身体能帮助我们办到的,只有饿了就吃,困了就睡而已(如果你得了抑郁症,连这些都会很困难)。事已至此,我还可以做什么呢?

我只能放弃一些对未来的幻想,不把它们看作我的选项,而是把所有的力气,用在此时此地,用在一件最小的事情上。然后回头看看,会发现不知不觉已经走出去很远。走弯路也好,步步挫折也好,如果没有被困在原地,回头看会发现其实已经走过很多路了。

我的故事,并不是一个不可思议的、了不起的故事,它正发生在每一个人身上。我相信在座的每一位都经历过倒霉的事,你们都曾克服过困难继续前行。以后,我们也都将遇到各种倒霉的事,我们会跌倒,也许还会摔一身泥、一身伤。但是没关系,我们人类就是可以一边倒霉一边前行的。因为,这本来就是人类生存到现在、发展到现在的基石。

谢谢大家!

2016 年第三届知乎盐 Club 演讲
TED×FZU 2016 年度分享大会演讲

番外篇2：一个关于孤独的故事

我要讲一个关于孤独的故事。

我现在在做一个APP，叫作"犀牛故事"。还不错，但是我要讲的不是这个。

"犀牛故事"不是我的团队做的第一个APP，我们以前还做过一个社交APP，名字叫"花开"，讲的是"慢交友"，就是要两个人种一株花，而且，一开始，不！能！聊！天！

用这个APP，一开始，要搞很久很久才"发芽"，发芽了才能看对方的资料，又要搞很久很久，才能看对方的照片。总之每进一步，都要很久，很久，很久。差不多是这样。使用这个所谓社交APP时，除了每天面对含含糊糊的交互体验、莫名其妙的菜单、跳脱的画面，很长时间里，只能面对一片软件生成的土壤。

看到这里，你是不是想喊"这个软件去死吧"？不要慌，因为它已经死了。

这个软件，真的没有人玩，一年的时间，下载量加起来只有一千多次。一千多次是什么概念呢？做一次首发怎么也有一千多个用户了。或者但凡稍微有一点点玩头的软件，靠几个人在朋友圈转一下也差不多了。

和现在日夜加班不同，这个软件已经无可救药，我们无事可做。老板天天觉得无聊，每天晚上跑去找朋友泡茶（这个朋友就是我），自己带了六大盒茶叶放到朋友那里（也就是我的店里），天天去泡茶，给自己泡茶，给大家泡茶，喝完这个喝那个。这样子。

后来，团队在濒临解散的最后时刻，做了"犀牛故事"。没想到，一上架居然火了。也没有多火吧，但是比"花开"好太多了。有媒体找过来了，它在苹果应用商店榜单上一度蹿到第二十一名，还上了7月优秀APP推荐榜。好几天的时间里，大家的手机上都开着榜单，看着排名一直蹿，欢呼雀跃，吹牛，兴奋地幻想着未来。

这时有人想起来"花开"，为了防止大家查看公司还做过什么产品，就赶紧偷偷摸摸地把"花开"从应用商店下架了。安卓版不用下架，因为还没来得及做。

这两天，这个软件的服务器服务商来催费用。哦，原来服务器已经到期了。这个软件已经消失了嘛，后端工程师陈king准备把服务器关掉，就顺便看了一眼。

这一看不要紧，天哪，那个软件，还有六个用户！！！

六个用户啊！在登录的用户啊！！！

我们说，不然上去看看他们都在干吗吧。因为我们真的想不通他们能干吗。

老板问："你们谁的手机里还有客户端？我们存档里已经没有客户端了。"大家都说已经删掉了，手机空间那么小……我们，永远都不可能知道他们在干吗了。

　　这个软件已经下架了，公司差一点点就倒闭了，再也不会迭代，没有客服，开发人员自己都已经把APP卸载了，客户端文件都没有了，全宇宙都没有这个软件了。这六个人，还在玩。这六个人，孤孤单单地飘浮在宇宙中，玩着一个已经消失的软件！！！我们什么都不能做了，连给他们发个推送、请个安都做不到了！！！

　　我们问工程师们，到底要玩多久他们才能聊上天。他们说不知道，因为还没有测试到那里……也许他们还在种花……浇水、捉虫、松土、晒太阳、抚摸它……也可能他们已经说上话了……不知道那个时刻，会是什么样的情景……

　　我们自己也不知道，这个社交游戏玩了一年以后还能干什么。因为它还没有完成到这个程度就已经停止开发了。

　　陈king毫不犹豫地给那台服务器续了费。只要这六个人还在，就要把服务器一直维护下去，我们只能做到这儿了。因为负载太小，而且再也不会有新用户进来，他们会觉得很流畅很流畅的。老板还说，有朝一日如果我们发了财，就要把这六个人找到，用一部一百万的价格把他们的手机买来，然后给他们磕头。

　　如果到现在都不卸载，大概永远都不会卸载了吧！希望这同样有耐心的六个人，永远都不要发现只有他们六个人了，希望他们成为朋友，希望他们结婚，希望一百年后，这个孤独旋转的星球上人丁兴旺，他们儿孙满堂。

2014年11月

附录

创作时间轴

迷路迷路迷路的马拉松 · 073
夏天刚来 · 226
当自己八岁那样去画吧 · 023
宅就是连倒个垃圾也想家 · 077
冬瓜烧肉 · 033
热爱形式感这件事 · 182
一个滑梯，一个秋千 · 190
和多比一起散步 · 051
叶之隧道 · 193
密码情结 · 186
春天挽歌 · 228
为喜欢的东西究竟应该花多少钱 · 230

2010

2014

2013

重病对我的影响 · 124
你吃下的盐，终于汇成海 · 060
2013 年 8 月的遗书 · 128

2015

吃药两个月：总想驻足观赏你们 · 130
宇宙说要吃牛肉粉丝汤 · 007
吃药五个月：疾病以内和以外的生活 · 135
吃药七个月：不是求死，是求生 · 138
我不是因为抑郁症才变成废物的 · 140
都市空虚青年才是弱势群体 · 107
见面会前夕 · 118
噩梦的意义，最后的意义 · 143
社恐大王 · 068
它不想你好 · 133
抑郁症有好处吗 · 147
一种度过人生艰难的办法 · 150
知冷知暖我才能帮你，就像你以前帮我一样 · 172
别把毛巾用完了 · 010
身残才不会志坚，但勇气的确可以开出花 · 275
怎样不咋成功但是也不咋难堪地活着 · 281

2016

海岛冬天 ·018
中医按摩也是爱，或别的 ·097
吃药十四个月：去就医为什么感觉那么难 ·152
手机和我 ·218
不"漂亮"女孩史 ·243
附近的夫妻店 ·084
心如钢铁地以头撞墙 ·044
不要把自由和信心拱手相让 ·234
在厦门要饭 ·002
吃到哭 ·212
不爱吃的正义 ·030
一节价值近万元的健身课 ·094
狗剩汤 ·047
书柜顶上 ·196

2017

戒烟记 ·035
又戒烟记 ·039

2019

最平庸的人 ·027

2021

你想要怎样一张脸 ·267

2016

会有人有某种天赋却被埋没一生吗 ·204
无论怎么样都幸福 ·249
最喜欢一起吃饭的人 ·080
治好一个词：晚安 ·120
吃药二十一个月：医院是帮助我们的 ·157
抑郁症患者不是玻璃娃娃 ·164
其实你不想要自由 ·262
中秋前夜，一只鸟被风吹走了 ·014
我们都脆弱，我们就这样 ·207
这多余的生活 ·270
抑郁症患者生活小技巧 ·166
回去的路 ·178
三个人，吃烤鱼 ·090
一条麂皮牛仔裤 ·223
这是我的想象 ·273
心爱的小路 ·056

2018

笨蛋的人生 ·064

2020

北仔和南仔过冬，人类的悲欢一点也不相通 ·103
这故事不是一个帅哥想认识我 ·254
作为废物，我是怎样在考试中"躺赢"的 ·115

ⓒ中南博集天卷文化传媒有限公司。本书版权受法律保护。未经权利人许可，任何人不得以任何方式使用本书包括正文、插图、封面、版式等任何部分内容，违者将受到法律制裁。

图书在版编目（CIP）数据

一生里的某一刻：隐藏宇宙/张春著． -- 长沙：湖南文艺出版社，2025.8． --ISBN 978-7-5726-2535-0

Ⅰ.I267.1

中国国家版本馆 CIP 数据核字第 20250K2Y88 号

上架建议：畅销·随笔

YISHENG LI DE MOU YIKE：YINCANG YUZHOU

一生里的某一刻：隐藏宇宙

著　　者：	张　春
出 版 人：	陈新文
责任编辑：	张子霏
监　　制：	吴文娟
策划编辑：	董　卉
特约编辑：	赵浠彤
营销编辑：	傅　丽
装帧设计：	梁秋晨
出　　版：	湖南文艺出版社
	（长沙市雨花区东二环一段 508 号　邮编：410014）
网　　址：	www.hnwy.net
印　　刷：	北京中科印刷有限公司
经　　销：	新华书店
开　　本：	875 mm × 1230 mm　1/32
字　　数：	239 千字
印　　张：	10
插　　页：	8
版　　次：	2025 年 8 月第 1 版
印　　次：	2025 年 8 月第 1 次印刷
书　　号：	ISBN 978-7-5726-2535-0
定　　价：	58.00 元

若有质量问题，请致电质量监督电话：010-59096394
团购电话：010-59320018

一生里的某一刻・隐藏宇宙